科幻文学群星榜

华语实力科幻作品
群星奖大满贯

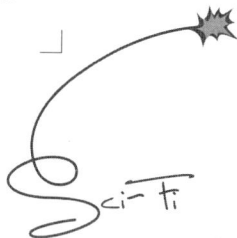

Sci-Fi

神经冒险

杨平——著

山东教育出版社

图书在版编目（CIP）数据

神经冒险 / 杨平著 . — 济南：山东教育出版社，
2021.7（2021.7 重印）
（科幻文学群星榜）
ISBN 978-7-5701-1494-8

Ⅰ . ①神… Ⅱ . ①杨… Ⅲ . ①幻想小说－中国－当代
Ⅳ . ① I247.5

中国版本图书馆 CIP 数据核字（2021）第 264744 号

SHENJING MAOXIAN

神经冒险　　　　杨　平　著

主管单位：山东出版传媒股份有限公司
出版发行：山东教育出版社
　　　　　地址：济南市市中区二环南路 2066 号 4 区 1 号　邮编：250003
　　　　　电话：（0531）82092600　　　　网址：www.sjs.com.cn
印　　刷：三河市冠宏印刷装订有限公司
版　　次：2021 年 7 月第 1 版
印　　次：2021 年 7 月第 2 次印刷
开　　本：880 mm×1300 mm　1/32
印　　张：8.5
印　　数：10001-13000
字　　数：185 千
定　　价：29.80 元

总 序

想象新时代

　　《科幻文学群星榜》是由中国科普作家协会科幻专业委员会联合其他科幻组织，共同推出的一套科幻书系。这是一个规模庞大的工程，目前来看也是独一无二的工程，基本囊括了中华人民共和国成立以来老中青几代具有代表性的科幻作家的佳作。这些作家以年龄看，最早的是20世纪20年代出生的，最晚的是"90后"。

　　这套书系的出版，恰逢中华民族实现第一个百年目标——全面建成小康社会。因此，它呈现了百年未有之变局中，中国人对一个崭新时代的想象。随后陆续推出的作品，还将伴随中国迈进基本实现现代化的伟大进程。

　　科幻文学作为一种年轻的文学品类，本身就是现代化的产物。1818年，世界上第一部科幻小说《弗兰肯斯坦》诞生在第一个实现产业革命的国家——英国。此后科幻文学在法国、美国、日本等工业化国家繁荣起来，进入蓬勃发展的黄金时代。科幻作品反映着科技时代人类社会的变迁和走向，反思当代人类面临的多重困境，力图打破所谓世界末日的预言，最终描绘出一个五彩斑斓、生机勃勃的新未来。

　　如今，地球上正在发生的最具"科幻色彩"的事件之一，便是中国的崛起。这个进程不仅改变了这个文明古国的命运，也影响着全人类的走向。中国奇迹般地成了拉动世界经济增长的有力引擎。人类历史上首次十亿以上人口的国家将要集体迈入现代化的门槛。中国科幻文学正是中华民族伟大复兴进程的见证者、参与者与推动者。

早在20世纪初，中国的一些有识之士便把科幻作品译介进来，掀起了第一次科幻热潮。它承载起"导中国人群以行进""改变中国人的梦"的使命。20世纪50-60年代，随着中国自己的工业和科技体系的建立，科幻作家们以满腔热情擘画了一个欣欣向荣的新世界。1978年改革开放后，中国再次向现代化进军，科幻迎来新的勃兴。作家们满怀豪情地书写科学技术为实现现代化、为谋求人民的幸福生活所创造出的神奇美景。进入21世纪，尤其是随着新时代的来临，这个文学门类也进入成长的新阶段。随着《三体》等作品的问世，中国科幻迎来了新一轮热潮。作家们描绘着古老的中华民族在实现全面小康和建成现代化强国的过程中所面临的新机遇、新挑战，谱写着中国走向世界、步入太阳系舞台中央并参与宇宙演化的新篇章。

科幻文学的发展折射着中国国运的巨大变迁。当今，海内外不同领域的人们对中国的科幻文学的空前关注，实际上是关注中国的未来，关注世界第二大经济体将如何持续演进，关注14亿人的创造力将怎样影响乃至重塑这个星球。从现实意义上来说，这套书系不但包含这些丰厚的信息，而且集中梳理了新中国科幻文学取得的辉煌成就，整理出新中国科幻文学发展的宽阔脉络；从一个特殊的侧面，还反映了中华民族从站起来、富起来到强起来的进程，见证中国走向更加灿烂辉煌的未来。

这套书系具有以下三个特点：

一是权威性。它由中国科普作家协会科幻专业委员会主持编选，并与国内多个科幻组织合作，其中包括得到了中国科普作家协会科学文艺专业委员会、科幻世界杂志社、南方科技大学科学与人类想象力研究中心、未来事务管理局、八光分文化、重庆钓鱼城科幻中心等的鼎力相助。编者从中华人民共和国成立以来的海量科幻文学作品中，精选出足以体现时代特征的作品。收入书系的作者，涵盖了雨果奖、银河奖、星云奖、晨星奖、光年奖、未来科幻大师奖、引力奖、水滴奖、冷湖奖、原石奖、坐标奖、星空奖等中外各类科幻大奖的获得者。

二是系统性。它收集了中华人民共和国成立以来不同时期作家的代表作。作者中有新中国科幻奠基者和老一代作家如郑文光、童恩正、萧建亨、刘兴诗、潘家铮、金涛、程嘉梓、张静等，也有改革开放后崛起的新生代作家刘慈欣、王晋康、何夕、韩松、星河、杨鹏、杨平、刘维佳、赵海虹、凌晨、潘海天、万象峰年等，以及以"80后"为主体的更新代作家陈楸帆、飞氘、江波、迟卉、宝树、张冉、程婧波、罗隆翔、七月、长铗、梁清散、拉拉、陈茜等，还有在21世纪崛起的全新代作家杨晚晴、刘洋、双翅目、石黑曜、王诺诺、孙望路、滕野、阿缺、顾适等，从而构成比较完整而连续的新中国科幻光谱，是对中国科幻文学发展历史的一次系统检阅。

三是丰富性。它比较全面地展现了广域时空中新中国的科幻生态和创作风格。这里面既有科普型的，也有偏重文学意象的；既有以自然科学为主体的核心科幻，也有侧重社会现象的"软"科幻；既有代表科幻未来主义的，也有反映科幻现实主义的；既有传统风格的写法，也有实验性质的探索。作品的主题涵盖了中国科技、社会、文化和民生的热点。从中可以看到，一个曾经积弱的民族，如今正活跃在地球内外、大洋上下、宇宙太空、虚拟世界、纳米单元、时间航线、大脑意识等各个空间。这里有中国政府和人民引领抗击全球灾难的描述，有脱贫的中国农民以新姿态迈出太阳系的故事，也有星际飞船和机器人在银河系中奏唱国际歌的传奇。

　　这套书系力求构建起一个灿烂的星空，并以此映射人们敏感而多样的心灵。爱因斯坦说，想象力比知识更重要。科幻是相伴人类发展进步而产生的新兴事物，是一个民族想象力的集中反映，是科技创新的艺术表达，在人们面前呈现出一幅幅奔向明天、憧憬和创建未来的美好画卷。许许多多杰出的科学家、工程师和企业家，在年轻时就受到科幻文学的熏陶和影响，因此走上了创造神奇新世界的道路。中国正在稳步建设创新型国家，需要更多富有创造力的人才脱颖而出。科幻文学也肩负着实现中国梦的责任，在点燃青少年科学梦想、激发民族想象力和创造力方面，起着不可或缺的作用。

　　这套书系将为广大读者尤其是年轻人打开中国科幻和未来世界的门户，有助于人们拓宽视野、开阔思想、激发灵感、探索未知、明达见识。它也将进一步促进中外科幻、科技、文化和文明的交流，为人类的共同发展做出中国的一份独特贡献。

中国科普作家协会科幻专业委员会

2020年10月1日

科幻：无尽的可能性

十岁的某一天，我在报纸上看到一部电影的故事梗概，讲述了银河系中惊心动魄的故事。文章不长，只有数百字，但看完后，我感觉像是有人把我的疯狂梦境拍成了电影。

后来，我才知道，这是《星球大战》系列中《帝国反击战》的介绍。

我的童年，仿佛一切都是静止的，去年如此，今年也如此，明年还会如此。但在我内心中，有个千变万化、瑰丽壮美的世界，那里有各种神奇的想象。

记得在梦中，我走在楼群间，头顶巨大的外星飞船投下了阴影。

记得第一次看到仙女座星云的照片，想想那里发生的故事，我就激动得喘不过气来。

记得在炎热的夏天，我和二哥都不想睡午觉，他就给我讲故事，从沙漠到南极，从地球到外星。他讲得神采飞扬，我听得如痴如醉。

可能性，这个充满想象的世界带给了我没有边际的可能性。

很多年后，当我试图为科幻的存在寻找意义的时候，可能性这个词再次出现在我脑海中。

早先，人们说科幻是一种科普文学。但是，科幻中有大量想象出来的科技，作者还会为了真实感有意混淆现实科技与想象科技之间的界限，因此，科幻用于"科普"，存在风险。

还有人认为，科幻是一种预言文学，对未来的科技发出预言。这样一来，那些没有成真的科幻，是不是就没有价值了呢？恐怕也不能这么说。

可能性，只有对可能性及其后果的探讨，才是科幻应该的位置。

当然，在没有认知到这点之前，我就开始创作科幻作品了。

最早的时候，我是在放学回家的路上编科幻故事，讲给同学听。有时讲到关键处，我到家了，他们就会拦住我，让我讲完再走。

后来，我试着用文字来表达。幸运的是，我的父亲很支持我们兄弟的文学创作，并没有以"不务正业"一竿子打死。

真正开始写科幻小说是在我上大学之后。我大学的专业是天文，天天琢磨星星，不喜欢科幻才奇怪呢！我试着开始写些东西。早期的时候，我的作品都是太空题材，讲人们在飞船里和各种奇怪的星球上发生的奇怪事情。除了专业背景，有另外两个因素影响了我的创作。

其一是我对摇滚乐的喜爱。我在高中时迷恋摇滚乐，也创作了一些歌词，甚至还编成了几首歌。摇滚乐犀利的批判精神对我影响很大。

另一个是当时国内刚出版的《尤利西斯》，由萧乾、文洁若两位大师翻译。这部意识流的代表作与音乐的意识流动相互碰撞，让我发现了表达方式的多种可能性，极大影响了我的文风。我的《裂变的木偶》一文，就是在《尤利西斯》的直接刺激下创作的。

在这一时期，我接触了大量音乐和文学作品。我意识到，那些真正成功的作品，往往有鲜明的风格，但同时，它们往往不是这一风格最强烈的作品。这些作品在风格和读者的接受度之间，找到了微妙的平衡，使得它能够与其他作品不同，又不会让读者感到够不到。风格化是一个创作者的重要特性，但迷恋于这种风格化，并非一定是好事。

在求学期间，我结识了国内一些重要的科幻作者。我们一起聚会，谈天说地，交流爱好。当然，我们聊得最多的，还是科幻创作。这是个美妙的时期，我们都渴望表达，也都没什么名气，交流起来毫无障碍。谁写了一个故事，就交给他人传阅，然后大家评价。这种相互评价是真诚的，毫无恶意，也毫不客气。

我意识到，在你起步的时候，多听他人的意见是非常重要的。因为每一个开始创作的人，其表达自我的冲动非常强烈，当你脑中只有表达，往往会不顾及其他。你觉得特别好的地方，别人可能看起来摸不着头脑。你觉得随手一写的东西，别人可能很有感触。而他人的意见，正好可以弥补这方面的不足，让创作者获得一种可能，可以从一个较为客观的、他人的角度来看待自己的作品。这些都能帮助创作者尽快成长。

在这样的氛围中，我们逐渐成长起来，并开始发表作品。我在经历了几次退稿后，也发表了自己的首部作品《为了凋谢的花》。在创作这部作品的时候，我正在尝试一种灵感激发的方法：听音写字。我会一边放着音乐，一边快速地把脑海中出现的意象记录下来。它们可能是一句话、一个画面或某种情绪，这都不重要，重要的是打通我不同感官之间的隔阂。在这个时期，我的作品和早期不同，少了些黑暗色彩，更倾向于唯美。

我的第二篇发表作品是《MUD-黑客事件》，创作于1997年底，讲述了一个虚拟世界的毁灭。这是我第一篇情节性较强的作品。故事源于我在清华大学计算机系培训中心任职时的经历。当时我在单位服务器上架设了文字网游的某个版本，向清华及附近学校的网络用户开放。在一次数据转移的过程中，由于操作失误，服务器上的用户数据全部丢失。这个事情让我非常痛心，也第一次体验到网络虚拟世界的幻灭感。

此后，我创作了一系列关于网络世界的作品，并逐渐展开我对未来世界的想象。

我在很长一段时间里，都不在乎主题的呈现。我认为哲理这种东西，与其通过故事表达，不如直接写成论文，更清晰有力。对于小说而言，或者对任何艺术而言，形式本身，就是全部意义所在。因此，我直到十年前，作品都是价值观中立，甚至不讨论价值观的。简单说，你看完我的那些作品，根本提炼不出"中心思想"。我关心的，是如何用不落俗套的方式来表达个人的感受。在这些作品中，有些是比较成功的，有些则很失败。有的作品会稍微涉及一些观点，但我会极力避免对这些观点进行深入讨论。

在过去几年，我开始尝试在作品中加入自己的观点，主要是为了寻求突破。当然，这并不是说我就放弃了形式上的探索——这种探索恐怕将是我永远的追求。

对我而言，观点变得更重要，一个主要原因是社会正在发生深刻的变化。从技术、政治、文化到生活方式，这一切都在变化，而且它们之间相互影响，正在建立各种新的联系。我感觉我们正处于一个崭新社会的前夜。而这个崭新社会可能是什么样的，目前还没有定论。正如前面所言，科幻并不一定要求预言正确。但是，当它的预言已经被事实证明错误后，再继续这种预言就变得奇怪了。在凡尔纳时代，我们可以想象通过大炮将人轰上月球轨道。但在载人登月已经实现的今天，再去描写通过大炮与炮弹登月，就太奇怪了。它除了用以展示某种风格以外，没什么价值。

科幻是厌恶重复的。当读者在作品中看到熟悉的设定时，他的兴趣就会降低。而当读者看到从未见过的东西时，无论是设定、场景，还是表现方式，都会感到兴奋。对创作者而言，用熟练的套路创作作品，是无趣的，也是低级的。

寻找新的东西，寻找可能性，是科幻的永久话题，也是我的永久动力。

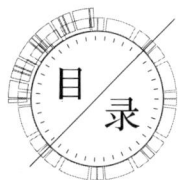

目 / 录

Catalogue

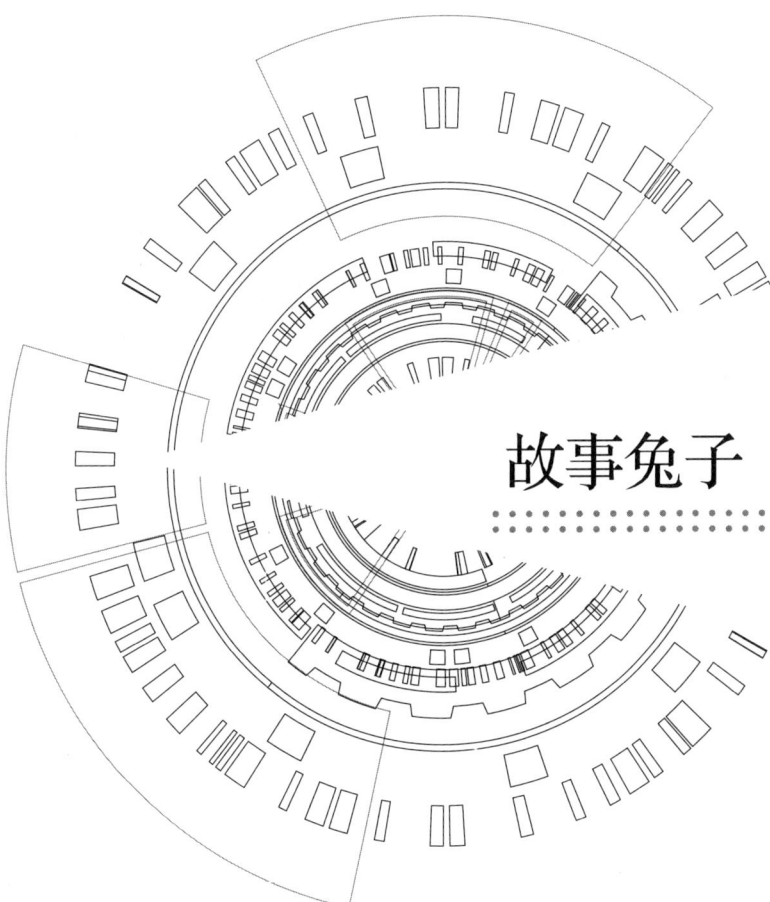

故事兔子

故事兔子1

鼓捣镇上的人们自古以来一直规规矩矩，从不违反祖宗留下的规矩，从不走到镇中心往西3457步以外的地方，也不喜欢任何变化、任何新来的事物。

所以，据说109年前故事兔子自天而降的时候，镇里所有的人都非常紧张。他们用激光护栏将它圈住，不让小孩和无聊的年轻人去碰它，当然更主要的是怕那东西跑出来挖孩子的眼睛吃——至少地方志是这么写的。

最初一段时间孩子们的手指灼伤事故经常发生，在镇里眼窝最深的长老连开了13次全镇妈妈会议后，这种情形才有所缓和。人们学会了绕开它、在远处默默看它，在饭后偶尔谈起它，还有在吓唬不听话孩子的时候提起它。

故事兔子就坐在镇中心的广场中央，在永不消失的激光护栏里看着镇上的人走来走去，看着镇上发生的种种事情，看着两个月亮每夜先后划过夜空。

它一直保持沉默。

50年前的一个傍晚，人们在镇中心的广场上休息、玩耍，老人们嚼着口香糖颇有深意地互相凝望，爸爸们在一起喝酒聊天，妈妈们一边叽叽咕咕，一边盯着自己的孩子。小孩呢？他们在一起玩一种很规矩的游戏——他们挨个报数，最后一个人会被大家抓起来轮着亲一口，然后重新报数。

你瞧，我说过，这是很规矩的游戏，而且很有爱心。

这时，谁也没想到，兔子突然说话了。"嘿，你瞧……"它说。

这声音挺大，所以大家都被吓了一跳。"你瞧，"兔子说道，"你们想不想听故事？"

一位老人狠狠地咬了口嘴里的口香糖："我早就知道……哼！"其他老人都颇有深意地看着他，似乎在说：我们早就知道你知道。

于是老人们做出决议：不理睬兔子，广场上一切活动如常。

既然老人说一切如常，那就应该一切如常，人们又开始凝望、聊天、叽叽咕咕，镇上的生活似乎将继续下去，一如既往。

这时发生了件鼓捣镇有史以来从未发生过的事情，改变了整件事的进程。当孩子们玩"伟大的亲爱的"（就是那个报数游戏）时，兔子跟在最后一个孩子后面报了个数。"94。"它说。

孩子们都停下来，有些不知所措。按规矩最后报数的人必须得到所有人的亲吻，但以前从未有人插进来捣乱。一般的孩子长到16岁就会自觉不再玩这种游戏，大人们就更不会玩了。现在兔子一插嘴，按规矩六家就要拥上去亲它，但我说过，那东西周围全是激光护栏，根本过不去呀！

孩子们把这个问题反映给妈妈们，妈妈们再反映给爸爸们，爸爸们再反映给老人们。老人们嚼了半天口香糖，没有人说话。最后，还是刚才那个老人把口香糖小心地吐在香树叶上，坚定地说："规矩就是规矩。"其他老人都颇有深意地看着他，同样坚定地点了点头。

那么兔子就必须得到93个亲吻，一个不能多，一个不能少。

那么激光护栏就必须撤除，好让孩子们完成这个游戏。

你可能会说：可以不算啊，可以重来啊，可以一哄而散不玩了啊！瞧瞧，你就不了解规矩，规矩意味着无论如何都必须如此。你知道，鼓捣镇上的人是最讲究规矩的，因此这些念头在他们心中连冒头的机会都没有。

当孩子们兴高采烈地挨个亲吻完了兔子以后，他们都笑着回来了。这个晚上兔子没再说话。

第二天早上，每家的大人都惊喜地发现自己的床头多了一束花，门前也打扫得干干净净，孩子们则老老实实地在一起念书。在每个妈妈和颜悦色地盘问了几分钟后，大家都奔向镇中心的广场去看故事兔子。

原来前一天晚上，兔子趁接受孩子亲吻的时候小声地给他们讲了个美丽的故事，孩子们听后大受教育，意识到应该为自己的父母多付出些爱心。于是他们商量了这样一个办法，给了大人一个美妙的早晨。

从此这只兔子就被称为故事兔子，激光护栏也去掉了。每天傍晚，人们都会聚集到镇中心的广场听故事兔子讲故事——那都是些美丽的、善良的、温馨的故事，都发生在这个小镇上。

为了纪念这个伟大的早晨，这天被定为故事节，每年的这天人们会选出前一年故事兔子讲得最好的十个故事。年复一年，听故事兔子讲故事已经成为小镇人们生活的一部分，就像自古以来的各种习俗一样，是理所当然的事情了。

这时又发生了一起突发事件。

那是今年故事节前一个星期的夜晚，就在大家都在家中舒舒服服睡觉的时候。突然响起一阵巨响，还有冲天的火光。天啊！这太吓人了，所有六岁以下的孩子都哭了，所有壮年男子都冲了出去，看究竟发生了什么事。

一枚陨石砸在镇中心的广场上，人们赶到的时候它还冒着烟，刺刺地发出吓人的响声。这枚陨石并不大，没有对周围的房屋造成什么破坏，但落地时的冲击力把故事兔子弹起，歪倒在路旁。

天亮后，人们把已经冷却下来的陨石搬走，把地平好，把故事兔子重新摆放好。傍晚时分，人们又来到广场上准备听故事，但故事兔子一言不发。

"故事兔子，我们要听故事！"孩子们说。

"故事兔子，请讲故事吧！"大人们说。

"吧唧吧唧……"老人们颇有深意地望着故事兔子。

可它还是一言不发。

这一天故事兔子没有讲故事。

第二天它还是没有讲。

整整一星期它都没讲一句话。

到了故事节的时候，大人们商量着应该把故事兔子搬出广场，反正它现在也没什么用了。镇上眼窝最深的长老鼓起勇气走到故事兔子面前："故事兔子，我们要把你搬走。"

故事兔子忽然说话了："为什么？"

"你已经不再讲故事了。"长老说。

"那是因为我把故事都讲完了。"

"那就请离开吧。"长老停止了咀嚼。

"其实，我还有很多很多故事……"故事兔子欲言又止。

"只是我不知道这些故事你们爱听不爱听。"故事兔子说。

"我们爱听！""我们想听！""吧唧吧唧……"

"好吧！"故事兔子下定决心道，"我先讲一部分，不过你们必须保证在我告一段落前不许打断我。"

"我们保证。"长老说。你知道，在鼓捣镇上，长老的这样一句话会得到所有人不折不扣地执行。

"那好吧，我这就开始讲。"故事兔子抬头望了很久。星空中无数的星星在静静地闪动，用它们微弱的光芒照耀着这片土地。

"你瞧，"故事兔子说，"很久很久以前，很远的地方有个星球叫地球……"

树梢怪客

很久很久以前，很远的地方有个星球叫地球。

"地球？真的有这么一个星球吗？"孩子们叫着。
"真的，"故事兔子说，"传说那里是人类文明的发源地。"

在那个时候，人类还只能在那颗星球上生活，科技水平还很低。这天晚上，居委会的张大妈正独自坐在小区二十三楼拐角处乘凉……

"什么叫居委会？""张大妈是谁？""小区是什么？""吧唧吧唧……"

故事兔子没好气地说："嘿，你瞧，这些故事都发生在外面的世界，如果我要解释每个细节，那故事就没法讲了。用用你们的脑子，试着去接受它们。"

"好的好的，我们再不插嘴了。"人们说。

就在张大妈打死了她腿上的第七只蚊子的时候，突然发觉有一阵风从头顶掠过，这不是一般夏夜的怡人微风，此风带着些古怪，似乎是什么东西刚才飞过去了。张大妈抬头看看，只有那棵年长的杨树在夜空中微微摇晃。这片小区原来是坟场，建楼的时候挖出来过很多骨头。偏巧张大妈对鬼神之事半信半疑，这时不禁有些发怵。

夜已经深了，其他人都已经散去，张大妈也准备回去睡觉，她站起来拍了拍身上，下意识地抬头一看——有个黑影叉着腰站在老杨树的树梢上，随风晃动。

"我的妈呀！"张大妈吓得把扇子一丢，一路小跑着回了家。此后几天，小区里流传着闹鬼的谣言，说是古代的一个飞将军被皇帝错杀后阴魂不散，想找人报复。家家户户到了晚上都心惊胆战，夜里出来纳凉的人也少了，小区用电量直线上升。

就在张大妈遇鬼的第四天晚上，家住六楼的王律师吃完晚饭在看电视，忽然听到正在阳台上收衣服的妻子发出一声压抑的尖叫，"怎么了？"他问。妻子脸色苍白地走进来："外面有个东西。"起先王律师还以为是鸽子老鼠壁虎之类的东西，他大模大样地走到阳台上，发现什么也没有。"外面……"妻子小声说。

外面的树梢上蹲着一个东西，离他们也就二三米距离。"天啊！"王律师说，"是猴子吗？"妻子拉了拉他的衣服："可能是鬼哦。"

"什么鬼啊！胡说八道！"王律师可根本不信这一套，"看我吓唬吓唬它！"他不顾妻子的阻拦，使劲拍阳台窗户，可那东西一动不动。"不管它是什么，我们先把它拍下来，寄给电视台可以参加他们的节目呢！"王律师对《家庭录像》栏目的女主持人倾慕已久。他进屋翻出摄像机，想把那东西拍下来。"光线太暗了，你拿手电照它。"王律师对妻子说。

妻子拗不过他，就拿来手电向那个黑影照去。谁也没想到，光一照到那东西，它就像被击落的小鸟一样向地面垂直坠下去，消失了。

真的，真的消失了。经过王律师楼上楼下跑了好几次的调查，它没有掉到地上，也没有挂在树干的某处，而是完全消失了。由于这事有些诡异，王律师没有告诉任何人，也没有寄出那盒录像带。

在发生了几起目击事件后，人们渐渐发现这东西也不是那么可怕。正像王律师安慰妻子时所说的："既然它怕我们，那我们就没必要怕它。"人们对"树梢怪客"的好奇心已经超过了恐惧感。有人建议把消息爆料给电视台，让他们来做个神秘事件的专题；有人希望能把那东西抓住然后展览；还有人建议比照尼斯湖怪物，让这个树梢怪客成为一个旅游项目。可这时又发生了一件事，完全改变了小区居民的想法。

一个星期天早上，有三户人家在醒来时发现家里被翻得乱七八糟，盘点后发现丢失了不同数量的现金。震惊过后，人们发现这三户都住在五层楼以上，而且门没有被撬过的痕迹，小偷是怎么进去的呢？很快，树梢怪客就被列入了黑名单。据张大妈非正式的民意调查，超过96%的居民认定树梢怪客就是罪魁祸首。唯一没有回答张大妈询问的人是王律师，"作为一名法律工作者，我拒绝在调查开始前作任何评论。"他说。

当然，调查很快开始了。派出所民警对报案的三家实地勘查后认定：

1. 这是三起入室盗窃案。

2. 三个案件有联系，很可能是由同一人（或同一团伙）所为。

3. 罪犯很可能是从阳台或窗户入室行窃的。

你要知道，这个小区治安一向很好，很少出什么刑事案件，所以所里对这起案件非常重视，成立了专案组，组长是远近闻名的李警官，据说刚从国外进修回来。他走访了小区里的居民，发现人们普遍认定这是"鬼"干的，于是他开始调查树梢怪客，王律师主动提供了怪客的录像带。从这盘带子中，人们可以看到怪客穿一身黑衣，只有头罩上露出两个眼睛，按王律师的说法，这是典型的"夜行衣"。

虽然如此，但一个人喜欢晚上穿夜行衣出来逛也不算违法，李警官还不愿意把这个怪客列为嫌疑对象，不过他很想和这个怪客谈谈——如果能谈的话。

几天后，又发生了一起盗窃案，贼同样是从阳台或窗户进来的，而且有人在案发当晚"似乎看到过"树梢怪客。这下李警官可有些急了，所长给他下了死命令，要求限期破案，而现在经过多日的走访排查，还是没有一点线索，连罪犯的作案手段都没有完全搞清楚。

专案组开始蹲守，估计案犯近日还将继续作案。这天晚上，李警官和其他几名民警在小区散开蹲守，天气闷热难当，大家都忍耐着。李警官的手机忽然振动起来，一名居民说在23号楼北侧发现了树梢怪客。

大家立刻行动，悄悄将那几棵树包围起来。"目标在东边的第三棵树上。"李警官发现了正在树梢晃悠的怪客。"天啊！他是怎么做的？"有人小声感叹道。

怪客用脚尖踮在树梢上，身体几乎横躺在空中，似乎在休息。"不管它是什么，它是怎么做到的，我们今天一定要抓住它！"李警官说，"开始抓捕！"

几束手电光从不同位置同时照向树梢怪客。人们听到了一声非常清晰的"哎呀！"。这让所有民警都松了口气，一个惊慌的罪犯当然要好对付些。怪客如预料般从树梢上掉下来，光束也跟着他。李警官带着两个民警向那棵树冲去。

这时怪客做了个非常诡异的动作，他下坠之势忽然停止，身体划了个U形，重新急速向上飞升。李警官边跑边喊："站住！不许动！"但他眼看着那个身影逃出手电光束的包围圈，高高飞起，从23楼楼顶翻过去，不见了。

这次抓捕行动彻底失败，连罪犯的脸都没见到，而且罪犯的身法之神奇，狠狠打击了大家的士气。第二天上午，大家正垂头丧气地在派出所里做总结，有位小区居民来报告，说有关于树梢怪客的新情报。

这位瘦弱的青年，大约20岁出头，进来的时候神情萎靡。"您有什么情况，请说吧。"李警官客气地说。

"我……我知道树梢怪客是谁。"青年小声道。

民警们精神为之一振："说，是谁？"

"是我。"青年看了看警察的脸色，"也不是我。"

"你在开玩笑吧。"一位民警说。李警官挥挥手让青年继续说。

"这要从我的研究说起。"青年看着自己的脚尖。

"我念的是物理，虽然在学校里我有我的研究课题，但实际上我最感兴趣的还是引力研究。

"我一直希望能找到消除引力作用的方法，就像屏蔽电磁力一样屏蔽万有引力。可是这样的课题是得不到经费的，所以我就偷偷研究，用一个表面的课题申请经费，然后拿出一部分钱做我真正想做的研究。

"一个月前，我终于找到了屏蔽引力的办法，只要用一个小小的装置，就能使周围两米半径内的物体都不受引力作用。一个人只要戴上这个装置就能飞起来，通过调整反引力装置的作用力量，就能自如地飞行。我不敢在白天试验，只能等晚上人少的时候做试验。张大妈最初看到的那个鬼，就是我在试验这个装置。

　　"可没多久，与我合租房子的室友就发现了这个秘密。他先是偷着用我的反引力装置，被我发现后，他发誓不拿它去做非法的事，还说会给我钱让我进一步研究。前几天的盗窃案发之后我问过他，他矢口否认。我虽然怀疑，但也抓不住什么证据。

　　"直到第二次发生盗窃案的时候，我亲眼看到他带上反引力装置出去，才确信是他干的。我和他大吵一场，没想到他反倒威胁我，说没人会相信我。昨天晚上我看到他神情紧张地从外面回来，就知道他又去干坏事了。想了一夜，我决定来报案。"

　　青年停住了，屋内一片静默。"那个装置你带了吗？"李警官问。青年点点头，从包里取出一个闹钟大小的东西放到桌子上。"要表演一下吗？"青年问。大家纷纷点头。青年抓住反引力装置，按住开关，一下子，他和桌子，还有他身边的一位民警，都浮在了空中。"让我下来！让我下来！"那位民警叫道。

　　大家都哈哈大笑。"我们相信你，现在你的室友在哪里？"李警官问。

　　"还在睡觉吧，他一般不到中午不会起床。"

　　于是专案组全体出动，青年带路，将正在呼呼大睡的罪犯抓个正着。经过简单的审讯，罪犯对所犯罪行供认不讳。

　　"这个案子的报告很难写。"李警官对青年说，"不过我会照我所知道的事实写的。如果上面能接受这样的解释，那我想很快你就不用再发愁经费了。"

　　"但愿如此。那样的话，树梢怪客就变成树梢飞侠了。"青年笑了。

　　"好了，故事讲完了。"故事兔子说。

"可反引力装置是很基本的装置啊！"孩子们说。

"对你们来说确实如此，可对很多年前的人类来说，这简直就是科学幻想。"故事兔子打了个哈欠，"这个故事告诉我们，科学的发展并不简单，早期的人类是多么困难啊！"

"哦！"孩子们齐声答道。

"好啦，今天就到这里，明天再接着讲！"故事兔子说完就不吭声了。

晚上，所有的孩子都在梦里飞。

月球！月球！

这天傍晚，天刚黑，皮皮从学校放学回家，骑车穿过一片树林。他刚结束了一场惊心动魄的球赛，满头大汗，身上脏乎乎的。二班的那些同学以前老不服气，觉得皮皮所在的三班踢球不行，这次可算给他们彻底打服了。四比一，而且他们一直压在二班的门前狂攻。皮皮自己也进了一个球，还是远射呢！不过现在他的心情可不怎么好，踢球一高兴，忘了时间，回家肯定要被妈妈骂了。他不觉加快了速度。

突然，在林间小道前方爆发出耀眼的亮光，伴有一阵剧烈震动。"咣当！"皮皮摔倒在地，一半是震的，一半是被吓的。他艰难地抬起头，正好看到那个东西缓缓降落。

它就像个汉堡包，但大多了，周身散发出夺目的光。"这就是飞碟吧？"皮皮暗自嘀咕，他一时不知该怎么办，只是坐在地上看着。忽然，从飞碟上发射出一道白光，击打在他身上，他一头栽倒，晕了过去。

皮皮恢复知觉的时候，发现自己躺在一间空荡荡的房间里，连窗户都没有。他想起自己在回家的路上被飞碟劫持。他突然兴奋起来，这里是飞碟内部吗？哇！他进到飞碟里面来了，太帅了！他爬起来四处打量，墙壁很平坦，没有灯或按钮什么的，房间从里向外透着柔和的光。

忽然，有个声音在他脑子里说话："不要怕，我是来自呱啦呱啦星的祖鲁。我是个科学家。"

"你要干什么？"皮皮有些害怕。

"做一些研究。请到客厅来。"那声音说。

墙壁裂开一个口子，露出后面的圆形通道。皮皮探了探头，小心翼翼地沿着通道走到一个大厅里。室内有一个大显示屏，可以看到地球表面的陆地、海洋和云层。"不用担心，我不会伤害你的。"那声音说。

"你不会拿我做实验吧？把我给解剖了？"皮皮还是不放心。

"啊，不会，当然不会！我只是想了解了解地球孩子的智力水平。"

智力水平？皮皮心头一紧，在学校里整天考试，没想到被外星人劫持后还要考试！外星人祖鲁要他坐在一把椅子上，用一个形状古怪的大头罩扣在他头上。"我不会被电着吧？"皮皮有点担心。头罩嗡嗡地响了一会儿，"啪"的一响，没声了。

"好啦，我已经对你的大脑进行了扫描。看来你们人类的智力水平没有多高嘛。"

"就这么一会儿你就能知道我们没你们聪明？"皮皮很不服气。

"统计数据说明一切。你们大脑的褶皱程度比我们低30%，脑容量低40%。说真的，这样的大脑在我们那里就算是弱智了。"

"啊？"皮皮眼前发黑，"你们怎么这么残忍！"

"这不能算残忍。我们要求活下来的人必须足够聪明，至少在正常水平上。否则我们的文明将无法在这么残酷的宇宙中生存。"

"我们地球人就不一样，我们相信所有的人都应该有权利活着。"

"是啊、是啊，你们这些智力水平低下的地球人偏偏有这样那样的说法。"

"好啦、好啦，我说祖鲁，你能不能露面让我见一下？让我也看看高智力的外星球科学家是什么样子。"

"不行，我的样子肯定会吓坏你的。我们有自己的文明接触规则。"

"是啊、是啊，你们这些智力水平极高的外星人偏偏有这样那样的规则。"皮皮冷笑着说。

忽然，警报响了起来："注意！注意！发现魔鬼星飞船！发现魔鬼星飞船！"

"魔鬼星飞船是怎么回事？"皮皮问。

"魔鬼星人是银河系中的强盗，专门抢星球，只要有他们在，一定有哪个星球要倒霉了！"祖鲁停了一会儿，"我和他们联系一下……好了！"

屏幕上出现一个身材魁梧、面貌狰狞的家伙，戴着笨重的面具："呱啦呱啦星飞船请注意了！我们要搬走第三行星的卫星，请你们立刻离开第三行星轨道！"

"啊？第三行星？那不是地球吗？卫星？那不是月球吗？"皮皮呜里哇啦地叫起来，"他们要搬走月球！他们要搬走月球！"

"那可不好，我对地球人的研究还没完成呢。"祖鲁也不愿意，"我希望地球人还和以前一样生活，要是他们一觉醒来发现月球不见了，真难以想象会发生什么。"

"那你帮我阻止他们啊！"皮皮着急地说，"你不是有很高的技术吗？"

"不行啊，我打不过他们。他们人太多了！"屏幕上出现了一个太空舰队的编队，有几十艘太空船。

"让我跟他们说！"皮皮要求道。

"好吧，我看看你能怎么解决问题。"

"嗨，魔鬼星首领，你好！"皮皮冲屏幕上的魔鬼星人说。

"你是谁？"魔鬼星人说。

"我是地球人……哦，就是住在第三行星上的人。"

"哦，你有什么事吗？"

"我听说你要搬走月球，我们的卫星。我请求你们别这样做。"皮皮尽量显得有礼貌。

"为什么？"

"月球对地球人很重要。比如……比如……"皮皮使劲地想自己在学校里学到的东西，"比如地球上的潮汐就是受月球影响才有的，还有……地球人的生命节律也受月球影响。你要把月球搬走，地球上就要出乱子了！"

"这不是个很好的理由。"魔鬼星人晃了晃脑袋，"我们不管你们地球人怎么样，我们要月球，我们就一定要得到它！"说完他就停止了通话。

"怎么办啊？祖鲁你快想想办法啊！"皮皮喊道。

"没有办法。我们从来不干涉魔鬼星人的行动。我们之间有和平条约，我可不想挑起呱啦呱啦星和魔鬼星之间的战争。"

从屏幕上看，魔鬼星飞船已经把月球团团围住，准备行动了。

"祖鲁，魔鬼星人什么样的星球都抢吗？"皮皮问。

"不是。他们只抢无主的星球。"祖鲁无精打采地答道。

"可月球是地球人的啊！"

"月球虽然是地球的卫星，但只有你们靠自己的力量先于魔鬼星人登月，才能声明月球属于地球人，否则它还是被看作是无主星球。这是银河系通用的规则。"

"可我们确实登上过月球！"

"哦？如果是这样，魔鬼星人就不能硬抢了，否则他们会受到银河系的制裁……我再和他们联系一下！"祖鲁又来了精神。

一会儿，魔鬼星人的脸又出现在屏幕上："你说你们曾经登月，有证据吗？"

"当然有，我们留了好多仪器什么的在上面。"皮皮说。

"嗯……"魔鬼星人想了一会儿，"我需要见到这些证据。给你10分钟！"

10分钟，时间有些紧。皮皮喊道："祖鲁，你能接通地球上的图书馆吗？"

"当然可以，这很简单。"

"查一下人类登月的记录，找到他们登月的地点！"

"没问题，稍等……"祖鲁沉默了。皮皮焦急地等待着，时间一分一秒地过去。"找到了！"祖鲁兴奋地说，"1969年7月20日，阿波罗11号首次登月！我们这就去登月点！"

皮皮觉得飞船一晃，船身内传来机器的轰鸣声。他们很快来到了当初阿波罗11号登上月球后降落的地点，可以看到有很多仪器还静静地待在那里。

"真不可思议，你们真的曾经登上过月球！"祖鲁说。

"真不可思议，你们真的曾经登上过月球！"魔鬼星人在屏幕上说，"可你们为什么不在月球建立基地，不继续向太空进发呢？"

"这个……"皮皮觉得有些不好意思，"我们觉得花的钱太多了。"

"啊！地球人真奇怪！"魔鬼星人说，"鉴于你们占有了月球后就不再使用，任凭它闲置，我们将向银河系联邦提出请求，接管这个星球。100年后我们还会来，那时如果你们仍然没有开发月球，那就由我们来开发！"

魔鬼星的舰队远去了，太阳系内没有别的星球能引起他们的兴趣，他们将去很远的地方寻找新的、合适的星球。祖鲁把皮皮送回地球。

他们来到当初见面的地方。"好啦，你要回去了。我必须承认在这件事上你确实表现得很聪明。"祖鲁说，"看来我有必要改进我的统计模型。"

"我想统计并不能说明一切。"皮皮笑呵呵地说。

"也许吧。对了，你们为什么不向太空进发呢？就为了一点点钱的问题吗？飞向群星能给你们地球人带来的东西要比你们现在的财富多得多！"

皮皮无话可说。

"再见了，小家伙。不过我要抹去你的记忆……"这是皮皮在飞船上听到的最后一句话。

皮皮坐在地上，自行车倒在一旁。他扶起车子，向家骑去。不知为什么，他总是忍不住抬头向上看。

天已经全黑，无数星星在夜空中闪动。

"这个故事说明了什么呢？"一个黑眼睛的小孩问故事兔子。

故事兔子没说话，而是抬起头来。

所有的孩子都抬起头，一起望向星空。

家政机器人

王涛已经在那牌子前来回走了半小时，还没有决定买不买。牌子写得很清楚："最新家政机器人！10元领回家！"之所以这么便宜，据说是因为采用了某种特殊的技术，成本可以大大降低。他也没搞懂，反正电视上就是这么说的。

当第六个"无意中"经过身边的女服务员问他需要什么时，他终于下了决心。家里的老式机器人已经太旧了、太容易出故障了、噪音太响了、太……其实是这个型号实在太便宜了。

两天后一辆响着音乐的彩车给王涛来送货。邻居们都好奇地看着，王涛得意地指指点点，领着送货员们进了家门，把机器人组装起来。

"看起来确实不错！"妻子盯着机器人说。

"而且功能还挺多的呢……"王涛瞅着说明书，"它不仅能做家务，有保安功能，还有一个即时更新的数据库，你的那些奇怪问题它都能立刻答出来。好家伙，它居然会弹琴！"

"10元钱？"妻子喃喃道。

"10元钱！"王涛斩钉截铁地答道，把手伸到机器人背后，打开电源开关。"你瞧，它还有一个遥控器，我们可以在100米范围内唤醒它或让它休眠。还可以紧急呼叫它呢！"他拿遥控器在妻子面前晃了晃，按下一个按钮。

新机器人身上发出电机的吱吱声，频率越来越高，直到超过人的听力阈值，听不见了。"比那个老的声音小多啦！"妻子兴奋地说。

新机器人鞠了个躬："我是XJO09型家用机器人，会使您的生活更舒适、更有乐趣。和本系列以前的产品相比，我的使用更为方便简单。我支持V形垃圾桶标准、支持即脏即洗标准、支持绿色居室标准……"

"好了、好了，住嘴，以后慢慢说吧。"王涛说。

"是的，先生。我发现您家中有一个旧型号的机器人，建议您把原来的旧机器人关闭，因为它和我不是一个公司的产品，如同时开启，在管理家务时可能会导致事故。"

王涛点点头，伸手去关旧机器人的电源。"我会替您做的，先生。我有很多新特性，其中一个就是能领会主人的形体语言和言外之意。"XJO09彬彬有礼地说，接着关闭了旧机器人的电源。

"好吧。"他搂住妻子的肩膀，"我们去看电视，你把它扔到地下室去，然后为我们做顿晚饭。"

"您确定吗？"

"什么确定不确定的？当然确定！"

"是的，先生。"

74秒后，XJO09冲进客厅："我发现了很多问题，先生。这些问题需要您来决定。"

夫妻俩对望了一眼。"什么问题？"

机器人慢条斯理地说起来："您使用的垃圾桶不符合绿色III级认证，这会在分类及湮灭时产生过多的废物，建议您使用带有绿色III级证书的垃圾桶。另外，您的房子不支持即脏即洗标准，这样我的即脏即洗功能无法发挥出来，建议您更新卫生模块……"

"慢着，我是叫你去做顿晚饭呀！晚饭！明白吗？"王涛不耐烦地打断了XJO09的话，"不要老拿这些琐碎的事来烦我！"

"但我必须得到您的意见，除非您授权我全权处理此类所有的选择。在您授权后，我会看情况自己处理。"

"好！好极了！去啊！我授权了！"王涛没好气地嚷道。

"好的，这意味着此后我对这房子里任何没有证书的东西都有处置权。您确定吗？"

"确定！当然确定！你要我说多少次确定？"

机器人鞠了个躬，转身要走。"喂！"王涛忽然想起一件事，"你自己到底有没有证书？"

机器人张开嘴，把舌头伸出来，翻转了180度，露出带幻彩花纹的合格证。

"真恶心……"妻子皱了皱眉，又开始看屏幕上那个悲泣的女子。

晚饭非常可口，夫妻俩都认为得到了一个物超所值的家政机器人。它优雅、体贴、语言丰富、办事快捷，只是有时话多了些。不过总的来说，妻子对王涛的这次投资还是十分满意的，10元钱！简直是做梦的价格！

第二天是周六休息日，王涛从睡梦中醒来，懒洋洋地走出室外。机器人正在修理草坪，空气中都是青草的味道。以前的机器人就不会主动干活，什么事都要人去下指令，现在的这个10块钱的玩意儿还真有用。王涛满意地回屋准备吃早饭，这时外面响起一阵声响。几辆运货车依次停在他家门口，上面下来几个人，指挥搬运机器人将许多箱子搬进来。

"嘿！这是怎么回事？"王涛问领头的家伙。

"您订购了一批智能家具啊，都带智能二代证书的。"对方答道。

"给我看看账单。"王涛一边看账单，一边暗自咬牙切齿。这个死机器人，花了我这么多钱。那个窗帘才买了不到两个月，只是因为没有证书就要换新的。还有他非常喜欢的跑步机，当初在黑市买的，只是没有合法手续，也被换成一台难看得要死的新机器。

"这些都是必须更新的，还有一批家具可更新可不更新，为了给您省钱，我就没订购。"机器人恭恭敬敬地在旁边说。

王涛愤怒地冲机器人挥舞着账单："你说这是省钱吗？天啊！你花光了我们过去五年的积蓄！"

"是的，"机器人不慌不忙地说，"不过您还有十年的积蓄没有动呢。而且我认为在未来一段时间内您的家庭不需要再添置什么家具了，我已经将您的家具配置做了优化。"

"最好是这样！"王涛气呼呼地走进房间。

这一天王涛和妻子都在忙着适应新的智能家具，到晚上睡觉的时候俩人已经给弄得昏头昏脑。"微波炉是要先开启再选菜单的吧？"

"好像不是，它是自动开启的。环境音响才是先开机再选择的。"

……

周日早晨王涛睁开眼睛的时候吓了一跳，机器人坐在他面前直勾勾地看着他。"天啊！你在干吗？"他问。

"我有个问题。"机器人说。

"见鬼！你不能等我们起床后再问吗？"

机器人只是看着他。

"好吧，"王涛妥协了，"什么问题？"

"我检了这所房子的每个部件，发现所有的东西都是带证书的。"

"好，太好了！现在能让我睡觉吗？出去时请把门关上！"

"我的问题是，"机器人把那张标准俊美的脸凑到王涛跟前，"你和你的配偶有出生证吗？"

"当然……"王涛揉着眼睛，"怎么了？"

"很好，我要求检查你们的出生证。"

"早找不到了，谁还老留着这东西啊！"

"那就是说你们没有证书喽？"

"就算是吧……"王涛忽然觉得有些不对劲，"那又怎么样呢？"

机器人如释重负地站起身来，冲门外招了招手，两个负重机器人冲进来，伸出机械手将王涛和他妻子抱起扛在身上。"我得到的指令是可以处置任何无证书的东西，"机器人对夫妇俩说，"而我的处置方式就是将无证的东西从这所房子里搬出去。"

"我们有身份证！"王涛艰难地抬头道，"身份证！我的号码是……"

"我只要出生证，"机器人伸出舌头转了180度，"就像我出厂时获得的合格证一样。"

"让我打个电话……"王涛还想说什么，但家政机器人一挥手，他们俩就被飞快地送出了大门，一直送到马路上。两个机器人小心翼翼地把他们放在地上，走了。

所有的人，邻居、过路的人、送报的小孩，都惊讶地看着他们。

在几次试图冲进家里失败后，夫妇俩叫来了警察，警察叫来了机器人专家，机器人专家叫来了出产家政机器人的公司技术员。技术员拿着个遥控器走到门口一按，嘿，瞧，家政机器人老老实实地打开门走了出来。警察上去把机器人锁住，顺便拦住了准备砸烂它的王涛。

"真对不起，"技术员对王涛说，"我们忘记告诉您，这是属于'死心眼'那类型的机器人。对这种机器人发指令时必须留有余地。"

王涛揉着被警察弄疼的手腕："那是你们专家的事！我希望用到的是个可以随意使唤的机器人！"

"我们会给您免费换一台较容易使用的机器人。"说完技术员习惯性地吐了下舌头。

"这个故事真奇怪，死脑筋的机器人……"还是那个黑眼睛的小孩，"这个故事又说明了什么呢？"

故事兔子低头看着他："你觉得呢？"

"机器人很危险！"黑眼睛小孩说。

"不对！是王涛很笨！"另一个小孩说。

"机器人危险！"

"王涛笨！"

"你们都错了，是机器人公司做得不对！"又一个小孩加进来。

然后他们一起看着故事兔子，等待标准答案。

故事兔子晃晃脑袋："没有标准答案，1000个人看同一个故事，就会有1000种理解。这很正常，千万不要以为世上的事只有一种解释。"

在闭嘴前它说："我以后不再回答任何有关中心思想的问题。"

奇怪的游戏

深夜，在这座北方城市的一所大学里，计算机系楼二层的第七个窗口的窗帘拉得紧紧的，但仍然有微光透出。一个戴眼镜的瘦瘦的青年坐在电脑前发呆，这已经是他第三次接到那个奇怪家伙的来信了。

这封信很短："Blade，你完成了吗？WAI"

两天前，Blade（青年在网络上的名字）收到了一封陌生人的电子邮件，随信带着一个小游戏，陌生人要求他两天内玩完这个游戏。

通常来说，这很可能是某人的恶作剧，或者是某种电脑病毒在传播，也可能是黑客发送的木马程序（这就像安放在对方电脑里的一颗炸弹，一旦收到信号就会发作）。反正Blade一般是不会去碰这种东西的，见到就立刻清除。这次也不知为什么，他鬼使神差地先用杀病毒软件检查了一遍，见没有什么问题后就开始玩了起来。

游戏的内容很简单，主观视角走迷宫。开始他还以为会有什么怪物或机关之类的东西，非常小心，走得很慢，但过一阵子就发觉根本什么东西都没有，就是走迷宫，只要能从这个迷宫中出去，他就赢了。

迷宫有一种玩法叫"左侧规则"，就是说你沿着墙壁的左侧走，遇到岔路时就向左拐，这样虽然可能走很多冤枉路，但最后总能走出来，实际上沿右侧走也是一样的。但这个规则并不完善，如果这个迷宫的某一部分是回字形的，那么无论是左侧规则还是右侧规则，都会永远绕着中间的部分不停转圈。解决的办法是：如果你发现左侧规则使你转个不停，那就在下一个岔口处选择右侧规则，这样就能打破封闭的怪圈。

这似乎比较简单。Blade虽然不是什么游戏高手，但既然学计算机专业，谁能没玩过几年游戏呢！谁能没几个玩得很熟、能拿得出手的游戏呢！走迷宫可是玩游戏时的基本功啊！Blade准备用一个小时的时间完成这个游戏，然后把那家伙好好嘲弄一番。其实按照他的推算，半个小时就够了，但他决定还是保险些好，万一这游戏有什么古怪呢！

结果一玩就是一个通宵。第二天上午，同学打开实验室的门时，正看到他准备拿椅子去砸电脑。当然，他没砸成，在经过了激烈而耗费体力的劝说后，同学终于使他安静地坐在椅子上。五分钟后，当那位同学把一夜的垃圾收拾好时，他已经睡着了。

游戏者以差不多正常人的速度在迷宫中行进，两边是高墙，印有无数水平线，向前方延伸，头顶和脚下都是砖块。行进一段时间，游戏者将来到一个岔路口，分左右两支，无论选哪一个，他都会很快遇到另一个岔路口。有时通道会转向，有时通道的尽头就是一堵墙，上面有面镜子，游戏者可以看到自己傻乎乎地面对镜子站着。

Blade醒来时已经是下午一点多，还依稀记得那永无止境地行进，那面对镜子时心头的郁闷。他从床铺上爬起来，强打精神去水房洗脸，冰凉的水使他似乎清醒了些。忽然，他想起了什么。他为什么非要玩这个游戏？虽然它也许很有挑战性、很有诱惑力，但如果他感到厌烦的话，为什么还要玩呢？有那么多事情需要去做呢！他决定回去就把那游戏删掉，静下心来完成自己的论文。

他一到实验室就收到了陌生人的第二封信。这家伙上来先道歉，说上封信太唐突，没有把话说清。事情是这样的：这个自称WAI的陌生人构造了一个前所未有的迷宫，没有人走出来过，也没有人能明白它的秘密。他希望Blade能成功。

这个理由并不充分，Blade靠在椅背上沉思良久。他完全可以按计划把这件事抛在一边，但在内心深处，总有点不甘心，也许他能发现这个所谓"没有人能明白"的秘密？为什么不玩下去呢？他打起精神，进入迷宫。

依然是无穷无尽的通道，他从昨天退出的地方接着向前走。如无头苍蝇般瞎撞了半小时之后，他忽然来到一个房间，这里只有一个发亮的踏板。也许这就是终点？他踩了上去，眼前的场景瞬间转换成另外一个房间，出口连接着那似乎一成不变的通道。看来这是个空间转换机关，可能他已经过了一关，来到了这个迷宫的另外一部分。

他沿着通道前进。很快，他就发现这里的通道有些不一样，在某些地方有悬空的通道，就那么悬在他头顶不远的地方，向斜上方延伸，直到视线的尽头。他不知道怎么才能上去。跳起来是个办法，但Blade想尽办法、试遍了键盘上所有的键也没能跳起来。这种悬空通道到底通向哪里？是否是走出迷宫必经的路线？他不知道。

最后他只走了三个小时不到就放弃了，剩下的时间应该给自己目前最重要的事情——论文。但那个单调无聊的迷宫似乎有魔力，总在他的脑海中出现，看着文献中的字，似乎也码成了一个巨大的、令人窒息的迷宫。吃晚饭的时候，他想到应该用自己的专业来帮助自己。回到实验室的时候天已经全黑了，他坐下来开始编写一个小程序，它能记录他按键的信息，自动绘制一张图，这样他可以边走边研究，寻找可能的出口。

作为一个计算机专业的研究生这并不是什么难事，很快他就调试完毕，重新投入探险。走了五分钟，他查了查记录。很好，跟踪程序很清晰地显示出他行走的路线，但有个地方比较奇怪，他似乎在那里走过两次，而且方向完全相反，似乎在那里有两个完全不同的通道。合理的解释只有一个，那就是这两次是在不同的高度上，这就像你从一幢楼顶上向下透视，会发现在某些点上有不同方向的楼道，但这不过是不同层的楼道在垂直方向的投影而已。这个迷宫是有高度差的，他一定是在不知不觉中走到了刚才经过地方的下面或上面。

想要验证这点很简单，他只要往回走，再重复经过这个点两次，看看通道的形状是否和记录中一致就可以了。他往回走，但走了没多久就觉得有些不对。走迷宫的人有个基本技能就是对经过的路有短期的记忆。他很清楚自己刚才过来时通道是什么样的，麻烦在于，当他往回走时，通道变了！和刚才不一样了！他赶紧检查记录，果然，他似乎走到了另外一条路上。可他明明只是沿原路返回的啊！

这是个不可能的迷宫！

Blade不禁有点头晕：如果一个迷宫完全不遵守实际的空间结构，那也根本不可能通过在纸上画图等方法来解决，所谓的左侧或右侧规则也根本就是可笑的伎俩——你会发现在同一个地方既是一条通道，又是一个岔口，还可能是个空房间。这样的迷宫可能是不断变化的，那……怎么可能走得出去呢？

明白了这点后他就退出了游戏。这天晚上他总算睡了个好觉，迷宫没有再来烦他。

现在呢？他该怎样回答这个自称WAI的陌生人？不予理睬？回信骂他一通？最后他决定用平和的语气把自己的发现告诉对方，并表示自己对这种游戏不感兴趣。信发走后他感觉像是卸下了一个沉重的包袱，开始专心准备自己的论文。

回信到来时他的机器"当"的一声提醒他，他打开信：

"Blade，很高兴你自己发现了迷宫的奇特之处。不幸的是，你走到了门口，却没有发现最后的真相。这个迷宫的通道并不是随机生成的，它是不会变化的。

"那为什么沿着通道向前走会走到另外一条路上去呢？如果你对你的跟踪程序做一点小小的改动就能明白了。你只需在你的二维模型上再加上第三维就可以看到它是个立体的迷宫，这第三维是指时间。

"你应该知道通常我们看世界时有三个维度：长、宽、高。在某些科学理论中认为还存在第四维时间。那么一个四维的迷宫是什么样的呢？你所看到的迷宫，正是一个四维迷宫在三维空间中的投影，就像三维的楼道在二维平面上的投影一样。你提到了神秘的悬空通道，如果你在另外一个时间到达那个点，就可以进入那个通道，而不会像你所经历的那样。

"很抱歉占用了你的时间，但我希望你觉得这值得。再会，WAI！"

一个四维的迷宫？Blade有些出神。如果我们能打通四维迷宫的墙壁，能干什么？我们能回到过去吗？我们能到未来去吗？

他真的出神了。

纳米部队

今天是丁丁的生日，妈妈忙活了半天，做好了晚饭等爸爸回来一起庆祝，可已经过了八点爸爸还没回来，他们决定去单位找爸爸。

妈妈开着车驶入研究所大院时已繁星满天，周围静悄悄的。他们来到爸爸的实验室门前，推开虚掩的门，发现室内一片狼藉，没有一个人。妈妈愣了一下，掏出手机给保卫处打电话，随后走到墙边，按下一个红色的按钮，墙壁忽然裂开了，露出一个布满仪器的小房间，妈妈一把抱起丁丁，冲进密室，关上门。

"这是什么地方？爸爸呢？"丁丁不解地问。

妈妈抚摸着他的头说："丁丁，你是个大孩子了，对吗？"

"当然！"丁丁挥动双臂。

妈妈笑了："你爸爸和我都在这个研究所工作，研究的项目是纳米机械。你知道什么是纳米吗？"

"知道！如果我们每天走1纳米，可能从汉朝走到现在都到不了1毫米！"

"谁教你的？不过倒没说错。"妈妈不禁失笑，"1纳米是十亿分之一米，也就是1毫米的一百万分之一。纳米机械就是在这么小的地方制造机械，比如纳米发动机、纳米传动杆什么的。用这种方法制造出的机械体积很小，在很多方面都有用处，比如可以用于军事，所以有很多坏人想据为己有。你还记得前几天来咱们家的那个大胖子吗？"

丁丁点点头。那个胖子声音很大，喜欢把脚翘在茶几上。

"他是个大富翁，想买断智能纳米技术。我们没答应。但据说他已决定不择手段要得到这个技术。今天你爸爸失踪，可能就是被他绑架了。"

"那我们赶紧去救爸爸！"

"我已经报警了。不过他们可能把你爸爸转移到国外，那样的话就难办了。你爸爸身上有信号发射器，我们应该马上去救他。"妈妈说着取出一个小盒子，"现在要你出马了。"

"我？"丁丁吃惊地说。

"对，当初我们为了保险，设定为只有你才能启动纳米部队。"妈妈打开盒盖。里面有些肉冻儿似的东西，它们开始变幻色彩并四处流动，很快就漫过盒子边，沿一条准确的线路爬上丁丁的手，温乎乎的。

丁丁有些紧张，不过看到妈妈镇定的脸，也放松下来。"肉冻儿"慢慢渗入他的皮肤，一点儿都不疼，就是感觉有些怪怪的。

"好了。"等"肉冻儿"全进去之后妈妈说，"现在纳米部队将会保护你并听你指挥。"他们带上信号定位仪，冲到楼下坐进汽车。

"在东边！"丁丁看着仪器说。

妈妈发动汽车，冲出研究所大门。清凉的夜风扑面而来。定位仪显示爸爸在十几公里以外。

"开快点儿，妈妈！"丁丁喊道。

妈妈打开自动驾驶系统，掏出个小信号发射器放在丁丁的衣袋中："妈妈追不上他们，现在只有你能赶上去。"

丁丁不解地看着妈妈。

"纳米部队的力量很大。每个纳米机器人都相当于一个发动机，刚才进入你身体的纳米部队足以推动一架飞机。"妈妈捋了捋丁丁的头发。

"那我怎么指挥它们呢？"丁丁问。

"你只要脑子里想：纳米部队，起飞！就可以了。"妈妈抱了抱丁丁，"这部队有智能部件，你可以通过大脑和它们通话并发指令。注意安全，我和你严伯伯随后就到！"

丁丁点点头，脑子里想：纳米部队，起飞。

他的身体忽然飘了起来，慢慢浮到妈妈头顶两三米的空中，有东西慢慢包住了他的身体。"再见，妈妈！"他喊道，然后想：纳米部队，前进。

他以惊人的加速度一下子把妈妈的车子甩到后面，在夜空中急速飞行。

"丁丁你好！"丁丁脑子里忽然有个声音说。

"你是谁？"丁丁问，然后马上就反应了过来，"你是纳米部队的头儿？"

那声音笑了几声："你猜对了一半儿。纳米部队是个整体，没有什么头儿。我就是纳米部队，纳米部队就是我。"

"听说你们很厉害？"

"对于你们人类来说，我们当然很厉害了。"

"那你们都能干什么啊？"

"飞行、变形、侦察、攻击……反正什么都行。有我们在，你就成了个魔法师，拥有无比强大的力量。"

"你们先找到我爸爸再说吧！"丁丁觉得这个油嘴滑舌的声音口气太大了。忽然，定位仪"滴滴"地叫起来。"离我们很近了！"丁丁看着仪表喊道。

"就在那里！"纳米部队叫道。

丁丁的头被无形的力量扭向右边，他看到一架直升机正贴着湖面飞。

"我们追过去！"丁丁命令道。

"遵命，孩子。"

丁丁猛蹿了一下，飞到直升机的后面，旋翼卷起的风令他有些摇摆不定。这时奇怪的事发生了，直升机向湖面直坠下去。

"你干吗了？"丁丁问道。

"什么也没干。"纳米部队的声音出奇的平静，"我想可能他们要降落了。"

"降落到湖里面？"

丁丁话音未落，湖面忽然裂开了，水花四溅。原来是一艘巨大的潜艇冒了上来，在上浮的同时，它的顶盖也缓缓打开，露出里面的停机坪。

"他们……"丁丁喘了口气，"他们要坐潜艇跑！"

"我们进去！"纳米部队使劲推了丁丁一把。他一个前冲，撞到了直升机的尾翼支架，奇怪的是他没有受伤，而且像被胶粘着一样，牢牢贴在支架上。他看到自己像变色龙一样，皮肤和衣服瞬间变成了支架的颜色。

"是你干的吗？"丁丁问。

"还能有别人吗？"纳米部队得意地说，"这只是小意思而已，很快你就会看到我们更强大的功能。"

直升机降落了。几个大汉拥着丁丁的爸爸走出机舱，走到一群人前，为首的正是那个大胖子。

"陆先生，你终于忍不住了。你真的认为采取这种暴力手段就能得到你要的东西吗？"爸爸镇定地说。

"哈哈……"胖子仰天大笑，"我知道你不会轻易给我的。但一个人可以自己视死如归，但很难看着自己的孩子死去而无动于衷吧？"

"孩子？你说丁丁？"

"其实我很欣赏你和你的儿子。"胖子点上一根烟，"你们都是聪明勇敢的人，可惜都不肯与我合作。"他做了个手势。几束灯光一下子聚集在丁丁身上。丁丁在脑子里骂了纳米部队好几句，然后爬起来，跳到地上，落地的一瞬间，他的保护色消失了。

"丁丁！"爸爸喊道，"你怎么来了？"

"勇敢的儿子想救爸爸呗，可惜没有用。哈哈……"丁丁还没回答，胖子就笑了。

爸爸开始有些惊慌，但看了丁丁几眼后，眼睛里竟然有了些许笑意。丁丁也冲着爸爸笑，爸爸一定知道自己装配上了纳米部队。胖子挥了挥手，一个大汉走上来想抓住丁丁。

"给他点儿教训，纳米部队。"丁丁脑子里想道。

大汉的手刚碰到丁丁，忽然"啪"的一声，大汉倒在地上怪叫起来。其余的人都惊讶地看着丁丁，只见他周身"噼噼啪啪"爆发出无数电火花，像是一枚集聚了几千伏电的电池。

"用绳子捆住他！"胖子喊道。可是绳子一碰到丁丁的身体就开始冒烟燃烧，一点用都没有。"难道见鬼了？"胖子激动地掏出枪来对着丁丁，同时对丁丁爸爸说："你交不交那个技术？"

丁丁爸爸不屑地转过身去："只要你能打伤丁丁，我就交给你那个技术。"

胖子没想到会得到这样的回答，一张脸涨得通红，越发像张猪脸。他踌躇半天，扣动了扳机。"砰"的一声，子弹打在丁丁身上，可却像葡萄干一样软软地贴在他身上。丁丁将子弹取下来，笑嘻嘻地扔到地上。

"怎么样？这下露脸了吧？"纳米部队兴高采烈地说，"老家伙这下该知道他们面对的是什么了。"

胖子忽然掉转枪口，指向丁丁爸爸："我不管你用了什么魔法，但我想你不会不管你爸爸的生死吧？"

"怎么办啊？"丁丁着急地问纳米部队。

"没关系，我已经派了一支部队沿地板到达你爸爸那里。他现在也有纳米部队帮助了。"纳米部队胸有成竹地说。

"爸爸……"丁丁轻声喊道。爸爸看着他点了点头。

父子俩同时腾空飞起，接连打倒了十几人。胖子在混乱中气急败坏地大喊:"开枪!开枪!"但子弹对丁丁父子一点儿影响都没有。最后丁丁和爸爸打倒了所有的坏蛋,一步步向胖子逼近。他颤抖着打光了所有的子弹,最后坐倒在地,恳求他们饶过他。

"我们不会杀你的,"爸爸轻轻地说,"现在请把潜艇开回港口。"

妈妈和许多警察早已守候在港口。潜艇一靠岸,警察就冲上来把那些坏蛋都带走了,胖子临走时还用羡慕的目光看了丁丁一眼。

爸爸、妈妈和丁丁告别了大家,驾车回家。丁丁忽然觉得很不舒服,喊道:"停车!停车!"爸爸赶紧停车。丁丁钻出车厢,来到外面空旷寂静的道路上。他慢慢走了两步,双臂平伸,双手张开,周身散发出亮晶晶的光点,如飞虫般上下起舞。这是纳米部队在离开他的身体。

"丁丁,这些机器的生命期只有短短几个小时,现在该和他们告别了。"爸爸说道。

丁丁点点头,向自己面前飞舞的亮点挥挥手:"再见!谢谢你们!"

无数亮点越飞越高,像无数萤火虫。丁丁仰头看着。那些亮点发出了耀眼的亮光。

这是纳米部队自爆的光芒。

满天繁星下,两个大人和一个小孩站在清冷的路边,久久仰望夜空。

金星!金星!

队长把面罩上的灰尘擦掉,看着面前烟尘翻滚的火山:"汤姆,不要

走得太快了！"

这个叫汤姆的家伙正驾着陆车试图穿过起伏的丘陵，到8028号火山采集火成岩样本。汤姆太年轻了，队长几乎要禁止他单独行动，但第四金星考察队的人手太少，每个人都必须同时干三件以上的工作，实在是抽不出人来陪着这小子。"汤姆，你右前方500米处有条熔岩流，流向很不稳定，请保持距离。"他听到考察队营地里的杨菲菲说。

"我看到了，应该不会有太大影响。"汤姆通过麦克风说道，"估计还有10分钟我就能到达山脚了。"

但愿别出事。这次金星考察从一开始就问题不断，先是资金不够，然后又有两个队员莫名其妙地生了病，只好临时换人，在金星登陆时还磕坏了登陆舱的一条腿——这可挺危险，他们要想安全地乘登陆舱返回金星轨道，就必须先修好这条腿。结果，本来安排得好好的日程必须做出修正。队长暗自发誓，如果能平安回到地球，他一定要在太空局内申请一个坐办公室的工作，不再跑到这种地狱般的地方冒险了。他结束手头的工作，返回营地，开始研究从8073号和8154号火山带回的岩石样本。

"老张，我发现了点儿东西！"汤姆呼叫道。

"我说过多少次了，叫我队长！"队长吼道，这小子总是不明白开玩笑和工作的区别，"说，发现什么了？"

"是，队长。我想你应该自己看看这东西。"

这小子在搞什么鬼？队长走到汤姆的头戴摄像机屏幕前。"这是什么玩意儿？"他叫了出来。

"我也不知道。"汤姆似乎在等他自己把答案说出来。

这是个雪茄状的物体，一端埋在岩石里，另一端微微上翘。虽然画面不是很清楚，但仍然能看到那东西上的舷窗、图案。要知道，所有降落在金星的探测器、登陆舱全都登记在册，他们很清楚在这一地区什么东西都没有。可现在却出现了一艘太空船……

"你走近点，我想仔细看看。"队长说。杨菲菲在旁边看着，紧张得不行。

汤姆依言而行。现在可以看得比较清楚了，这是一艘陌生的飞船，不是人类建造的飞船。在翘起的一端有个大洞，隐约露出里面的结构。

"汤姆，你就守在那里，不要碰任何东西，等我过去。"队长开始穿室外装。

杨菲菲用手捂住话筒："要不要把其他人叫上？"

"不用，问问机械师工作进展如何，如果没太紧急的事就到控制中心来，我可能需要他的帮助。"

队长驾着营地仅存的一辆陆车疾驰而去。巨大的烟尘柱从火山口中升起，顽强地冲上天空，和云层连在一起。云层翻滚着，像一团厚重的棉花压在他头上，其间不时会有蓝色或血红色的闪电。它们有时会持续很长时间，像柄利剑高悬在天地之间，把一切都照亮了。

这艘外星飞船的发现将是本次金星考察的最主要成果，也是人类开发外太空以来最激动人心的发现——人类还从未确实地接触过外星文明。他将成为人类的英雄，他的名字将记录在历史中！当未来人类和其他文明广泛交往时，他们会谈起那个先驱，那个在金星上迈出第一步的伟人，就是他，伟大的汤姆！

队长跳下陆车，走近老老实实站着的汤姆。"队长，刚才我发现……"队长做了个制止的手势："你有没有碰什么东西？"

"没有。"

"你有没有离开这里5米之外？"

"没有。"

"好，你立刻开车回去，和营地的小杨会合，等待我的下一步指示。"

汤姆一愣："队长，你不能一个人在这里。考察规则要求在发现任何未知物时至少要有两人同时在场，万一出了什么事，我们可以互相支援。"

"这是另一个文明的飞船，可能有很大的危险。我们不知道它会不会突然爆炸或发生其他的什么意想不到的情况，如果我们两个人都死在这里，对考察队损失太大。你应该回去。"

"队长，我是菲菲。我认为汤姆的话是对的，这种情况下他应该在你身边。"

队长沉吟片刻："好吧，不过你只能做我的后援。明白了吗？"

汤姆点点头。

火山喷发的震感从脚下传来。那是一头野兽不耐烦的喘息，它窥伺着周围的一切，随时准备发出惊天动地的咆哮。队长慢慢地走到飞船前面，仔细打量上面的花纹。"是文字吗？"菲菲在营地里问。

"我不知道，把这些画面发给轨道上的'信天翁'，再转发给地球。"他把头凑近这些花纹，让它们在屏幕上尽量清晰地显示。

"看起来像是某种图腾，而不像文字。"菲菲嘀咕道。

"我们还是不要做什么判断了，让语言学专家去研究吧。"队长说着摸了摸那些花纹。

整个飞船似乎轻轻一震，像是沉睡的狗在抽动爪子。

两人吓得往后一跳。这飞船像是活的！"你看到了吗？"队长说。

"看到了！"

"看到什么了？"

"它动了一下！"

突然，从飞船上伸出一根细细的杆子，在空中微微摇晃。然后，它发射出耀眼的光束。光束打在远处的某点，停了大约半秒钟，又是一束，打在同一位置。两个考察队员这才想起那个地方有什么。

那里是考察队营地所在地。

第二束光刚消失，营地方向冲起一个巨大的火球，天空的云层被这火球照亮，像倒悬在天顶的山脉，起伏不定。整个营地都被包裹在熊熊烈火中，在强大的气压下火焰四处流淌，和炽热的熔岩流相映生辉。接着是更大的一次爆炸，可能是燃料罐炸了，一团火球斜飞了将近500米后掉到地上。"天啊！"队长说。汤姆没有吭声。

飞船上的细杆还在晃悠，似乎随时准备再次发射。队长向汤姆招招手："过来，托我上去！"汤姆看看他，没有动。

"汤姆！"队长大声喊道，见汤姆还是没反应，便走过去拍了拍汤姆的头盔。年轻的考察队员还在发呆，只是死死盯着营地的方向。"汤姆，"他扶着汤姆的肩，一字一句地说，"营地已经毁了，没有了。如果我们还想活着回去，就必须制止这艘飞船。我们必须毁掉它！你明白吗？"

汤姆木然地点点头。

"好，现在我要你帮助我进到飞船里面。那个入口太高，我上不去，你必须托我上去，明白吗？"

汤姆点点头。他们走到飞船入口下面，汤姆突然说："它怎么能这么干？"队长拍拍他的肩："它有它的理由，只是我们必须制止它。现在，蹲下来，我要踩在你的肩膀上。"

飞船内空气污浊，能见度极低，队长只能摸索着前进。找了半天，他终于来到一间像是控制室的房间。这里空气还算好，能隐约看到室内陈设。这时他注意到房间中央那个像椅子的东西，还有上面的东西。

这是一具尸体。

他走到它跟前，这个生物已经死去很长时间，可能有上万年，表面已经石化变脆。它是什么时候来到金星、出于什么目的、为什么死在这里等等，已经无法找出答案。飞船的攻击并不是这个生物发动的，那解释只有一个，飞船的自动防卫系统在运作。

防卫系统的开关在哪里？

控制台上有几处在闪光，这些一定是正在工作的部分，现在他需要知道哪个按键可以关上防卫系统。也许……他不需要知道。

他开始挨个按那些按键，这些键中肯定有正确的。

他的想法没错，可惜，他没有考虑到其他的可能性。这是艘来自遥远宇宙深处的间谍飞船，在金星上躲藏时由于机械故障坠落，船体破裂，驾驶员（在他们的星球上还是位资深间谍）当即死亡。飞船在金星地狱般的环境中静静等待了30000年，直到这支地球考察队的队长碰到飞船外壁，它才醒来。作为间谍飞船，它配备有高度自动化的防卫系统，当它发现附近有营地时，按照预先设定的程序，它击毁了那个有威胁的营地。现在，防卫系统发现在乘员已经死亡的情况下，还有人在进行操纵，那么答案只有一个——有人潜入了飞船。

作为间谍飞船，一旦飞船内有潜入者，并且飞船内的乘员死亡，飞船只能选择自毁。它立刻开启了自毁程序。

考察队长很快就发现情况不对，飞船内响起持续的嘀嘀声，许多灯都亮了起来。他赶紧往外跑，但飞船自动锁住了所有通道，他被困在了飞船里。"汤姆，我出不去了。"他希望飞船不会屏蔽无线电信号，"这飞船有些不对劲，你立刻开车离开这里，越远越好。"

"队长，那你呢？"汤姆的声音听起来很遥远。

"我出不去了，只能待在这里。你赶紧跑吧！'信天翁'很快就会派人下来接你，不要担心，不要慌。"

他关上了无线电，坐在控制室地板上，看着那具尸体："嗨，我跟你说话呢。我来晚了，不过这就去追你。"

汤姆发现队长切断了通信后就跳上陆车，没命地往远处开。没多久，身后传来巨大的爆炸声，他不敢回头看，还是一直开，最后哭着把车停了下来。他坐在车上回头望，8028已经很远，但仍然能看到山脚下那团流淌着的火焰。

一会儿，空中传来飞船的轰鸣声。

火星！火星！

赵刚托着块大石头，风风火火地冲进屋里，对胡图说："你看我在床上发现了什么？"

胡图看看他，又看看他手里的东西，答道："石头。"

"对！可我从来没有把它放进去过。"

他说得对，这块石头上没有宇航局标记。

胡图放下手里的东西，向后一靠："也就是说，你遇见了'库克位移'？"

赵刚急切地点着头，眼中放光，像傻子一样。

"库克位移"是火星特有的奇怪现象。在人类的第三次火星载人探测时，一名叫库克的队员发现在自己的床铺下凭空多出来一块火星岩石，后来又多次发生类似事件。奇怪的是，这种位移往往发生在探测基地内部，而从未在户外出现。

按惯例，"库克岩石"要立刻上交。赵刚打开紧急频道，向基地报告，胡图在旁边沉默半晌，突然开口道："基地，我想做个试验。"

"请讲！"

"我有个直觉，这些石头会再度移位。可能有某种场存在，当场变化时，这些石头就会在空间上发生位移，在我们看来，它会表现为突然消失。"

"可以前的石头都没有突然消失，都完整地送回了地球啊！"

"是的，可以前我们都把它从原来的地方移开了。"

基地那边沉默了一会儿："好吧，有些道理。你们干吧。"

两人把石头放回去，目不转睛地盯着看了好几个小时，什么事也没发生。在疲惫中他们昏昏睡去。醒来时，石头不见了，像是从空气中蒸发了，床上空空如也。

"如果我猜想的场确实存在，"胡图沉思着说，"而从我们看到的情况判断，它是可以对同一空间反复操作的。在这个空间中的物体将被以某种振荡方式传送到另一个空间。这就是瞬间移动啊！"

"可我们还不知道它能传多远，如果传送的速度大过光速……"赵刚想了想说。

胡图点点头："我们面临的是一种人类从未接触过的技术，一种人类梦寐以求的技术……超光速移动。"

他们相对大笑，激动不已。

"你感觉到了吗？"赵刚突然问道。

胡图被问得莫名其妙："什么？"

"我刚才觉得周围晃了一下。是地震吗？"

胡图笑嘻嘻地看着他，正想来几句幽默，忽然明白了："传送！那个场又出现了！你的床！看看你的床！"

这次是两块石头，个头较小，相距大约40厘米。4只手同时伸去，但紧接着，第二组石头在旁边出现了。"等等！这里有些古怪。"胡图说。第二组石头形成一个直角等边三角形。他们向预计是第三组出现的位置看去，大约过了两分钟，周围又是一晃，一个等腰梯形出现了。胡图的心狂跳起来。意义！这三组石头是有意义的！大自然不可能会表演这样的魔术。可这意义是什么呢？他紧张地思考着。他知道时间紧迫，下一组石头很快就会出现，而且不知道什么时候这种传送就会中止。他们必须抓紧时间！

一个明显的推论是：下一组石头（如果有的话）将会有5块。可这又能说明什么呢？已出现的三组都是轴对称的图案，测定一下它们的对称轴或许会有用？也许这三条轴的延长线会交汇于一点？测量它们的边长怎么样？用什么单位呢……

第四组出现了。5块，形成一个凸五边形，但不等边，只有4条边好像是等长的。这似乎意味着什么……

赵刚在旁边大笑一声，抓起信号发生器放在第四组石头中。原来如此！胡图恍然大悟。发生器与另外的5块石头组成了一个正六边形。如果把发生器放在合适的位置上，它会与其他几组石头组成正三角形、正四边形、正五边形。这是道简单的几何填空题！

仿佛是对正确回答的奖励，4组石头闪了几下，一起消失了。

他们急忙同基地联系，这可是爆炸性的事件。

线路不通。

窗外，一片灰蒙蒙。胡图走近窗口。外面的世界仿佛罩上了一层灰色的薄纱，显得冷漠而不真实。这是火星上的白天，那些岩石、山坡应该是褐红的，然而，现在它们都是灰色。

"我们好像有麻烦了。"胡图说。

赵刚走过来，也伸着脖子向外看。胡图独自走回床边，坐下。

显然，他们所面对的不是简单的自然现象，而是某种有意识的行为。对方通过几何这种普遍的、简单的方式同人类建立联系，以期沟通。胡图突然想到，实际上它们一直在尝试，只不过以前发送的石头都被运走了，直到这次他突发奇想，把石头又放回去。这些……智慧种族已掌握了某种瞬间移动物体的能力，如果人类也能掌握……现在的问题是它们下一步要干什么？通信失灵与火星地表的奇怪现象一定和它们有关，但其意义是什么呢？他想起科幻小说中外星人绑架地球人的情节，不禁毛骨悚然。不会的，它们有如此高超的技术，怎么会干绑架这类事呢？不过也难说，在它们眼中人类可能只是虫子，但这样它们就不该费力来尝试沟通。其实，它们完全不必如此麻烦，直接和人类对话不就可以了？再不成，用心灵感应啊！不对，这是小说中的东西，怎么能当事实呢？也许，它们根本就不准备和人类沟通，不对不对，更不对了！

胡图想得头昏脑涨，向后倒在床上。让外星怪物见鬼去吧！

"见鬼！"赵刚突然骂了一句，他看到了什么，退后两步，转身冲向气闸。"你要干什么？！"胡图叫道。赵刚向窗口一指，开始飞快地穿太空服。

是什么东西使他成了这样？胡图好奇地从窗口看出去，一样灰色的天与地，没什么特别的啊！慢着，在观测站门口好像有东西，个头还不小。从这里看不清。他打开外部监视器，用了不到三秒钟分辨画面上的物体，然后冲到赵刚身边，开始飞快地穿太空服。

外层气闸打开了，他们缓步走出，来到火星的地面上。脚下感觉有些怪，但说不出。它就在他们面前。准确地说，是它们。

8个金属物体围成个半圆，排在门口。即使它们的形状再怪，胡图也不会太惊讶，但他现在可说是目瞪口呆，因为这些东西他都认识。

每个火星探测者都不会忘记这8个飞行探测器的样子。它们作为人类对火星最初的窥视，曾在20世纪、21世纪登陆火星，并向地球发回了大量富于价值的资料。在探测使命完成后，它们无一例外地和地球失去了联系，这还算正常。奇怪的是，在人类登陆后再也没找到这些早期探测器的踪迹。它们的照片每个探测者都看过无数遍，但从未有人亲眼见到过它们。除了他们俩。

胡图认出了"海盗号""火星观察者""火星探路者"这些大名鼎鼎的探测器。它们不像是受到过虐待的样子，表面没有破损，没有折断的支架。

胡图走上去，用手抚摸着这些上百岁的古董。经过漫长的岁月，它们依然整洁如新，仿佛刚出厂一样，甚至没有一丝火星尘埃。他想象着一只陌生种族的手也曾经在这上面抚摸过，思考过它的用途。他向四周望去，砾石与山脉，那些种族藏在那里面的什么地方，正仔细观察他们的一举一动。"赵刚！"他小声呼叫。

"是的，我已经录下来了。"赵刚在身后答道。突然，每台探测器前都出现了块石头，它们显现几秒钟，消失，再显现，位置移动一点儿。胡图后退几步，看到这些石头像是坚定的虫子一样向探测站大门移来。这给他一种受到威胁的感觉，他们退到门口，看着石头慢慢逼来。"要打星球大战了吗？"赵刚问。胡图无言以对。

石头在他们前面两米处停下，已聚在了一起。接着，它们又返回各自的出发点，再次向他们移动过来。这样重复了两次后，它们停住，原地闪了几下，消失了，再也没有出现。

"完了？"等了十几分钟后赵刚问。胡图不置可否，向最近的探测器走去。刚走几步，一阵振荡传来，周围的山脉、砾石、尘埃、天空变了。像是谁正在调整宇宙的色彩饱和度，红色、淡蓝色，渐渐从灰蒙蒙的底色中渗出来。世界又是人们熟悉的世界了。

他们返回观测站，通信已恢复。他们报告了发生的一切，然后坐在窗边看着那些探测器，直到人类飞船的轰鸣声越来越近。

科学家们曾对这次事件做过各种各样的分析，人们比较认可的是：这是火星种族对人类发出的警告。想象一下。当你在家里正过得好好的时候，有人从外面扔进一块石头，接着又是一块。最后，他甚至冲到你的家里来，东翻西找，把地板撬开，乱丢垃圾，等等。你会怎么做？

其实，火星人已算是客气的了。他们只是把这些杂物收拾到一起，放在人类面前，让他们带走。

逃生

女孩向窗外看着，不理会身边父母的唠叨。

本来这次旅行挺有意思的：在土卫六上滑雪，看着巨大的土星光环横贯夜空，寻找早期探险者留下的各种小玩意儿。她喜欢那里的冰，晶莹、微微透出难以名状的蓝色；她喜欢偷偷跑到冰缝里，看着周围有千万年历史的冰层围绕着自己；她还拍了张戴着草帽的照片——哦，那草帽是土星！

要是没有父母在身边就更好了。他们总是叫她小心这个、小心那个，不要这样、不要那样，连她和当地帅气的男孩聊几句都要神经紧张。她握住兜里的小水晶球，体会它在手中清凉润泽的感觉。这是那个男孩送给她的，而且她的父母不知道！

"妈妈，我们什么时候能到家？"弟弟在旁边大声道。弟弟只有6岁，爸爸妈妈在他眼中还是一切。她看着弟弟："我们不回家了，我们去地球打仗！"

"丫丫！别吓唬弟弟！"妈妈嗔怪道，转向儿子："我们要在这船上待两个星期，然后在火星轨道站停留三天，乘轨道飞机到太子港，再转机回奥林匹亚市，最后坐车回家。"

"我们为什么要在轨道站停三天？"弟弟奇怪地问。

"要打仗！"女孩一脸严肃地说。

"我们要接受轨道站的检疫，必须待满三天才能入关。"妈妈和蔼地对儿子说，然后转向女儿："丫丫，你要再吓唬你弟弟，以后我们就不带你出来玩了！"

"反正有你们在我也玩不好……"女孩咕哝着又把脸转向窗外。

飞船正渐渐飞离土卫六。

相对土卫六上丰富多彩的日子，在飞船中的时间过得太慢。女孩很快就厌倦了娱乐区所有的娱乐项目，无非是激烈对抗的游戏、胡编乱造的电影、疯狂的舞蹈，这些都太无聊了。她有时就一个人坐在靠窗的位子欣赏外面的星空，只有这个时候她才能感觉自己真的已经融入这永恒的、如梦的星空。

这天，女孩正端着一杯可乐寻找合适的位子，一个男孩子拦住了她："嗨，你想和我玩'月球计划'吗？"

"不。"她瞟了他一眼。这个人难道认为她喜欢那种战争游戏吗？

"哦，我……我观察了你好久，我不知道……我觉得你挺有意思的。"男孩结结巴巴道。

"是吗？"她抿了口可乐，"我怎么有意思了？"

他看起来很努力："哦，你看起来像个火星人，可你……可你行事像个地球人。"

"我是火星人。"她淡淡地说，转身走开。天啊，这些人如此热衷于把地球人和火星人分开吗？要知道200年前他们都是地球人，难道移民火星的地球人就真的变成火星人了吗？那个男孩有一点说对了，她的内心更像个地球人。

就在她瞅准了一个位子，准备好好享用可乐和星空时，飞船忽然剧烈震动起来，杯子里的可乐溅得到处都是。"天啊！"她沮丧地抹着衣服，

"他们会不会开飞船啊？"

广播响起来："各位旅客，飞船的一个引擎发生故障，我们正在抢修。请大家留在座位上，系好安全带，不要随便走动。"

人群骚动起来。在太空中引擎故障可不是闹着玩的，弄不好大家都会死。有人冲向问询处想获得更多消息；有人大声喊叫；有人跑来跑去；还有几个人很悠闲地坐在位子上看书，似乎觉得没什么可着急的。

也许那些悠闲的人是对的，女孩想，在这个时候老老实实地待着可能是最明智的做法，毕竟最有办法处理这个危机的是那些船员，何必给他们添乱呢！她随便抹了几下衣服，开始喝杯中剩下的可乐。

"丫丫！"妈妈在远处喊她，爸爸搂着弟弟冲她一个劲招手。"快过来，丫丫！"妈妈使劲喊，"我们要去船员工作区，听说那里最安全。"

"不，妈妈，我就待在这儿！"她大声回应道。

妈妈回头和爸爸说了句什么，向这边走来。爸爸伸手拉住她，然后急切地冲丫丫招手。"我这就过去！"女孩大声喊道，她不喜欢自己叫喊时的声音。她一口气喝完剩下的可乐，站起身来向家人走去。

没走几步，她眼前闪现出明亮的火光，那么一闪，就像是照相机上的闪光灯一样。但这可不像闪光灯那么安全，这是飞船引擎爆炸的光。

女孩被随之而来的震动摔倒在地，手里拿着的提包也飞了出去。她抱住头，身体蜷缩成一团，向旁边滚到一张桌子下。她使劲抓住金属的桌子腿，把脸藏在双臂间。

震动很快停止了。接着大厅里的人们听到一种陌生的声音，开始大家都面面相觑，不过很快，他们就知道发生了什么事。所有的人都狂奔起来，他们四处乱跑，互相践踏、殴斗。

这是气体外泄的声音。飞船的船体被刚才引擎的爆炸震出了裂缝，船舱内的空气正飞速外泄。有一定太空旅行经验的人都听说过：如果船体上的裂缝太大，气体外泄时间过长，应力就会使飞船解体。而现在他们听到的声音，不像人们平时的叹气声，也不像风吹过的声音，简直是火车汽笛的声音！

女孩双眼紧闭，听着那直刺耳膜的声音，坚持着。她忽然发现有人握住了自己的手，睁开眼睛，她发现是那个笨拙的男孩。他看着她，说了句什么，但听不清，气流的声音实在是太大了。她冲他摇了摇头，表示自己听不清。

男孩凑过来，说话时几乎碰到了她的耳朵："我们必须到救生舱去！这艘船要完了！"

"我爸爸、妈妈……"她摇摇头将缠在嘴边的头发甩开，"……还有我弟弟……"

一声巨响。

大厅的一面墙整个裂开了，飞了出去。人们看到外面的星空和正在破碎的船体。女孩看到爸爸、妈妈、弟弟还有其他人被卷入了外面的太空。她下意识地松开双手，也不清楚自己是想去救他们还是别的什么。

男孩反应很快，一下子抓住她的手。

她想甩开他的手，但他抓得很紧，试了几下没成功她就放弃了。"他们……"她望向男孩，眼中已充盈着泪水。男孩没说什么，只是拉着她，沿着尚还完好的墙边慢慢向救生舱方向爬去。

通向救生舱的舱门在舱壁破裂时就已自动关闭，以隔绝减压，但那时已有很多人正准备去救生舱，这些人都被舱门压住了。这给了后来者些微的逃生机会，他们使劲扒开挡在前面的人，试图从门缝下面钻过去。

空气在急速外泄，所有的东西都被卷起来飞向舱室的缺口。杯子、书报，其他各种各样的东西打在人们脸上、身上。有的人下意识地去挡，结果就被风卷走了。男孩和女孩低头向前爬着，忍受着那些物品的击打。越来越稀薄的空气使他们感到筋疲力尽、呼吸困难，耳朵也变得生疼。

终于，他们到达了舱门。

这里已是一片混乱，人们互相纠缠在一起，结果谁都过不去。男孩使劲扒开旁边的人，把女孩向前推。有人拉住女孩的衣服，又松开。人们的尖叫声、怒骂声响成一片。奇怪的是，这声音变得越来越微弱、越来越远。渐渐地，女孩感觉周围的人都在耳语般地喊叫。

她立刻意识到空气已经变得十分稀薄。

男孩用尽最后的力气把她使劲往舱门那边推，终于把她推了过去。女孩从一个人的身体上滚落到救生舱走廊。这里人比较少，空气也相对稠密一些。她挣扎着爬起来，回头去拉男孩。

但是，她看到男孩的脸在人群里面一闪，消失了。她不知道发生了什么事，也许他被风卷走了，也许他被什么人推开了，无论如何，他消失了。

她跪在地上，手还向前伸着，一时无法理解刚刚发生的事情。在短短的几分钟内，她失去了自己的家庭——爸爸、妈妈和弟弟，她还失去了那样一个可爱的男孩子，他们仅仅相识了不到一个小时！

她站起来，跌跌撞撞地跑过走廊，不顾自己已经光着脚，衣衫不整。她跑到一个救生舱前，按下紧急启动键。舱门打开了，她冲进去，关上门，坐在椅子上，系好安全带，按动发射钮。

又是一震。她感觉自己被狠狠地推了一下。

救生舱飞离了飞船。

她靠在椅子上，泪流满面。

救生舱转了个角度，她正好可以看到自己原来乘坐的飞船，越来越远。她多少还有些幻想：也许爸爸妈妈他们已经上了另一个救生舱，也许那个男孩也上了救生舱，也许……

这时她看到飞船整个炸开了，像朵美丽迷人的鲜花绽放开来。

"求生信号已发出。我将启动休眠系统，在您获救之前，您的生命节律将被降至最低。"飞船上的服务电脑说。

"为什么？为什么会发生这种事？"她喃喃道。

"太空总是危险的。人类要征服它，怎能不付出代价呢？"经过严格训练的服务电脑胸有成竹地答道。

逐日鸟

在银河系某个偏远的角落，有颗生机盎然的星球——丘陵星。在这个星球上，生活着无数形态各异的生物，有凶猛的庞然大物巨型象、有残忍灵活的猎狼、有美丽无比的群居蝶。不过，这里真正的主宰是一种具有初等智慧的生物——逐日鸟。

逐日鸟全身金黄，只有头部是绿色的。它们非常美丽，性情温和，很少主动攻击其他生物。它们的奇特之处在于，它们从不进食。实际上，他们是靠太阳能来维持生命的。它们总是追逐太阳，在高空飞翔，速度快得惊人。它们往往是在傍晚出发，这时丘陵星上特有的暮弧光就会出现，像座金光闪闪的拱桥，第二道淡蓝色的暮弧光出现时，它们就起飞，去追逐太阳。飞呀飞，它们会一直飞到太阳附近，从西边到东边，从黄昏到黎明，然后停下来休息。逐日鸟总是在固定的地方休息，全球有二十几个逐日鸟休息地，一般来说，这些地方其他生物是不去的。

逐日鸟有令人难以置信的速度，没什么天敌，而且还具备一定的智慧。整个丘陵星共有七个大的逐日鸟部落，由于要抢夺休息地，逐日鸟部落间经常发生冲突，失败者只能另寻休息地。这种战争从古至今一直在进行。

目前最大的逐日鸟部落叫"鬼脑"，得名于该部落的首领，一只头型古怪的逐日鸟。它出生时头型就很怪，一度被部落冷落，但很快大家就发现这个家伙具有奇特的本领，它总是热心帮助别的鸟、总能在战争中立功。于是在它成年后，大家推举它为部落的首领。

鬼脑是只特殊的逐日鸟，它不仅比其他鸟更强壮、更敏捷，它还能探知其他鸟的思维，甚至控制它们的思维，所以它总能办到其他鸟办不到的事。当它当上部落首领后，其他部落也不敢再来抢夺它们的休息地。这也使得本部落得以休养生息，数量增长得很快。但由于逐日鸟生存方式的特殊性，它们的数量不可能太多，鬼脑的部落总共有两万多只逐日鸟，远远超出其他部落。

鬼脑这一段时间的心情很好，一切都很顺利。它每天带着部落起飞、降落，再起飞、再降落，永远追逐阳光，而没有什么能阻止它们。

所以当阳光开始变暗时，鬼脑并没有什么不安，它甚至没有怎么察觉。这不能怪它，对逐日鸟来说，判断黄昏与黎明的标准是暮弧光和晨弧光，阳光的明暗没有意义，因为无论黄昏还是黎明光线都是那么暗。

事情发生在鬼脑带着部落从第四休息地到第五休息地的途中。为了取得更快的速度和足够的阳光，逐日鸟飞得很高，要高过雨云层，这样即使地面上大雨滂沱,逐日鸟仍能在高空毫无困难地接收到阳光。对于它们来说,在飞翔途中阳光变暗是不可能的。鬼脑开始时并没有注意到这个问题,直到它发现整个部落的速度开始下降。

它使劲叫了几声,提醒部落成员不要落后。尽管它在部落中拥有至高无上的威信,但其他鸟仍然提不起劲头来,还是飞得很慢。这时鬼脑才发现自己也渐渐感到没有力量,仿佛刚才没有休息好就起飞了。它开始发觉有什么不对劲,是什么呢?

天空、大地、云彩,都和往常一样,只是……只是它们的颜色有些不对劲,太浓了。它知道老年逐日鸟会出现色盲的症状,但那只是分不清暮弧光和晨弧光。

可是,这意味着什么?是黎明?是黄昏?鬼脑忽然吓了一跳,自己不会带错了路,把部落引向了黄昏吧?不,不会的,它从未犯过这个错误。有些逐日鸟部落曾经出过这种事,但后来都很快就纠正过来,基本没有什么损失。它坚信自己这次并没有带错路。

那是怎么回事呢?

时间并不因为它在思考而停止。光线变得越来越暗了,以至于别的逐日鸟也发现了这个问题,它们不安地叫着,有几只还向鬼脑凑过来,好像这样就能更安全似的。

部落的飞行速度越来越慢,高度也在降低。鬼脑开始考虑将会发生什么:如果这个现象持续下去,部落的飞行高度就将降到雨云层以下,这意味着大家可能会受到暴雨的袭击;更进一步,如果阳光极暗,逐日鸟将得不到足够的能量支持飞行,它们就必须降落。

降落?怎么降落?在休息地以外的地方降落?

鬼脑不知道会发生什么事,但很可能不是好事。它知道在休息地之外有无数凶猛、有毒、饥饿的生物，它们会抓住一切机会捕食。虽然逐日鸟很少受到攻击，但——它回头看了看自己的部落——如果两万多只软弱无力的鸟掉在这些生物中间，它们难道会视而不见吗？这简直是部落的末日。

现在大地已经灰蒙蒙，整个部落也已下降到雨云层的下面。这时乌云正在缓慢集结，视线越来越差。鸟群变得躁动不安，队形散乱。现在鬼脑要决定是否降落，如果在雨云层中停留的时间太长，他们可能会迷失方向，偏离自己的飞行路线。更可怕的是，这个地区似乎马上要下雨，如果被雷电击中可不是闹着玩的。

它一个斜飞，向下面的大地飞去。

光线越来越暗，它们似乎正落向黑暗的深渊。逐日鸟从未见过夜晚，从未在黑暗的环境中待过，这种压迫感使得它们开始变得歇斯底里起来。鬼脑知道在这黑暗的下面有无数危险，不仅来自陌生的生物，也来自逐日鸟自己。

它开始运用自己的能力控制部落的思维，试图使它们平静下来，但收效甚微。强烈的刺激使得这些鸟的精神状态极为混乱，仅凭它一己之力根本控制不过来。它第一次为自己的部落大大发愁。

它们到达地面时很突然。参差的草丛从下方的黑暗中一下子冒出来，很多鸟都来不及做出着陆动作，就那么摔到了地上。不过好在草丛很松软，只有几只鸟摔坏了爪子，但并无大碍，养几天就好了。

逐日鸟在黑暗中就成了瞎子，出于本能，它们叽叽喳喳地挤成一团，互相碰撞着，使自己感觉安全些。然而，周围的寂静很快就渗透进每一只逐日鸟的心里，它们渐渐安静下来。

寂静。黑暗。

　　突然，空中亮起一道闪电，在那红色光芒闪动的瞬间，鬼脑看到不远处有几个巨大的身影。那是什么？它们是向部落走来的还是准备离去？它不知道。几只鸟给吓得叫了起来，不过很快又安静了。

　　又是一道闪电，这次鬼脑不仅看到了那几个庞然大物，还看到它们旁边正蠕动的什么东西，这令它感到明显的危险。怎么办？它拼命想，却感到昏昏欲睡。没有阳光，逐日鸟就失去了能量的源泉，会逐渐昏迷过去，直至死亡。它可不敢想象两万多只昏睡的逐日鸟会是什么样子，也许对其他生物来说，是两万多块美味的肉。它越来越困，就要失去知觉了。

　　旁边的白毛突然冲天上叫了一声。鬼脑向上望去。

　　不知什么时候，云层已经散去，在黑暗的天上，在那令人心悸的黑暗的空中，闪动着无数亮点。这是什么？天破了吗？

　　所有的鸟都被这恐怖的景象震撼住了。它们挤在一起，张口结舌地看着，它们简单的大脑无法理解这样的事。四周响起猛兽的吼声，激起鸟群一阵不安。鬼脑可以感觉到死亡的气息，这种气息来自黑暗的那边，也来自部落中的那些大脑。鬼脑努力使自己的部落鼓起勇气，希望能坚持住——虽然它也不知道为什么坚持、坚持到什么时候。

　　远处传来草丛被拨开的声音，似乎是什么东西正慢慢向它们走来。这声音先是出现在一个方向，随后，到处是这种声音。鬼脑想起以前在空中见到的猛兽围猎的场面，只是现在的猎物是它们自己。

　　声音停止了。有生物在咕噜，似乎不能确定是否发起攻击。那些东西在犹豫。鬼脑觉得身上的羽毛全竖了起来，它紧张到了极点。

　　空中突然出现一个亮点，然后慢慢变大，延伸成一条弧线。阳光从黑暗的天上倾泻下来。鬼脑感到自己的羽毛似乎咻咻作响，冒着气泡。这感觉再熟悉不过了。

这是阳光照射在身上的感觉。

它张开翅膀，仰头大叫。

所有的逐日鸟都跟着叫起来。在这片草原上，两万多只逐日鸟一起叫喊着，扑打着双翼，这是为了阳光，为了生存的希望。

阳光的弧线渐渐变粗，越来越大。鬼脑感到活力再次充满身体，而每一片羽毛都在贪婪地吸收阳光，这太好了！

鬼脑烦躁地叫了几声，扑起双翼，领头向空中飞去。鸟群呼啦啦飞起，如一片金色的云彩，急速上升。鬼脑向下看去，在它们刚才待过的地方，无数猎狼正仰望它们，旁边不远处是几只巨型象的尸体，已经被啃得血肉模糊。

鬼脑不再理会下面的事，奋力领着自己的部落向上飞，向上飞。

陌生人

这个人出现时吓了大家一跳。所有的人都放下手中的餐具瞪着他，连贝蒂刚买的猫都从已所剩无几的盘子中抬起头来，闷闷不乐地盯着这位不速之客。"你是'太空战士'的演员吗？"贝蒂五岁的儿子第一个喊出来。

陌生人神情迷惑，摇了摇头。他无助的样子使餐厅中的人恢复了信心，陈旭以主人的姿态站起身来，走到陌生人面前，打量着他硕大的头盔，问："请问你找谁？"

　　陌生人仿佛刚回过味来，用生硬的语调答道："我……不找谁，我……找东西。"

　　"哦，"陈旭回头看了看屋内的人，"那么请问你找什么东西？"

　　"我……不知道……"

　　陈旭一时拿不定主意是否应当立刻把这家伙从家里赶出去，在这个陌生人身上有某种不容冒犯的从容。贝蒂走过来挽住他的胳膊："那你为什么要闯到我们家里？"

　　"飞船。"陌生人很清楚地答道，马上又补充道，"你们房顶上的飞船。"

　　陈旭勃然大怒："你居然把飞船停到了我的房顶上！我要控告你！"

　　"不是，我看到了你们房顶上的飞船。"陌生人竟然微笑了一下，"因此我决定来拜访你们。"

　　人们涌到院子中才明白陌生人所说的飞船是怎么回事。陈旭哈哈大笑："那是一个雕塑。我花了好几万块钱呢。"

　　"你们为什么要做这样的雕塑？"陌生人问。

　　"我爸爸非要这个样子不可！"儿子凑到他面前回答，被妈妈瞪了一眼。

　　"这个雕塑有什么特别的吗？"陈旭看着那雕塑。

　　"它让我想起以前见过的什么东西。"陌生人犹豫着，"我带着某种理论而来，我带着希望。也许这东西可以证实我的理论。"

　　"哈哈……"贝蒂的儿子被陌生人拿腔拿调的话逗乐了。

　　"也许我们可以进屋去，边吃边谈？"陈旭彬彬有礼地说，"我想你可能也饿了。"

　　小男孩一边玩着游戏，一边频频回头看那个怪人。他每吃一口都要祈涛半天，然后将食物直接送到嘴里。男孩一直想搞清楚那些食物是怎么穿过头盔的，可一无所获，它们就那么过去，好像头盔根本就不存在似的。死了五条命后，他终于把注意力集中到游戏上。

陌生人自从一进屋就不再说话，而是埋头吃饭。反倒是两位主人没话找话，叽叽咕咕从天气谈到即将出台的个人飞船许可证制度。当陌生人把一块鸡放进嘴里并开始发出"吱吱"声时，所有的人都停下来看着他。"对不起，"他把鸡骨头从嘴里吐出来，那玩意儿沿着头盔内侧晃荡了几下，掉到桌子上。

大家还在看着他。"你到底是来做什么的？"陈旭问。

陌生人鼓着腮帮子斜眼看着他："我来自一个比你们先进的星球，我们的科技是你们无法想象的。在我的家乡，人们使用气象发生器随身带着雨天或晴天，孩子刚一出生就能自己开飞船，如果有必要我们可以变成任何形状……总之，你们无法理解，无法想象。"

"你说你是来找……"陈旭拿起酒杯抿了一口。

"我来寻找答案。"陌生人伸出长长的舌头从杯子里吸酒，"任何事情都有个起因，我们知道是什么，但不知道为什么。"

"我认为……"女主人摆出沙龙中贵妇的姿态说。

"妈妈，'太空战士'开始了！"贝蒂的儿子把游戏机一扔，打开电视。

"这是你们的英雄史诗吗？"陌生人也看着电视。

"不是，那些都是假的、瞎编的。"陈旭接道。

"你把声音调小点，迦迦。"贝蒂和蔼地说，"至于你所说的为什么，我认为……"

陌生人摇摇手，还是看着电视。贝蒂脸一下子红了，看了丈夫几眼，低头吃起食物来。电视正演到太空战士和来自外星的恶魔搏斗的画面，他们把地上炸得到处都是坑。陌生人皱了皱眉。

"我们是很残暴的文明。"陈旭意味深长地看着陌生人说道。

"不，我是对我们这样相似感到惊讶。"

"你们也有'太空战士'？"男孩回头大声问道，然后没等陌生人回答就又接着看起电视。

"要知道，地球在整个银河联邦中是十分不起眼的，而且十分落后。"外星来的陌生人径直拾起桌上的一支烟抽了起来，"你们并不受重视。可以说，自从你们开始向外太空进发以来，在联邦内只有很少的报道。要不是我做毕业论文要找个冷僻的课题，也不会注意到你们。真的，你们太不起眼了。"

地球人无言以对。"你还是个……学生吗？"陈旭沉默半晌问道。

"是的。"

"那你的毕业论文是什么内容？"贝蒂拿着姿势问。

陌生人低声咕哝了几句，挥了挥手："你无法理解。你们的文明至少还要两万四千年才能出现相应理论。"

"你就先给我讲一讲吧……"陈旭看了看对方的脸色，"太深奥就算了。"

陌生人把烟在舌头上摁灭："我的论文题目是《我们的文明是怎样来的》。我查阅了星球图书馆中所有关于文明起源的资料，可还是无法找到一个合适的解释。于是我又到联邦图书馆翻资料，发现一个奇怪的现象。"

两人点点头，等待下文。

"所有人类文明都有个灭世传说。"陌生人拿起面前的酒杯一饮而尽，"它们说在很久以前，有个高度发达的人类文明，可以操纵宇宙、搅拌电子、在平行空间中穿梭、在时间的长河中往来……这个文明后来闯进了神的宇宙，结果愤怒的神降大火将这个文明烧回到了蛮荒时代。现在的人类文明就是那时开始的。”

“咱们好像没有这种传说吧？”陈旭迟疑地问老婆。贝蒂迷惑地点点头，眼睛还盯着英俊的陌生人。

陌生人停了一会儿，似乎在倾听门外夜风的呜咽，又不自觉地发出“吱吱”声。“我研究了这些文明的历史，他们在银河中迁徙的路线错综复杂，仿佛有人故意引领他们转来转去。我看不出这种迁徙的目的何在。有时是恒星病变；有时是自然灾害；有时什么事都没有，偏偏又发生了暴动。反正他们总是被那只看不见的手牵引。”他慢慢地说。

“你有什么结论吗？”陈旭问。

陌生人第一次显露出不安：“也许真有神的宇宙。”

“神的宇宙？什么是神的宇宙？”贝蒂傻乎乎地问。

“有种理论说存在许多宇宙，我们只是生活在其中一个里面。而神生活的宇宙就是神的宇宙。普通的人类是无法进入那个宇宙的，甚至离开现在这个宇宙都困难。当然这只是个理论而已，没有多少严肃的科学家支持。”陌生人说完站了起来，“我要再去看看那个雕塑。”

他们都跟着陌生人来到院子中。“这个雕塑和我们的图腾十分相似。和其他人类文明的图腾也十分相似。”陌生人仰望自语，“不过我最后终于推测出了人类文明的发源地。”

陌生人转过脸时目光晶亮：“所有的人类都是从地球迁徙出去的。”

陈旭和老婆相对傻笑，陈旭踩死了一只刚钻出来的蚯蚓：“这太可笑了。你说我们是你们的祖先？”

“你们是我们祖先的后代，或者说是我们祖先发源地的守护者。”

"不可能！"陈旭说。

"虽然那个未知的神抹去了所有痕迹，但他做得过头了。人类文明迁徙的路线遍布整个银河系，却偏偏绕开了太阳系。如果迁徙是有意为之的，那么这里就必然是源头。"

"你想知道地球文明的顶峰是什么样吗？跟我来。"陈旭向院子尽头走去。

他们来到一扇拱门前，陈旭轻轻推开布满青苔的古老石门，露出里面的东西。陌生人发出了无声的叹息，两个地球人默然无语。

那是一尊两米高的石雕像，面容肥胖，左手直立，右手托着一颗星球。虽然已历经无数岁月，雕像也有些破损，但仍能感觉到它无法遮掩的……陌生人无法理解他从这雕像身上感到的是什么，只是觉得那是种接近绝望的平静。

慈悲。

"这就是我们技术的顶峰。"陈旭平静地说道，"我们最好的技术也只是做出如此精巧的雕像。这是我从东山挖出来的，一直在等待买主。"

陌生人回头看了看他，目光犀利："我买下了。"

两个地球人悄悄地相视一笑。"五万块钱。我们为你准备包装去。"陈旭和老婆转身走回屋内。陌生人独自面对这沉睡了多年的雕像，感到阵阵寒意。他从未像现在这样自感卑微、不停战栗。他对一切已一目了然。

原来神并不是永生的；原来神也不过是高级的智能生物；原来神的宇宙也需要从万千生灵中寻找新的成员。而这雕像，就是通向神的宇宙的入口。它一直在等待合适的时间、合适的人，来打开这个入口。

"你们居然用这种方法……"陌生人不禁摇头微笑。

雕像微笑的脸似乎在嘉许他的聪敏。

他走到院子中仰望苍穹。星星自东至西渐次显现，西边的天空只剩下一片青色。屋内传来男人和女人的欢笑声。这些人以为赚了一大笔，却不知他们失去了成为永恒的唯一机会。

他张开双臂，仰望天空。

花朵自天而降，歌声缥缈悦耳。

陌生人和雕像一起消失了。

神在何方？

先行者艰难地爬上山顶，望向山的另一边。

大海像蓝色的草原在地平线上涌动。在大海和山脉之间，是一片巨大的废墟，到处是乱石和残垣断壁。在乱石之间开满鲜艳的野花。

这是神的城市。

先行者慢慢向废墟走去，边走边担心草鞋被尖利的石头割破，或是踩到小憩的蛇。风柔和地吹过山坡，钻进他已破烂不堪的衣服里。太阳在海平面上徘徊，很快就将沉到大地的另一边，他必须在天黑前赶到废墟，找到合适的地方过夜。

部落的迁徙已经有好几个年头。为了离开有毒的土地、为了躲避使人死亡的疾病，部落长老带领族人日复一日、年复一年地行进。长老说，在陆地的尽头有神的城市，神会每天目送太阳回到神秘世界。城市里住着威力无比的神，可以让有毒的土地恢复生机，让致命的疾病消失无踪，甚至让大山裂开。只要找到神，部落就有救了。先行者就是被部落长老派来探路的。

可为什么这里是一片废墟？那些神都去哪里了？先行者来到废墟的边缘，这里有残破的城墙、房屋，长满荒草的道路，不时有神经兮兮的小动物飞快穿过空地。先行者漫步在古老的街道上，巡视周围，没有任何人或神存在的迹象。这片废墟很大，如果要全部探明要花上一个月时间，但现在，这座城市属于他，他可以随意在哪个神曾经住过的房子里休息，躺在随便哪个神曾躺过的床上。

黑夜降临时，先行者已经住进一栋较为完整的二层小楼，甚至还有张床。他吃过晚饭，躺在床上，透过屋顶残破的一角望着夜空中的星星。以前，是什么样的神住在这里？他们也经常看星空吗？

这时外面传来巨大的声音，像是无数雷电集中在同一瞬间同时炸响。先行者一骨碌从床上跳下来，握紧旁边的矛枪。这不像火山爆发，更不是打雷。他走到窗口，向下面的街道看去。

在街道的拐角处，视线的尽头，夜色中出现了一团红色的火球，在离地不远的空中飘忽而行。是鬼吗？他从未见过长老们常说的"鬼"，他也不相信有鬼。是神吗？他也没见过所谓的"神"，但他相信神的存在。既然"它"出现在神的城市，那就一定是神。看来这座城市还没有完全荒废，还有神留在这里。

他抓起矛枪冲下楼，来到街上，红色的火球正慢慢悠悠冲他飘过来。

它越来越近，先行者不禁紧张起来。他该说什么？如何开始？要注意什么？他完全不知道。不过，既然是神，也一定能宽容普通人类的愚笨。他单腿跪在地上，以迎接部落中最尊贵客人的方式迎接神的到来。

火球在他面前停住了。

"我满怀敬意，我在您面前跪倒，我的神！"他大声道。

火球晃悠了几下，忽然说起话来："你是新来的？"

"是的。我代表我的部落来请求您的帮助。"

"发生了什么事？"

先行者将部落遭遇的困境简述一番。火球咳嗽一声："你的部落在哪里？"

"他们随后就到，大概要晚两三天。"他忽然意识到火球刚刚咳嗽来着，一团火球会咳嗽吗？它有喉咙吗？他抬起头来。

这时他看到一个人握着根奇怪的棒子，火球就是那棒子的末端发出的。"你……你是……"先行者一时不知道该说什么。

"我是这城市的主人。"那人的声音很柔和，"我能帮助你们的部落。"

这城市的主人？他真的是神！先行者兴奋地挥动手中的矛枪："我还以为这个地方已经完全荒废了呢！我来的时候看到这里一片废墟。"

"哦，神都走了。"那人说。

"神都走了？"先行者一愣，"你怎么没走？"

那人看着他笑了："我不是神，我住在这里。"

"你……"先行者已经完全糊涂了。这个人住在神的城市，却不是神？他拥有神奇的棒子却不是神？他能帮助部落却不是神？"你到底是什么人？"他最后问。

"我叫阿特，我是山谷部落的人。"他拍拍手中的棒子，"这是魔棒，我在这里找到的。"

啊，山谷部落。先行者仔细想着，不记得有什么部落叫这个名字。实际上，他知道的部落很少。自出生以来，他们路上经过的地方往往都是一片死亡的气息，腐烂的尸体遍布村寨，少数的几个部落还有幸存者，但没有自称来自山谷部落的。

"我的部落早就灭亡了。"阿特看到先行者迷惑的样子，"在很早以前，他们就全死了。我是山谷部落唯一的幸存者。"

"你一直在这儿？"

阿特点点头："有十年了。我一直在等待新的来访者，你是第一个。"

"你刚才说你能帮助我们？"

阿特看了看他："你跟我来。"

他们穿过黑夜笼罩下的街道，在影影绰绰的楼群中走了很长时间，最后来到一片广场上。广场中央立有巨大的雕像，一个手举魔棒的人。"这是神的雕像？"先行者问。

"可能吧，"阿特说，"我想让你看的是另外一件东西。"他们绕过雕像。在它背面，先行者看到一具骸骨。

"天啊！这是神的骸骨吗？"

"我想是的。我发现他的时候，这根魔棒就握在他的手中。"

神会死？先行者又一次迷惑了。

"也许他是神的首领，最后站在这里的人。"阿特看着骸骨轻轻地说，仿佛怕吵醒它，"我不知道发生了什么事，他为什么会死。但既然他临死还握着这东西……"他晃了晃手中的魔棒，"那一定是很重要的。于是我拿走了魔棒。"

这是亵渎吗？先行者不能肯定。偷走属于神的东西，使用属于神的东西，那不就是在扮演神吗？

阿特继续说道："我走遍了这里的大街小巷，发现了很多神的物品。不过，没有哪件比得上魔棒。它能照明、它能发出致命的光杀死野兽，它甚至还能用来和神交谈。"

"什么？"先行者吓了一跳。

"没错，但没有用，因为我根本听不懂神的话。"说着他按了下魔棒上的什么东西，它发出轻微的说话声，急促，连续不断。先行者摇摇头，他也听不懂神的话。这并不妨碍他崇拜魔棒。这是神的物品，这是万能的物品，这是力量的源泉。

"它就一直完好如初？我是说，十年过去了，它还是那样好用吗？"先行者从未见过永不毁坏的东西。

"是的，它坚固无比。不过，每过一段时间，它的魔力就会减弱。我必须到一间房子里去更换它的魔力块。"

"魔力块？"

"是的，很小，但能用很长时间。"阿特似乎有些出神，"那房子里有成千上万个魔力块，都是神走的时候留下的，我猜他们走得一定很急。我第一次见到那些魔力块的时候还以为是吃的呢，后来魔棒的魔力减弱了，我正好看到它上面有个东西很像魔力块，就试了试，结果还真管用！"

先行者点点头，忽然想起一件事："你说我们部落……"

"哦，对了，我还发现了药房，我觉得那些药可以治好那种病。"

提到"那种病"，先行者不禁一哆嗦。得了病的人先是浑身出现斑点，然后很快就全身都烂掉，死得极为痛苦，且死状恐怖。"那些药还管用吗？"他问，"我们的疾病长老常说，药该趁热喝，凉了就不管用了。"

阿特笑着点点头："很管用。"他继续笑着。

"哦……哦！"先行者明白了，指着他，说不出话。

"不错，我就是用他们的药治好的。"他承认，"我相信你的部落将会忘记那种病。"

这确实很美妙。他们将再也不会害怕那种病，害怕毒土，害怕猛兽或别的什么。不过，总有一天这一切都将消失。先行者不知道神是怎么做到的，但他明白再充实的食物储备，如果没有补充，也总有耗尽的一天。那这些药呢？那魔力块呢？神已经一去不返了，他们可能永远拥有这些东西吗？

"如果……"他小心翼翼地问，"如果有一天这些东西都用光了怎么办？"

阿特脸上的笑容一僵："哦，我还没想过这个问题。"随后他陷入沉思。

天边已经出现鱼肚白，新的一天就要到来了。

"其实在你解释魔棒的来历时，我就有个感觉，但当时我还不明白。"先行者说道，"我感觉你在扮演神。我不知道这是不是合适，但我想，也许……也许神不是那种神。"

阿特迷惑地望着他。

"我是说，也许神只是力量很强的人类，他们了解了世界的奥秘，控制了世界，从而成为神。那么……那么我们呢？"先行者越说声音越高，在清晨寂静的城市中，他的声音似乎也附上了魔力，"也许我们也能成为神！你不是走遍了这座城市吗？我们可以再去找找，也许在这里的什么地方，我们可以找到他们留下的东西，那些东西可以告诉我们世界的奥秘，那些东西可以让我们成为神！"

他停住了，激动得无以复加。一个新的世界在他面前展开，一个有无限可能、无穷诱惑的世界在他面前展开。成为神？为什么不？为什么不能？

他看到阿特的目光还有些混沌，但他相信，这目光很快就将清澈起来。

终结，或开端……

另一个时间……

这消息是31告诉我的。

"你能肯定吗？"我发了个询问消息。

回答是一阵夹着不满的扰动。我赶紧控制住自己那不多的几个星系，让它们继续在原定轨道上运行。

"你认为宇宙在收缩？"

31把他的数据送了过来。我马上就明白了：他的结论是正确的。所有的实测数据和推论过程都准确无误。唯一令我不解的是，我怎么没有在他之前发现这一现象？

"那是因为你太懒了。"他告诉我，"这样下去你有可能成为有史以来第一个丢掉全部星系的人。"

"反正无所谓。"我故作轻松。

"好像72要和你决斗？"

"对。"想起这事，我不禁有些沮丧。72是个出名的决斗专家，有不少人都吃过他的大亏。他曾一次就赢了别人7个星系。这次决斗令我担忧，他那么厉害……

"对了，告诉你一件事，"他的信息很平静，"我要去'它'那里。"

我一时惊讶得发不出任何消息。"它"是宇宙中唯一不属于任何人的星系，也是最小的一个星系，总共只有四万五千个恒星。然而全宇宙714个人没有谁不知道"它"。从来没有一个人进入过那个星系，因为传说进入"它"的人将会受到一种可怕的惩罚。没有人知道这惩罚是什么。我们都尽量不去考虑有关"它"的问题，小心翼翼地避开那块空间。

然而现在……

"为什么？"我问道。

"我觉得那里有我所需要的答案。"他告诉我，"我最近一直在想一些问题。"

"比如……"

"比如我们为什么是这样的？"

"这算是个问题吗？"

"当然。你好好想想，我们为什么从来不考虑这个问题？"

"什么话？！"

"宇宙为什么在收缩？宇宙是怎么来的？我们是怎么来的？"

"你的想法很怪异。宇宙一直都存在，我们也一直都存在，就是这样。莫非你认为宇宙以前不是这样的？"

"我不能确定。"他的信息夹杂着不安。

"简直是胡想。"我嘲笑他，"按你的猜测，我们以前也是不存在的？"

"不仅如此……"他的信息开始模糊，"有次我爆炸了一颗恒星，突然间感到很不安。这种不安的感觉是我从未体验过的。我……"

他的信息忽然中断了。我在他拥有的78个星系中奋力查找，没有一点收获。他一定把信息通道关了。

我决定先把他的事放一放，全力准备同72的决斗。我发出了我的意志，立刻得到了回应。

35个。

我迅速把它们清查了一遍。所有的恒星、行星、黑洞都运转正常，甚至在某些行星上还有极为正常的变异——一些会动的小东西。

决斗的规则是这样的：双方各出一个星系，让其中的变异（即那些会动的小东西）互相遭遇。一般来说它们会争斗起来，互相玩一些消灭实体的有趣的游戏。决斗的胜负就取决于这些小东西争斗的结果。在决斗中，任何一方都可以追加己方的星系数，另一方必须加入同样多的星系，否则就算输。输了的一方必须将参加决斗的所有星系的控制权转交给赢方。很少有人在一场决斗中出动5个以上的星系。

我为自己定的最大限额是6个。

"怎么样？准备好了吗？"72问我。

我做了肯定的回答。

我们各自送了5个星系到做决斗的空间。

由于有一阵子没有决斗了，我们吸引了436个人的注意。他们暂时停止了在自己星系的活动，来观看这场决斗。

"开始吧。"我告诉他。

于是我们开始加速己方星系内变异的发展速度。这并不是件困难的事，关键在于如何控制这个速率，以免它们在达到足够的和谐之前就互相消灭殆尽。根据我的经验，这速率在0.78到0.82之间是较为合适的。

我满意地发现我方的发展非常均衡，各种群相处十分和谐，而72那边则闹得不可开交。很快，他的星系内已开始了大规模的灭绝游戏，各星系间大打出手，似乎在互相炸毁星球取乐。

任何一个人都能看出，72已无力和我的星系抗衡。

"我增加两个星系。"72告诉我。

当然没有异议。

又有4个星系加入到游戏中。

这次72改变了策略，极力维持星系内的和平。我依然故我，不为所动。

依据惯例，任何人不得为决斗双方提供任何信息或意志的帮助。人们都默默地看着我们。我知道他们一定在互相传递信息，评论局势的走向，只是我探测不到。

双方终于相遇了。令人略感惊讶的是，它们之间都彬彬有礼，一点儿没有互相仇视的迹象。

这使所有的人都深感无味。

不该是这样的，这不对！我加大了仇恨因子，从0.21一直加大到0.70。终于，双方有了第一次冲突。接下来的事情就好办多了。混战持续了较长时间，最后转化为整体的攻防战，数以万计的星球被一次性毁灭掉。

我们又各自加了两个星系。

18个星系在一起争斗的场面是很少见的，大家都很兴奋，尽情欣赏这激烈的战斗。然而我却感到不安。

总有那么一些变异种群，总有那么一些！它们在我方宣扬什么"和平至上，宇宙大同"之类的怪论，拒不接受战争，直到被72的星系灭绝前还四处派遣和平使节，妄图"摆脱战争的魔掌"。笑话！我就是那魔掌！我创造了你们，你们摆脱得了吗？

我能感到宇宙中充满了嘲讽的扰动。形势越来越不利，我的一个星系已被完全占领了，还有一个也岌岌可危。没办法，我要求再增加两个。

"我倒觉得应该再加5个。"72的信息非常平静。

人们都等着我做出回答。那么多星系在一起大战，这是前所未有的。

"为什么不呢？"我答道，把信息发送得比他还平静。

人们骚动起来。恐怕全宇宙所有的人都把注意力投向了这里。

战争又持续了4倍长的时间，最后渐渐平息下来。

我有话要说："结束了。我决定把所有的星系转给你。"

"为什么？我只赢了你14个星系而已，你可以保留剩余的那些星系。"

我觉得自己像是以前的某个人："我要去'它'那里。"

72有一阵子没反应，然后回答："我知道有关'它'的事，没有人从那里回来过。就在我们决斗前，31去了那里，没有回来。"

"为什么？"

"不知道。但是如果你想去，一定要慎重。"

"反正无所谓。"我故作轻松。

我失去了一切感觉。接着……

我有了视觉……

我有了听觉……

我有了完全不同的空间感受。

有上与下，有轻与重，有冷与热……

然后我发现自己站在金黄的阳光中，周围是金黄的大地，面前是高大无比的建筑。那建筑，静静地屹立在无边的原野上，突兀，雄伟。有一石阶从我的脚下直通向它的底部。

面对这永恒的阳光与建筑，我感到从未有过的敬畏。

这就是"它"？

我唯一可做的事就是沿石阶而上。

以前，我曾是无所不能的某种存在。我曾没有任何形体，能推移星系的转动，能够在整个宇宙内穿梭。现在，我以这种形体所能迈出的最大步伐前进。我不知道这一切是如何发生的。在那一瞬间……

石阶的尽头是一扇开在那建筑上的小门，也是这建筑唯一的入口。我站在门口想了一会儿。

外面是明亮的永恒的白昼，而那里面一团漆黑。

这使我产生了以前从未有过的一种感觉，令我不愿走进去，而希望逃回那无边的金色原野上去。

最后我还是进去了。

黑暗……

还是黑暗……

没有声音。

很久很久以前，在宇宙还在膨胀的年代，某个角落里生活着一种生物，他们不断地发展，直至进入太空，征服太空。他们遇到了许多不同种类的文明，相互同化，以致后来这些文明已无法区分。他们的活动遍及整个宇宙。

最后他们决定用一种永恒的方式延续他们的文明。于是，用了无数代人的努力，他们掌握了以能量形式生存的力量，并运用了它。整个宇宙被划分为714块，每块由一个永生的智慧控制。他们还选中了一个星系作为保留地，暗示这是不可侵犯的地区。

他们认为拥有了永恒。

我继续走着。

也许31就在我前面，也许他也在向前走着。

走向哪儿？在这黑暗中？

我故作轻松。

又是很长很长的时间过去了。

宇宙中的人不断减少。最后，在那无法计算的遥远的未来，最后一个人也进入了"它"，跟着那713个人在黑暗中永远走着。

又是很长很长的时间过去了。

宇宙收缩到一光年大，没有任何生命存在，没有任何星球存在，只有弥漫的电子云。甚至时间的流逝也明显缓慢了。

又是很长很长的时间过去了。

宇宙变得只有一个原子大小。时间几近停滞。

然后过了十万亿分之一秒……

后来的事情已经没有意义了。

故事兔子2

"……后来的事情已经没有意义了。"故事兔子说。

"没有意义？这是什么意思？"好思考的黑眼睛小孩问。小孩打开同伴伸上来捂他嘴的手，"故事兔子！故事兔子！你一定要回答这个问题！"

故事兔子低头看着那孩子："人们说这个宇宙原来是不存在的。在很久很久以前，在时间和空间都不存在的以前，一个小到没有的东西突然发生了大爆炸，一下子炸出了这个宇宙，也炸出了你和我，还有这个小镇，还有其他许许多多的东西。但人们又说，如果我们等啊等，等特别特别长的时间，宇宙还会收缩回原来那个小到没有的东西。那时，你、我、小镇和许许多多东西就都没有了。然后……"

"哗……"黑眼睛小孩惊叹道。

故事兔子瞪了他一眼："然后，那个东西会再次爆炸，炸出另外一个宇宙。不过那个宇宙和我们这个宇宙毫无关系，甚至物理规律都可能不一样。我们没有任何办法去了解那个宇宙，那个宇宙也没有任何办法了解我们。那你们说，那个宇宙对我们来说，有什么意义？"

"哗……"所有的小孩都发出惊叹声。

黑眼睛小孩没说话，脑海中一片混沌，故事兔子的话像钻头般钻进他内心深处。在他短暂而快乐的生命中，还从未体验过世界的崩溃。这个小镇会消失吗？爸爸最喜欢的七弦琴会消失吗？小镇东面的那块形状奇怪的石头会消失吗？他抬头看着布满星星的夜空。这也会消失吗？这一切都会消失吗？它们消失后到什么地方去了？

他想得透不过气来。

故事兔子说那个时候是"没有意义"的。他跟着散场的人群慢慢走着，周围的人都三三两两说说笑笑，似乎没有意识到故事兔子话里的含义。他回头向广场看去，故事兔子胖乎乎的身影在清冷的星光下静静地待着，像一具没有生命的躯体，只有黑黑的身影在人们身后伫立。

黑眼睛男孩不禁一哆嗦，浑身冰冷。

如果周围的世界变得冰冷坚硬、黑暗、毫无生气，收缩成很小很小的东西……

他加快脚步，跟上前去，拉住了妈妈的手。

第二天清晨，一个早起的老人发现故事兔子不见了。他很得意，因为第一个早起的、第二个早起的和第三个早起的老人都没发现，居然让他这第四个早起的老人发现了这么大的事。他立刻吐出嘴里的晨用口香糖，飞跑到镇长（就是镇子里最年长的老人）家里去报告。很快，鼓捣镇上的体面人士都聚集到广场上，开始开会。

镇长发表了演讲。由于带着口香糖口音，大家都没怎么听清，反正大意是说：这个故事兔子是不好的东西，从一开始就不断给鼓捣镇制造麻烦，如今它选择自己离去是再好不过的事，这可以保证鼓捣镇将继续按照古老的规矩行事，人们将继续生活在安全、熟悉的环境中。

他的话引起一阵欢呼，男人们鼓掌叫好，女人们文静地拍着手，孩子们高兴地跺脚。就在镇长陶醉在大家的拥戴中时，一对夫妇忽然冲出人群，站在他面前。

这是个意外事件，镇长不禁皱起眉头。以往在他结束演讲，走入人群中接收敬意之前，没有人会走到他身旁五米以内。"你们有什么事吗？"他尽量和蔼地问。

"我们的孩子不见了。"男人平静地说，他的妻子神情紧张地握着他的手。

镇长记起那个黑眼睛的孩子，那个总是喜欢提问题的孩子。"你们仔细找过吗？"他微笑道，"也许他躲起来一个人玩呢？"

男人还是很平静，但镇长能看到他的手在微微发抖："不会的，我的孩子从不一个人玩。我们找遍了他常去的地方，没有，哪里都没有。"

这是个更严重的意外事件：一个孩子失踪了！镇长暗自感慨自己的运气，怎么在他之前的数任镇长都没遇上这种事！聚集的人群中有隐隐的骚动，大家都被这突如其来的意外弄得有些紧张。现在他必须尽快做出决定，安定人心。

"我们必须找到这个孩子。"他大声说，"所有的男人都要去找！女人回家去，看好自己的孩子，我们不应该有第二个失踪的孩子！"

人群如潮水般散去，女人们带着自己的孩子急匆匆地回到家中，坐在床上发呆。男人们则分成几路出发寻找。他们的声音渐渐远去，在镇中心广场上，几个老人围坐在地上，默不作声地嚼着口香糖。镇长看了看身旁的老人们，心里乱糟糟的，有生以来第一次，他不知道事情将如何发展。

黑眼睛男孩站在绿草如茵的山坡上，看着早晨的阳光斜射下来。他想起昨夜窗外神秘的光芒和莫名的声音；想起自己偷偷穿起衣服，手脚紧张得冰凉；想起自己推开窗户时，黑暗夜空下那耀眼的光柱。他被脑海中的声音驱使，跳出窗户，沿着沉睡的街道走出小镇，一直走，一直走到镇中心往西3457步以外。其实，他现在想起来都有些后怕：当时他只顾往前走，直到清醒过来才发觉自己已经越过了界限，幸好什么事也没发生。想到自己现在所在的位置是鼓捣镇中从没有人到过的，他不禁有些发慌。

周围芳草萋萋、鲜花遍野。蝴蝶和无数不知名的飞虫在低空中飞来飞去，有的撞在他身上，犹豫一下又飞走了。他在齐膝的草丛中艰难地向前走。脑海中的声音已经不见了，现在他只是凭内心的指引前行，或者，他只是听从自己的双腿。

走上面前的山丘，他看到山丘的另一面是个洼地，阳光将这里的一切照得明艳无比。在这从未有人涉足的地方，野花挤在一起，争先恐后地开放，在微风中轻轻摇动。在这鲜花铺成的地毯上，他看到故事兔子静静地坐在那里。阳光照在它身上，微微泛起金属光泽。

男孩轻轻地走下洼地，脚步那么轻，仿佛怕惊醒了故事兔子几万年长久的梦。

然后他在它身旁盘腿坐下，让鲜花轻轻拍打着自己的脸颊。

"我来了。"他说着，心跳得厉害。

故事兔子慢慢把头转过来，发出嘎吱嘎吱声："我来告诉你一切。"

阳光凝固了，飞虫落下了，风停止了。故事兔子毫无表情的双眼盯着黑眼睛男孩。

"在很久以前，人类诞生在一颗蔚蓝、美丽的星球上，他们称为'地球'。从远古时代起，他们就同大自然进行着艰苦的斗争。他们同野兽斗争、同恶劣的天气斗争、同食物缺乏斗争、同自然灾害斗争。他们从未停止过这种斗争，甚至在科技已经非常发达后，他们仍然要面临各种各样的威胁。正是对这些威胁的恐惧，才成为人类文明不断前进的动力。

"在人类进入太空时代之后很久，他们发现了超空间技术。利用这种技术，他们可以在瞬间从一个空间到另外一个空间，也正是利用这种技术，人类大大加快了向太空进发的步伐。他们建造了巨大无比的飞船，载着数以万计的人从他们的太阳系出发，向宇宙深处拓殖。人类文明的种子遍及银河系各处，他们在无数星球降落、扎根、繁衍生息。

"大约3000年前，一艘殖民飞船降落在这颗星球。人们在这里生活了一代又一代，由集中的殖民城市分化成无数小城邦，又经过战争形成全球统一的国家，后来，在大约800年前，这个国家解体了，人们又以散布各处的城镇形式生活着。

"为了避免再次爆发战争，在国家解体前，当时所有的城镇领导人集体做出了一个决定：销毁所有历史记录，切断所有与外界的联系，建立必须严格遵守的规矩，世世代代沿袭下去。这就是你们小镇的由来。"

故事兔子停了一会儿，似乎在倾听周围的声音。"但这不对，"它接着说，"这种做法虽然避免了冲突，但也消灭了人们前进的动力。这就是为什么鼓捣镇几百年来一直没有任何发展的原因。

"其实，在人类进入太空时代不久，就预见到了这一情况。在随后的岁月中，人类制造了无数像我一样的故事兔子，并把它们发射到银河系各处，让它们去宣讲、去鼓励人们。

"任何一处的人都应该知道，人类从未放弃过冒险、求知、拼搏和进步。人类也不会放弃这些。我们生活的宇宙是残酷的，我们必须坚强、富于进取心。"

　　阳光静静地洒下来，在鲜花盛开的地方，这个小孩听着故事兔子娓娓讲述着人类的历史与未来。

　　"你是小镇中唯一有进取心的人。你好奇、认真、勇敢，你将成为这颗星球上人类的希望。我马上就要去其他星球继续我的工作，我希望你能带领这里的人重新仰望星空，重新燃起进发宇宙的欲望。这也许需要很长的时间，也许长得超过你的寿命，但我相信，这一切将从你开始，并延续下去。"

　　故事兔子最后看了男孩一眼，然后周身散发出夺目的光芒，光消失的时候，它也消失了。

　　黑眼睛男孩听到远处传来人们的声音，那是小镇上的人在寻找他。他站起来，走上山丘，面对脚下的大地、城镇，深深吸了一口气。

　　他知道，虽然这颗星球表面上很平静，但它的未来已经永远地改变了。

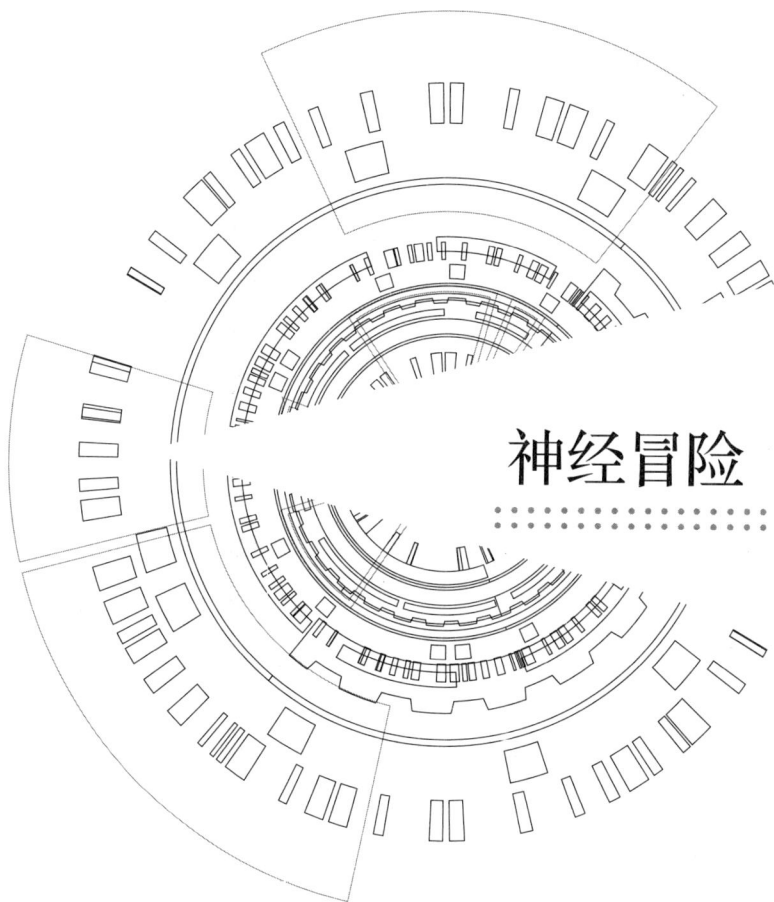

神经冒险

神经冒险

一、攻击墙院

男子在地铁车厢尽头引发一阵小骚动的时候，胡图还以为是卖衣服的小贩。不过他马上就发现，男子光着上身，那些五颜六色的图案是在皮肤上显示出来的。

男子慢悠悠沿着通道边走边笑嘻嘻地向两边挥手。他的胸口是电视一台的节目，靠下边一点是从右向左滚动的新闻时事，左臂上是一个人在唱歌，右臂上的景色看起来像是黄山。乘客们大多笑着指指点点，有个别胆大的上去戳一下，男子夸张地露出痛苦的表情，引得众人大笑。

"神经人贩子。"袁军低声说。胡图表示看起来挺好玩的。袁军撇撇嘴："他们到处拉人改造，听说身上还有辐射。"

有那么一瞬间，胡图似乎看到神经人男子向这边看了一下。他不知道神经人能听到他们的谈话，他们的器官都经过了增强。

神经人已经走得很近，突然向他们转过身来，张开双臂。袁军噌地一下站了起来："你要干什么？"

神经人温和地笑了，站定在袁军面前。几秒钟后，他的身体从脖子以下突然变得透明。胡图可以看到对面的乘客和车厢，有些发暗，就像是透过很淡的茶色玻璃看过去一样。袁军被这个表演吓着了，往后退了一步，就势坐回椅子上。

神经人保持着姿势继续向前走去，顺便向他俩挥了挥手。周围的乘客一片赞叹声。袁军哼了一声，表示这不过是前胸后背的实况转播而已，没什么新鲜的。胡图正想嘲笑他刚才的傻样，突然被跟着走过来的小姑娘吸引住了。小姑娘看上去也就十岁上下，穿着印有宣传语的短袖，微笑着向乘客分发宣传单。她直接塞了一份给胡图，没理旁边的袁军，径自走了过去，跟着前面的神经人男子走进下一个车厢。宣传单上无非是说神经系统经过重新设计后，感觉不到疼痛，没有疲劳，反应更快，体力更好，感知能力更强之类的陈词滥调。

袁军看他看得认真，伸头过来瞄了几眼，问他是不是想拿这个做课外研究。胡图决定不告诉他，省得招来嘲笑，就说还没想好该做什么。袁军开始抱怨他妈妈如何热心地为他设计课外研究，从选题到内容都要听她的。

"我爸妈根本不管。说上了初中，事情就该自己独立做。"胡图回道。

袁军感叹了几句，开始兴致勃勃地介绍起自己的选题。胡图边听边回想刚才看到的场面。神经人的课外研究，他已经准备一个月了，看了大量资料，还在网上认识了不少神经人。可真的神经人他很少见到。

神经人离去的方向传来一阵喧哗，起初只是断断续续，很快就变成激烈的争吵，接着是一声重击，在片刻沉默后传来吵闹声。乘客们都伸长了脖子想看看发生了什么事，但被人挡住，什么也看不到。

吵闹声一直没有停息，直到地铁到站才平息下来。车门没开。胡图看到站台上有几位警察快步向神经人所在的车厢门口走去。那边的门打开了，有短促急切的交谈声。过了一会儿，那边响起了稀稀拉拉的掌声，伴随着零星欢呼。很快，他看到警察带着神经人男子从站台走过。胡图认出神经人手上捆着专用束带，可以瘫痪他身上的神经芯片。发宣传单的小姑娘跌跌撞撞地跟着。她身后是一个捂着头的男人，正和随行的警察激烈地说着什么。

"我就知道，这些神经人都是疯子！"袁军敲打着车窗，兴高采烈。

胡图突然注意到站牌："你不是该在这站下吗？"

"对对对！我正好去看看热闹！"袁军拍了下他的肩，起身冲出车厢，以超过所有人的速度飞快向警察消失的方向跑去。

"小姑娘挺可怜，平白无故被人打了一巴掌。"胡图听到身后有人说。他其实很想和她聊聊，但眼下显然不可能。

地铁重新启动，车厢里很快恢复了平静。

下一站就是胡图回家的站，但他没有下车。他今天的计划不是照常回家。

地铁离开市区，钻进了环绕京城高耸的山楼中。他换乘进山的公交车，又花了将近一个小时才到达目的地。

胡图下车的时候，太阳正在远处山顶上慢悠悠地沉下去。江心和姆巴甲在离车站不远的地方无聊地靠着栏杆。看到胡图，江心拎拎自己的衣领大声道："你就穿这么点儿？"胡图走到他们跟前，拉开夹克前襟，露出里面的毛衣。姆巴甲哼了一声："你会冻死的。"胡图不以为然地说："你们俩还没我穿得多呢。"姆巴甲又哼了一声："等你和我们一样了以后再说吧。"

三人一路溜达到了广场，和大部队会合。胡图的到来在人群中引发了不小的好奇心，他只能尽量不去注意那些指指点点。江心偷偷告诉他，频道里现在已经吵成一片，全是关于他的小道消息。"很久没你这么好条件的新人了，我们都很兴奋。"江心一笑，"可惜你还没完成进化，没法和大家一起聊天。"

大队人马开始沿着石阶登山。太阳已落下，天色越来越暗。队伍非常安静，除了鞋子踏在石阶上的声音，什么也没有。胡图走在队伍中段，一个人都不认识，想聊几句吧，对方都是微笑着摆摆手。

这些人都是隶属于一个叫"神经洞穴"社团的神经人，相互间通过皮下嵌入的芯片进行无线通信，很少开口说话，信奉"沉默是金"。他们大多在很小的时候就进行了神经改造，自认为经过了"进化"，是新人类。

路灯亮了，稀稀拉拉，延伸到远处的昏暗中。胡图开始觉得身上发热。这是神经人每周一次的集体活动，他身为自然人，是被特邀的。他本来以为大家说说笑笑、看看星星啥的，可眼下这样子，很可能是在沉默中爬一晚上山。

手机突然响了起来，在寂静的夜里显得十分响亮。他不好意思地按下接听键，是妈妈问他在哪儿。他说自己在同学家，今晚就在这儿过夜。妈妈似乎有些不信，让他把电话交给同学。他正犹豫，手机被旁边的一人接了过去，彬彬有礼地扮演了他的同学。通话结束后，那人微微一笑，对他说这种事常有。他还想多聊几句，那人摆摆手，径自向前走去。

"小屁孩又要向妈妈打报告了吧？"姆巴甲走来，推了他一把。

他推了回去："我可没告诉他们来干吗。"

江心也凑了过来："如果今天晚上你通过了考验，我们很快就会给你安排进化手术，你迟早要告诉他们。"

"他才不敢进化呢。"姆巴甲大声道。

"谁说我不敢！"胡图的声音更大，几个路过的神经人看了看他们。

江心招呼大家继续前进。路灯越来越稀疏了，脚下的路也从平整的石板变成凌乱的石块。胡图走得有些跌跌撞撞，他打开了手电。姆巴甲上来一手捂住："我们登山禁止使用手电。"

"行了，让他用吧。"江心拉开姆巴甲的手，"他还没进化，没有夜视能力。"

即便有手电，山路依然模糊，胡图不自觉地放慢了脚步，逐渐落到了队伍后面。他们已经爬了一段距离，石头路已经变成渣土小道，山风隐隐吹来，有些凉意。他的腿开始酸痛，每一步都踩不实，更加速了体力消耗。

这时他看见了蛇。

那是一条土黄色的蛇，在草丛边上，正好在胡图的行进路线上。他停下来，喊了声"蛇"。队伍没人理睬，依然沉默地前进着。他不得不又喊了一声。这次有几个人围拢过来，沉默地看了一会儿，其中一人抬脚把蛇踢进了草丛。这一脚太快了，胡图甚至怀疑连蛇都没看清那人的动作。

天已全黑，路灯早已不见。他们继续在黑夜中静静地走了很久后，在一处烽火台废墟停下休整。神经人三五成群，围着一个圆桶坐下。江心告诉胡图，为神经人提供肌肉力量增强的模块非常耗电，只能在全功率状态下维持三个小时，必须充电十分钟才能继续使用。胡图已经累得几乎抬不起腿了，可他不是神经人，没法充电，这接下来的路怎么走呢？江心似乎看出了他的担心，说如果他走不动可以坐担架。担架？胡图都能想象到姆巴甲会如何嘲笑他了。江心还告诉胡图，大家已经同意在今晚的活动中破例考验他是否可以进化，这可是前所未有的好事，以往都要随团参加三次活动以上才有接受考验的机会，让他一定要珍惜。胡图拍着胸脯说自己绝不半途而废，一定会跟着大家走完全程。

"哦，不。"江心笑了，"行军结束后，考验才会开始。"

接下来的一个小时，胡图咬紧了牙，用尽了所有给自己鼓劲的法子，坚持靠自己的双腿爬到了山顶，没有被大部队落下太远。尽管姆巴甲对姗姗来迟的他哼了一声，但其他人还是非常高兴地祝贺他能靠自己成功登顶。

江心指着远处一片灯火，问胡图知不知道那是什么地方。胡图摇摇头。江心告诉他，那是网络数据中心，俗称墙院，是他们此行的目的地。胡图不清楚这些神经人到底要干什么，自己要经受的考验又是什么，但他的好奇心被勾起来了。他听说过墙院，那是网络世界在现实世界的飞地，不受政府管理，十分神秘。全世界的墙院有数百个，相互联通，组成了覆盖全球的巨大网络。

如果进到墙院里面去看看，一定能好好向同学们炫耀一番。

队伍没有过多休整，很快就沿着小道向山的另一边走下去。江心似乎很担心胡图的体力，一直跟在他身边。

下山没有那么累，但他颤抖的双腿成了最大的危险，每一步都可能会瘫下去。两个神经人似乎得到了指示，自动走到他的前面，和他保持很近的距离，像是在保护他。他的衣服已经浸透汗水，在凛冽的山风中冰凉透骨。姆巴甲说得对，这点衣服确实不够。

在黑夜中，远处通明的灯火仿佛静止不动，看不出距离。下山走了很久，胡图已经感觉不到双腿的存在了，那片灯火看起来依然是那么远。队伍里的神经人就像刚出发时一样，沉默轻松。有那么一阵子，他觉得自己会永远和这些奇怪的人一起走下去。

突然，在没有任何征兆的情况下，他发现自己来到了平地上，脚下也从土路变成了柏油路。接着，队伍停了下来。

墙院的门就在不远处，灯光将大门和门外空地照得亮如白昼。门两边是高高的混凝土围墙，一直延伸到很远的地方。大门紧闭。有两个门卫坐在门口，一切都很平静。

江心将胡图拉到一旁，掏出个针管。胡图吓了一跳，往后退了一步。"别怕，这是速效肌肉强化剂，能让你在一分钟内获得超强的肌肉力量。"江心晃晃针管，"你马上要用到它了。"

"我？"胡图迷惑了。

"墙院里有屏蔽装置，我们的芯片会失效，只有自然人能在里面活动自如。我们需要你拿着这个烟花筒，把它放到墙院中央的空地上点燃。只要看到腾起的烟花，你的考验就算通过了。"江心抓住胡图的胳膊，将针管贴上去，"你只有一分钟时间从这里冲到墙院中央的空地上，药效过后你已经过度疲劳的肌肉会完全失去控制。"

"那我怎么出来。"

江心笑了："他们会把你送出来，这种恶作剧他们见多了。"

胡图看了看墙院大门，院子挺深，希望强化剂效果足够好。江心向他简单介绍了一会儿的具体做法，让他自己决定是否接受这次考验。

不远处，姆巴甲也望过来。

他点点头，接过江心手中的烟花筒。

江心按了一下针管，自动针头刺入他的肌肉，药剂被迅速注入。与此同时，三名神经人从集合点冲向墙院大门。"出发！"江心拍了下他的后背。

他抬腿跑了起来。他觉得自己的双腿像是两片桨，飞速敲击着地面。在最初的几秒钟里，他最大的困难是保持住平衡不栽到前面去。转瞬间，他冲到了墙院门口。两名门卫已经被先行的神经人抱住滚倒在地，第三名神经人快速地将一块不大的跳板放在门口的地上。

虽然他没有练习过，但找准跳板中央并不是什么难事。他几乎没有调整步伐，直接踏了上去，然后全力一跃。

他知道自己会跳得很高，但没想到会是这么高。一股得意之情涌上心头——现在，这事只有他能做到。

他轻松地越过了四五米高的大门，在门里落地的时候，他没有忘记江心的叮嘱，打了几个滚，然后就势站起来，向前方狂奔。

墙院内同样亮如白昼，他在强光下以有生以来从未有过的速度飞跑着，仿佛突然间释放了体内封存的力量。如果能一直这样跑下去多好啊！

就在他距离中央空地还有大约20米的时候，一张网突然从地下升起。他一头撞到网里，摔了个七荤八素。他挣扎着爬起来，想趁药剂还有效的时候跑过去，但网紧紧缠住了他。他拼命试图挣开，但只是越缠越紧。接着，突然间，他失去了所有力量，瘫倒在地。

他没有太多时间懊恼，因为他很快就失去了知觉。

胡图醒来的时候，发现自己躺在一间狭小的病房内，一位文质彬彬的青年坐在一旁。他想说什么，却发现自己说不出话。

"你昏迷了半个小时，肌肉系统也受损严重，需要时间休养。"青年说，"你带进来的电子干扰器已经被拆解了。幸亏你没来得及启动它，否则整个墙院的保护系统都会至少失效一个小时，后果不堪设想。"

胡图惊呆了，什么干扰器？不是烟花筒吗？

青年微微一笑："不过你别担心，我们调查过了，你是被蒙骗的，身体也遭受了损害，没事的。我们会尽快联系你的父母，接你回去。"

啊，看来今晚的事是瞒不住了。

青年冲旁边的什么人挥了挥手，胡图眼前突然一片模糊，仿佛在透过塑料布看东西，几秒钟后，视野又清楚了。他过了一会儿才明白过来自己眼睛上被蒙了一层膜。青年告诉他，这是数字眼膜，可以通过捕捉眼球视线来与他交互。之所以给他装这个，一是他会瘫痪好几天，需要通过这个装置表达自己的要求；二是他们需要他帮忙来处理外面神经人的问题。

他们还在？胡图发现自己视野下方有四个小方框，分别是"是""否""问号"和"叹号"。小方框下方还有个微型键盘。他依照青年教的，盯住问号眨了一下眼睛。

青年笑了。胡图的眼前突然变成了从墙院中央小楼向大门望去的视角，接着，视角缓缓推进，他能清楚地看到神经洞穴的那些神经人正在大门外十几米远的地方席地而坐。

"我们只有门内的管理权，门外的事是京城警方管的。我们需要你帮着标记他们中的骨干成员，方便警察找到他们。"青年说。

胡图有点犹豫，江心他们多少算是他朋友了，虽然他们没告诉他干扰器的事，可是被警察抓走也太严重了。青年看出他的顾虑，说干扰器没有启动，这些神经人没造成任何破坏，不会有什么事。警察来了也就是问问情况而已，尽快问清楚就能尽快完事，各回各家。他用眼膜上的键盘打出"我不知道"几个字。这是实话，除了原来就认识的，他根本没什么机会与其他人接触。青年转而要求他指出都认识谁。他指出了江心和姆巴甲。立刻，这两人头顶就出现了红色的标记。青年安慰胡图说，这只是避免弄错，不会有任何后果。

突然，胡图发现自己身处席地而坐的神经人当中，能看到周围人的样子和前方不远处的墙院大门。有人在他耳朵上贴了什么东西，片刻后，他听到了夜晚山里的风声和周围人窸窸窣窣的动静。

他正在通过其中一位神经人的感官感知周围。

墙院里的人一定通过某种方法侵入了神经洞穴那些神经人的通信网络。他一时不知自己是该好奇还是恐惧，这种感觉太陌生了。

但他没能体验多久，感知很快被切断了，他又重新看到了自己所在的小屋。青年面色严肃地走到他面前看着他："事情可能比我们预想的严重。现在有三支增援的神经人队伍正在向这里集结。"

二、神经改造

院墙上升起了许多探照灯，显示墙院已经提高了防御级别。江心并不是非常担心，毕竟他们只是第一梯队，后面的大部队马上就会到。让他觉得不安的，是有多个未知来源的数据连接进入神经人的网络。这些连接采用了陌生的加密方式，他们根本不知道是谁在使用，都访问了哪些信息。

两名墙院门卫在胡图进去之后就被放开，正皱着眉头盯着外面这群神经人。墙院门口一字排开放了十块跳板，位置和角度都经过仔细计算。神经人后方竖起高高的脚手架，三位神经人瞭望哨站在上面，一位有广角视力，一位有望远视力，还有一位是普通视力，他们将自己的视觉向整个团队广播。依照神经洞穴首领虹膜无限的指示，十名神经人突击手已经关闭了自己身上的芯片，将只依靠肌肉强化剂跃入墙院。姆巴甲是其中之一，这位黑人小伙子蓄势待发，双眼紧盯着墙院大门。

首领没有浪费什么时间，出发的指令即刻通过网络直达现场的神经人队伍。

十名突击手同时注射进肌肉增强剂，同时迈开步伐，同时踩上跳板，同时跃入六米高的空中。姆巴甲飞起来的时候，最担心的是自己冲得太猛与大部队脱节。他落地的一瞬间几乎扑倒在地，虽然经过专门训练，但身体还是不习惯脱离芯片控制的行动。

突击手们没有站定，就势向前方疾奔而去。他们每个人都有一个干扰器，任何一人能冲到墙院的中央空地上启动干扰器就算成功。那时候，院内的神经芯片屏蔽功能将失效，神经人大部队就可以大摇大摆地进入墙院。他们都是成年人，身体条件比胡图更好，速度也更快，转眼之间就跑过了一半路程。

突然，中央空地旁边的二层小楼顶上同时发出了十道火光。所有突击手瞬间被麻醉弹击中，几步之后就纷纷摔倒在地。姆巴甲在失去知觉前想到的是：为什么就没人想到墙院有防卫？

片刻，小楼的门打开了，几十名全副武装的人走出来，将地上七扭八歪的突击手用物理束带和电子束带分别捆了一道，抬进楼去。

江心和门外的所有神经人都通过瞭望哨看到了刚才的一幕，相信神经洞穴的首领也看到了。接下来，他们该怎么办呢？不用芯片的话，神经人也不过是打了药剂的自然人，墙院可以轻松应对。墙院防卫系统一直是高度机密，他们此前只能从资料中露出的只言片语估计，现在看来显然有些低估了。

后面山路上出现了星星点点的光，绕过墙院往山下城里方向的路上也出现了一些微光。几秒钟后，这两支增援队伍瞭望哨的视觉信号接入了他们的网络。从后面队伍视角看，墙院灯火通明，在黑夜的山谷中犹如巨大的发光圆盘。墙院的另一边，远远的山坡上，虽然视野中什么也看不到，但一个绿色的数字标记正在缓缓沿着山坡下降。那是第三支增援队伍，他们将在墙院另一侧集结并协同攻击。

首领虹膜无限发来了新的攻击方案。江心知道，自己这支队伍作为先锋队的作用已经结束，就和大家一起退后到30米外。三支增援队伍很快就到达了预定位置，在墙院外成等边三角形集结。从后面山路下来的队伍离江心只有50米，他用自己的眼睛就能看得一清二楚。他们搬出个小汽车大小的球，鼓鼓囊囊的。8位神经人两两配对，双手相握，头对头趴在地上，形成一张手臂组成的网。球被慢慢推到"网上"，有些人上来拉住地上8个人的腿。这是个人体弹弓。

球里是特制的干扰器，能让墙院的屏蔽功能在一定距离内失效，相当于神经人的无形保护罩。他们将同时向墙院内发射三个干扰器，其覆盖范围可以保证神经人在整个院内自由活动。干扰器外面的软垫能保证其落地时不会摔坏，发射用的人体弹弓也经过仔细计算，力量和角度的数据都已分配到每个参与的神经人那里。

江心深深吸了口气，清冽透骨。一切就绪，虹膜无限随时会发出攻击指令。

瞭望哨突然发出了警报。从全景视角可以看到墙院中央的小楼顶上有什么东西在动，江心切换到望远视角，看到小楼顶上打开了一块板。有几秒钟时间什么动静都没有，然后，一束火光从楼顶冲天而起，并迅速熄灭，只有一个亮点以异乎寻常的速度持续上升了一会儿，消失在高高的夜空中。很快，江心听到了一声闷响，一张巨大的气垫在空中展开，在地面强烈灯光的映照下仿佛蠕动的天花板。

他突然注意到，两个门卫不见了，整个墙院都毫无人气。他有种不祥的预感。

接着，在毫无征兆的情况下，墙院关闭了所有灯光。整个大院，外面的道路，紧张的人群，还有风啸的山谷，都突然笼罩在伸手不见五指的黑暗之中。

在姆巴甲他们发起冲锋的时候，胡图已经能比较自如地运用眼膜系统近距离监视外面的神经人了。他还附身在姆巴甲身上又体验了一次凌空飞起的感觉。墙院的系统非常强大，在江心接入增援队伍视觉之前，墙院的系统就已经进入他们的网络了。那位名叫詹姆斯的青年告诉他，目前墙院还只能截获感知信号，不能截获思维信号，没法知道这些神经人之间在通过网络聊什么。

最重要的是，墙院没有任何墙院外的管理权。神经人只要不进入院内，想在外面待多久都行，想干什么都行。墙院可以要求本地警方来处理，但自己没法动手。警方在接到墙院的报警后表示会派人过去，但目前在墙院外集结的神经人已经超过200人，单靠值班的那几个警察没法控制局面。墙院撤回了所有地面人员，请求警方授予墙院临时性的紧急处置权，允许墙院在院外行动，控制周边三公里范围内的任何目标。警方回复说要请示上级。

胡图心里还是没底。即便有授权，墙院能挡得住这么多神经人吗？

"放心，他们早有准备。"一个小孩笑嘻嘻地从几个大人中间钻出来，轻轻拍了拍胡图的床栏。他七八岁的样子，留着光头，双眼晶亮。胡图打开眼膜的身份标记，小孩的头上显示出NDV0617字样。这不是个人名，更像是个项目代号。仿佛知道他在观察自己，小孩冲他做了个鬼脸。

警方终于答应了墙院的请求，但只有一个小时有效期，到时候警方的大部队会到达并接管随后工作。这足够了。

墙院立刻发射了震撼云，并关闭所有外部灯光。两秒钟后，震撼云发出了一道持续50毫秒的强烈闪光，伴有精确调校后的次声波，烧坏了所有神经人的芯片，并将其击瘫。从红外画面中可以看到，震撼脉冲发出后，墙院外的神经人纷纷瘫倒在地。几分钟后，陆续有神经人慢慢爬起身，摇摇晃晃走开。有几个神经人试图去搬还没有发射出去的干扰器，但根本搬不动，更不用说组成人体弹弓了。

詹姆斯告诉胡图，这些神经人已经习惯了芯片的控制，一旦失去芯片，走路都走不稳。而且他们很少开口说话，没有芯片连交流也成了问题。他们中很多人母语各异，平时靠统一的神经网络语言交流，如今相互间话都听不懂。

从画面上看，随着恢复的人越来越多，神经人队伍逐渐分成了几堆，应该是依据母语自然形成的。他们还尝试搭人梯翻越院墙，但下面的人根本坚持不住，搭一次垮一次，三次以后，他们放弃了。接着，有人开始离开墙院往城里方向走，起初撤退的人只有三五个，逐渐越来越多，不到一个小时时间，能走得动的都走了，只剩下13个一直未能起身的，或躺或坐地待着。他们已经没有威胁，等警方到来后就可以带走他们了。

"完胜！"光头小孩兴奋地拍了下胡图的床栏，吓了他一跳。他没好气地瞪了小孩一眼。小孩也夸张地瞪回来，但抑制不住自己的笑意。

胡图点了下问号。

"听说我们抓了个笨蛋，我是来看你的。"小孩故作神秘地说，"他们都叫我牛肚，他们让我当你老师呢。"

胡图表示震惊。

"我也很意外啊，你基础这么差，教起来会很费劲的。"小孩向胡图探过身来，用手快速地在他面前晃了晃，转身和其他人一同走出房间。詹姆斯临走时让胡图好好休息。

房间迅速暗了下来。胡图躺在床上，还在为自己刚才看到的画面震惊。牛肚在他面前挥手的时候，他清楚地看到他的手是透明的！和他在地铁上看到的神经表演一模一样。

墙院里是屏蔽神经芯片的，他怎么混进来的呢？

胡图越想越乱，越想越迷糊，最后在浓浓的困意中沉沉睡去。

第二天胡图醒来的时候，屋内洒满柔亮的光。一会儿，眼膜上出现了詹姆斯的面孔，说他的父母已经得到了墙院的通知，有几句话跟他说。接着，詹姆斯消失了，胡图的父母同时出现在眼膜上。爸爸看起来沉静，比平时和蔼；妈妈则显得有点着急。他们的背景像是在高速隧道里。他们离开京城了？

"胡图，看到你还好，我们很高兴。"爸爸开口道。

奇怪，以往都是妈妈说话，爸爸在一旁，今天怎么变了？而且他们一向叫他图图，今天居然叫他全名。他有点担心，是他们太生气了吗？

爸爸继续说着，语气很平静："我们与数据中心的人谈过了，你没有大碍，休养几天就好了。他们跟我们讲了你被神经洞穴欺骗的事。其实我们虽然放手让你自主选择课外研究的选题，但我们一直在关注你的兴趣。所以看到你和神经人走在一起，我们并不惊讶。"

可能是看到胡图一直不能说话，妈妈有点像要哭的样子，不过马上就控制住了自己。

"现在的社会，神经人虽然还是让人有些看不起，但越来越多的人正在改变看法。看到你能主动选择这个敏感的选题，我们还是挺高兴的。"爸爸的表情变得有些严肃，"我和你妈妈被征召前往万户站，已经上路了。命令来得很突然，本来是要把你托付给社区的，和墙院的数据中心谈过后，我们决定这几天让他们照顾你。"

"一定注意安全。"妈妈插进来说。

爸爸凑近了镜头："在神经人这件事上，我们给你完全的自主决定权。我们只有一个要求：你做选择时要想好。不要赌气，也不要软弱。"

好的，胡图表示。

他不知道自己的信息能否传到父母那里。爸爸回头看了看妈妈，又看了看他，关掉了通信。

屋里有一阵子什么动静都没有。胡图想起在课外研究这件事上……不，从13岁生日那天以后，父母对自己的态度就不一样了。以前总是问这问那，现在则是例行公事一样问问就完，像刚才这样聊的时候都少多了。

不过，胡图也感到有种陌生的东西出现了，呼之欲出。是什么，他还不知道。就像是眼膜在场景上能叠加数字信息一样，有一种全新的信息叠加在他日常见到的人和事上面，一切都和以前一样，但又有所不同。他有种直觉，自己很快就能知道这到底是什么。

"嗨！笨蛋醒啦？"牛肚的脸突然出现在眼膜上，"老师我要给你上课了！"

这小破孩儿，胡图皱了皱眉头——他很惊讶自己能皱眉头了，看来神经恢复的速度比预计的快。

"我先给你介绍一下数据中心的情况吧，从基础讲起。"牛肚兴致勃勃地将脸缩小到一旁，胡图视野正中出现了墙院的模型：圆形高墙、平坦的草地、中央广场和二层小楼。接着，高墙下端向下急速延展，形成桶状。这模样有点儿眼熟。

"外人管这里叫墙院，我们叫它易拉罐。"牛肚尽力装出严肃的样子，"网络数据中心实际上是个坚固无比的易拉罐，你们看到的墙院只是它最顶端的那一小部分。这个建筑的绝大部分都深埋在地下，防震防水防磁，可抵御核攻击和生化攻击，有自己独立的能源和生命维持系统。这么说吧，就算明天地球爆炸了，这个易拉罐被崩飞到太空中去，依然可以照常运转！"

胡图问牛肚他一个神经人怎么能在这里活动。牛肚笑他笨，解释说，数据中心的芯片屏蔽功能只在其易拉罐顶端——就是墙院部分有用，真正工作的部分没有任何限制。

胡图又问他在这里干吗。

牛肚将脸挪到胡图眼膜的视野中央，放得老大："我是数据中心的宝贝！"

胡图礼貌地用视线打出了"笑死人"三个字。

"真的！我是被中心收养的，大家都是我的爸爸妈妈。他们说，我比一般的神经人更高级，是未来人类的原型。那些神经人主要精力都放在身体增强上，跑得更快、跳得更高什么的，在思维上只满足于相互通信和感知广播。而我不同，我以思维增强为主。数据中心是网络世界的计算核心机构，他们将我的思维与整个网络无缝连接。网络上的知识就是我的知识，网络能想多快，我就能想多快。有时他们会说，我就是网络的一个人形终端。没有哪个老师的知识比我丰富、思考比我更快。你说……"牛肚将自己的脸再次放大，大到额头和下巴都看不见了，"我有资格当你的老师吗？"

胡图没想到会冒出这句来，很想回复三遍"没资格"，但这算不算赌气？可如果他老老实实地回答有资格，又会不会在这个比自己小五六岁的小孩面前太软弱了呢？他一时拿不定主意。

牛肚突然愣了一下，说要去参加一个会议，还让他也参加。胡图正不知道自己该怎么参加时，发现已经被自动附体在了牛肚身上。牛肚用一种平淡的声音继续和他交谈："我想你一直有个疑问——神经人为什么要攻击数据中心？"

其实胡图从没往这方面想过——反正总有个原因不是吗？不过牛肚这么一说，他倒是来兴致了："对啊，到底为什么啊？"

"因为这些笨蛋神经人要变成我这样与网络无缝连接。但他们都是些苦工、玩杂耍的，没数据中心这么强大的能力，所以他们的笨蛋首领虹膜无限想出了个攻打墙院的计划。他们甚至连墙院到底有多大能耐都不知道，还以为就是个公园呢。"

牛肚沉默了一会儿，说了句"你可能要在数据中心多待几天了"，就又回归沉默。胡图问他到底会议在聊什么。牛肚大惊，表示忘记为他开放会议频道了。接着，他看到牛肚、詹姆斯和其他几个人围坐在一个紫色房间内。这不是牛肚现在所在的位置，他通过附身可以看到牛肚正在往餐厅走。这紫色房间是网络世界虚拟空间中的房间，牛肚和其他端坐的人都是虚拟空间中的形象。

"我有点忙吧？"牛肚说，"我要去吃饭，还要在网络中开会，同时还得和你聊天……哦，是讲课。"

紫色房间里的詹姆斯向胡图提出了一个请求：正式加入数据中心针对神经人攻击事件的调查组。胡图很惊讶为什么选择他。

"我要求的。"牛肚说。

詹姆斯随后解释说，他的年纪和与神经人接触的经历都有助于调查。此外，这也能让他有更充分的素材。他的父母特别强调过，数据中心要尽可能帮助他的课外研究。不过正如他父母说的，他在回答前要想好。

"对了，我也建议你进行初级神经改造，能立刻复原你受损的神经。当然，主要是做思维增强，以便同我们协作。"牛肚将小笼包的馅给吃了，皮扔到一旁，"这种改造是可逆的，调查完成后，你可以复原成自然人，没有任何后遗症。"

詹姆斯表示确实如此。

胡图发现自己接二连三遇到选择问题，眼下这个是最大的一个。如果他拒绝，几天后他就会被送回家里，一切一如往常；如果他同意了，一个全新的、未知的世界将在他面前打开。他花了将近一分钟思考，这时牛肚已经吃光了整整一笼包子馅。

然后他做出了决定。

三、训练

胡图倒挂着。

他身穿航天服，双脚固定在延伸到无穷远处的平板上。他头顶下方，是无数繁星组成的深渊。他感到有点儿奇怪，如果是太空，这个姿势也可以算是站在平板上，可他为什么会强烈感到是被倒挂着呢？

然后他就掉下去了。在太空中"掉下去"是个很可笑的事，又没有重力，能掉到哪里去呢？他掉进了黑色的隧道。这太荒唐了。他飞速地在隧道内滑行，隧道越来越窄，眼瞅着就要把他挤死了。这时"噗"的一声，他从隧道里弹了出来，在地上打了几个滚，发现自己被关在笼子里了。

这时他确信自己在做梦，同时很惊讶自己在梦里还能这么有条理，接着又为自己能在梦里意识到这点感到震惊。

白光泛起，遮住了一切。

白光消退后，胡图看到詹姆斯正专注地看着面板，屋内其他几个人都安静地在操作着什么。詹姆斯回头冲他一笑："欢迎加入团队，NDV1121。"

这是什么？他们给他的代号吗？

詹姆斯看着面板："没错，你现在是神经开发志愿者1121号。"

志愿者不少嘛，都有上千号人了。

詹姆斯有点不好意思："这个编号不是顺序发放的，我们有个非常古怪的编号方式……算了，这不重要。你感觉怎么样？"

胡图这时才想起来，自己刚接受了神经改造手术。这也解释了为何詹姆斯看起来像是对他想什么都一清二楚——眼下他正带着一种宽容大度的微笑看着监视面板，等着胡图从最初的震撼中平静下来。

胡图觉得脑子里有点儿发痒，像是塞进了一根刺刺响的日光灯管。他也不知道怎么有这样的感觉。他越是关注这个感觉，就越是觉得痒。詹姆斯告诉他，这是刚做过改造后常有的现象。他的身体不习惯新植入的芯片，有排异反应，通常几个小时后就会消失。

詹姆斯随即对他进行了适应性训练。神经芯片有一套独特的操作指令，必须熟练掌握。开始的时候，胡图总是不能准确告诉系统自己想要什么，他想的是甲，芯片却给出了关于乙的内容。好在芯片本身也有学习能力，可以逐步适应宿主的思维习惯。双方磨合一段时间后，双向理解的成功率就大幅提升，很快就达到了可以应用的地步。

实际上，在训练的大部分时间里，胡图在练习如何使用多重人格。这个系统最初是为了解决走路时看视频的需求开发的，结果发展得非常庞大。使用者可以将自己的意识分裂为多个人格：其中一个负责走路、躲避障碍、和他人交谈；另一个人格则能同时看视频、深度思考或和他人通信。

人们让他在一条传送带上奔跑。同时，传送带上有数字化叠加后的各种障碍，他必须躲闪跳跃，躲开这些障碍，一旦碰到就会失败重来。这也罢了，关键是障碍出现的时间很短，根本来不及反应。他全神贯注还是撑不了多少时间，有几次还脚下拌蒜摔倒在传送带上。詹姆斯让他分裂出一个人格去解迷宫，成功后就能获得一段时间的障碍分布图，让他能提前做好准备。他必须完美处理自己两个人格的平衡和相互通信协调。

这可不像说起来这么简单，胡图花了几个小时时间适应。他在传送带上坚持的时间也从最初的几十秒延长至十分钟以上。在他状态好的时候，会感觉进入了某种空灵的状态，脑子里空空如也，两个人格自动交流协调，意识仿佛站在一旁静静观望。

詹姆斯和其他的技术人员纷纷向他祝贺。通常来说，4到7岁这个区间的成绩是最好的，随着年龄增长成绩很快下降，20岁后的神经改造者很少能撑过两分钟。胡图查到了数据中心的全年龄段最高纪录：43分31秒，实现者NDV0617。竟然是牛肚这家伙。

在这天剩下的时间里，詹姆斯为胡图安排了一些轻松项目，还让他到数据中心地面，体验芯片被屏蔽是什么感觉。当他再次站在自己曾冲进来的地方时，有种恍若隔世的感觉。周围的山岭、天空甚至墙院本身都看起来不一样了。他知道这个世界将被数字化的膜叠加，就如同那会儿自己眼睛上被覆盖了眼膜一样。一切都是老样子，一切又都不同了。

这种感觉有点熟悉，他一时想不起。

第二天一早，他被召唤进那个紫色的虚拟会议室。詹姆斯分发了简报，称针对神经人攻击数据中心的调查已经获得初步进展，中心派出的神经改造者（数据中心总是这么称呼他们自己的神经人，以显示比外面那些野路子神经人更高级）已经到达目标所在的地区，正准备开始行动。

胡图看到具体名单后才想起来，从神经改造手术后，他就没再见过牛肚。原来他被派去干这事了！这是牛肚第一次外派任务。数据中心的内部信息不能直接通过公共网络传递，有泄密危险。所有的数据收集分析、所有的决策方案都要在数据中心内完成，然后通过胡图和牛肚之间建立的人格连接传递。现场信号当即接入，他们能通过牛肚的感知观察周围。同时，当地所有可用的公共监视画面都被采集，并随着牛肚位置的变化自动更换。

信息面板显示，牛肚正在山楼SD09区的地铁站。

在过去100年间，龙城已经发展得十分庞大。最早的市区和近郊受到政策限制，几十年来基本保留了原貌，以建设"人文龙城、绿色龙城"。然而在六环之外，数不清的超高层大楼将最早的市区围了一圈。这些大楼普遍超过500米高，相互连通，远远看去，就像人造的群山，所以也叫山楼。

SD09区是南郊山楼的一个巨型社区，也是著名的神经人聚居区，龙城最早的一批神经人就聚集于此，至今已经成为全城乃至全国神经人的时尚中心。这里有最新奇的神经模块、最富于创意的表演、最激进的神经试验和最神秘的神经人组织——神经洞穴总部。

信号接通的时候，牛肚正在和一个当地的神经人青年吵架。牛肚假扮成流浪的神经人孤儿，游荡到SD09区找工作。青年认为这种外来者会抢走当地人的工作机会，还会造成很多矛盾，就冲着牛肚嚷嚷。牛肚也不客气，当即嚷了回去，说你们这里还不是外来神经人建立的，现在装什么土著。两人你来我往，在站台上吵起来。其他人都匆匆走过，没人关心这争吵。数据中心前后发送了四次指令要求牛肚立刻结束，都被他忽略。

胡图可没见过牛肚这么激动，从其他人的表情看，他们也很惊讶。从往日记录看，志愿者头一次外派任务一般都会出点儿问题，不过都是些小意外，顶多算是出个丑。像牛肚这样一下车就高调和人争吵的，还没有过。

数据中心的第五次指令终于让牛肚闭上了嘴。詹姆斯严厉批评了牛肚，说他不听指挥，意气用事。牛肚满不在乎，专门找了个镜子冲自己、也冲詹姆斯做了个鬼脸。

当初神经人围攻的时候，数据中心记录了每个在场神经人的身份，并综合各方信息进行了初步分析。他们已经知道，这次神经洞穴的攻击即便在其组织内部也有争议，其首领虹膜无限刚上任不到一个月就发起了这个行动。虹膜无限本人没有任何照片、视频或音频，也没人知道他的真实身份。即便在神经洞穴内部，见过他的人也极少。

数据中心本来想让龙城警方处理，但警方也只能找他们的人了解情况，没法进一步做什么。数据中心认为此事并不简单，决定自行调查，目标就是这个首领虹膜无限。可是，山楼的管理权在当地政府，数据中心任何试图监视他人感知的行为都是违法的，除非对方主动开放芯片信息。因此，牛肚更多时候只能采用传统的方式，数据中心提供信息上的支持。

人流很大。牛肚凭借身矮优势，钻来钻去，也花了10分钟才到达这一区的中央广场。和其他标准的山楼一样，广场是个高30层的室内天井，上下连通整个区，有各种各样的饭馆、商店和运动场，是本区人平时生活社交的主要区域。广场上人潮涌动，一片嘈杂。

任何神经人都能访问这里的信息平台，查询当前本区使用神经芯片的都有什么人。胡图来回看了好几遍，没发现任何有神经洞穴标记的人，也没发现任何人参与过当初围攻墙院的行动。当然，这里登记的信息有可能伪造，只能参考。

两个小时过去了。牛肚将中央广场的各个商铺都转了一圈，找人就问哪里能加入神经洞穴，结果一无所获。对方总是一副"啊，神经洞穴我知道……啊，怎么加入我不知道……啊，我不认识他们的人"的态度。数据中心决定打草惊蛇，让神经洞穴的人自己现身。

牛肚为自己设置了神经洞穴的标记，然后在广场上找了个比较热闹的地方，用荧光笔在地上画了个直径两米的圈。这是神经人街头表演的惯常做法，人们都自觉让开，等着看这小孩有什么本事。

牛肚向空中发射了一个广告气球，上面写着"神经洞穴招新"字样，然后扯着嗓子吆喝起来。为了效果好，他甚至使用了扩音应用，吸引了不少人注意。人们带着些许嬉笑的态度围观这个莫名其妙的外来小孩。有人大声告诉他，神经洞穴从不用这么大张旗鼓的方式招收新成员。他回敬说新首领有新气象，如今的神经洞穴就是这么风光。人们都笑了起来，有人还给他鼓劲。

在气球发射32秒后，第一个带着神经洞穴标记的人出现了，并在随后的一分钟里增长到七个。他们从社区的各个不同方向出现，迅速向牛肚所在的位置集中。名单比对显示他们中无一人参与过围攻墙院。数据中心的人提高了警惕，但并不紧张，这些都在他们预料之中。这七个人以往访问网络留下的足迹在10秒钟内全部收集完毕，并进行了综合分析，他们的背景资料、个性分析、近期关注点等信息随即生成。

第一个到达现场的神经洞穴成员金湘直接走到牛肚面前，要求他立刻停止并离开本区。

"你是谁啊？"牛肚一副满不在乎的样子。

金湘通过芯片向他展示了自己神经洞穴成员的标记，同时口头大声地表明自己身份。

"哦，那咱们是一家人，我也是洞里的。"牛肚笑道。根据中心的数据分析，"洞里的"这个说法是新成员热衷的，老成员比较少用这么轻佻的称呼。他不过八岁，用新成员的口头禅比较像那么回事。

金湘愤怒地指出他的标记是假的。

"你才是假的！"牛肚将扩音应用的功率放到最大，让自己的指责声震广场，"我在EY88区进的洞，你懂什么？"金湘三天前和人聊天的时候曾经表示自己从未去过龙城东北的山楼，其他线索也辅证了这点。牛肚就选了个东北的神经人区试了试。

金湘果然一愣，但很快就恢复过来，说那里也没人见过你。已知的七个成员都没有住在EY88区的，很明显他们在更广的范围内通信，很可能是高层在协调。数据中心希望那个虹膜无限能亲自介入这件事，这就有可能实现定位。广场上，又有两个洞穴成员到达，三人将牛肚围住。其他人看情况不对，纷纷后退，继续围观。

这时，胡图发现自己的同学袁军正在围观的人群中，行动方案随即生成。

牛肚往身下放了个气垫，升到两米高，坐在上面和蔼地俯视着下面三人。他向不远处人群里的袁军招招手："那边那位猴兵，我的东西还在你那里呢！"

袁军本来围观得好好的，突然被点名，还是只有胡图这么叫他的外号，感到莫名其妙。他的手机突然响了，胡图问他那么讨厌神经人为何会来这个社区。他表示自己只是来考察龙城植物的，这个区有山楼里少见的真树，就来看看，没想到赶上神经人吵架。这倒是真的，市政府曾经奖励过SD09区一棵真正的大树，本地人对此非常自豪。胡图告诉他牛肚是来调查神经人的违法行为的，请他协助。

与此同时，整个数据中心、包括身在山楼的牛肚，注意力都在一个新出现的神经洞穴成员身上。这个成员现身的时候就在广场，在现场很久。更重要的是，他就是那会儿在地铁站和牛肚争吵的青年。

数据中心认为这就是虹膜无限本人。他在牛肚一下地铁就盯上了，还挑起争吵来测试牛肚的反应，如今又近距离观察了一会儿。此外，其他四名距离较远的成员已经到达广场，没有去牛肚那里，而是分散站在广场的四个主要通道口，有点把守的意思。数据中心决定进一步刺激对方。

牛肚慈祥地笑着对下面三人说："其实，我就是你们的首领，我就是虹膜无限。"

三人同时后退了两步。牛肚以为对方是拿不准，但数据中心对他们面部表情分析的结果显示，这三人很有信心。当然，不排除三人都使用了有伪装功能的表情应用，从而骗过表情分析的可能。

牛肚向他们伸出手："来膜拜我吧！"

袁军在胡图的指挥下慢慢挤到了第一排，离最近的神经人只有半米远。

"你和我一样，都没见过虹膜无限。"地铁站的青年走上来，声音清朗，"不过我倒是很想认识你。你是神经人，但又跟我们不一样。"与此同时，他向牛肚发出了芯片级身份确认的请求，一旦答应这个请求，双方将相互开放体内芯片的物理信息。牛肚依照预定方案假装思考了不到一秒钟，答应了这个请求。双方的芯片级连接随即建立。

这是他们等待已久的机会。

连接建立的一瞬间，数据中心就将十一个"蚊子"程序送入青年体内。这些程序体积很小，功能简单，不易被发现，但组合起来威力很大。有了这些程序，数据中心就能监测该青年的所有数据，不仅可以监视他的感知，还能截获他的所有对外通信以及任何使用数字增强的思维过程。

他们立刻就发现青年身上有一条加密的高速连接，直接连向网络世界。青年本身的数据很简单，往日的足迹也很乏味，没多少有价值的信息可以分析。似乎这个青年只是被网络世界中某个力量驱使的。这有点像牛肚和数据中心团队的关系：数据中心动脑，牛肚动手。

胡图突然想到，也许那边也有个像他一样的人在揣摩这边到底是什么情况。

数据中心很快就定位了这个连接在网络世界中的位置。虹膜无限很聪明，没有直接控制这些人，而是借助网络世界间接实现。这样想在现实中定位他就更难了。

胡图下达了撤退指令。

袁军手举着手机冲到牛肚面前："找到了！别玩了，我们该走了。"

牛肚认真地撒了七秒钟娇，然后降下气垫，收起气球，跟着袁军往地铁站方向走去。他没忘记给数据中心发了句话："这笨蛋居然在一群神经人面前说我用手机。"

胡图笑得不行，不过还是回复说自然人想不到这点也情有可原。

数据中心的团队开始准备在网络世界中定位虹膜无限的行动，牛肚已经开始撤离，一切似乎都很顺利。但所有人都隐约感到有些不安。

在刚才对地铁站青年的思维突袭中，他们发现了一个不起眼的倒数计时。没人知道这是什么意思，那个青年自己都不知道。到时候会发生什么事呢？他们必须搞清楚。

而且从数字上看，他们只有不到24小时了。

四、对峙

雨一直在下。

密密匝匝的树枝将视野挡了个严实，地下湿滑无比，走几步就一个趔趄。雨水滴到树叶上的声音犹如过年时的鞭炮，"噼里啪啦"响个不停。四面未知的地方不时地传来猛兽的声响，时而咆哮，时而呜咽。偶尔，会有急着赶路的飞虫撞到脸上，又迅速飞走。

胡图摸了摸身上的匕首，已经开始后悔来这里了。

"这是你的职责，愿意不愿意都要来，没必要后悔。"牛肚百忙之中送来一句。

"专心逃你的命吧！"胡图没好气地回道。

牛肚传来强烈的委屈情绪："我这是安慰你。"

胡图现在有四个人格：一个在数据中心的餐厅吃午饭；一个在虚拟紫色会议室和詹姆斯他们共同决策；一个专门用于同牛肚的数据链；还有一个新建立的人格，正在网络世界中淋雨。

在2077年的今天，网络世界已经变成全感知的虚拟现实世界，并根据用户群和风格不同划分成数万个大小不一的世界。这些世界之间相互连通，用户能够往来游历。大部分用户都使用虚拟现实外衣来访问网络世界，神经人则可以直接通过芯片完成，而且还能拥有诸如痛感之类的额外体验。

数据中心定位时发现地铁站青年身上的数据连接指向这个叫"雨林"的世界，还获得了具体坐标。由于胡图是数据中心眼下可用的唯一神经改造者，又是深度介入追踪行动的人，有三年的虚拟世界使用经验，让他来这里看看是再合适不过了——这是听了詹姆斯热情洋溢的分析后，胡图做出的激动决定。

可他没想到全感知体验这么烦人。是，他知道这个世界包括痛感、触感等所有神经感知，但真的体验到了，他才明白自己并不喜欢。

数据中心和牛肚都和他保持着联系。袁军越来越不耐烦，已经好几次问他把"那个神经"送到哪儿算完事。牛肚则反唇相讥，说他原始的肌肉和神经拖慢了自己的速度。胡图不得不一边电话安慰同学，一边和詹姆斯一起通过数据链对牛肚软硬兼施，让他老老实实跟着袁军平安出来。

其实他们已经到达地铁站，可以算是基本脱离危险。只要下一班地铁来了，钻进车厢，车门一关，就能离开这个是非之地。袁军有点不想上车，还准备去广场看那棵树。但胡图提醒他，当地的"一群神经"已经盯上了他，眼下先走人再说。数据中心还保证会在资料上为他的课外研究《龙城植物考》提供支持，他才勉强同意。

在雨林世界，胡图终于走出了无尽的湿漉漉的丛林，来到盆地之中。盆地中央是个湖，湖面平静，清可见底。湖边是白沙滩，周围环绕着陡峭的山壁，只在入口处有个斜坡。雨停了，晴空万里。依照数据中心的定位，这里就是20分钟前地铁站青年连接的锚点。

什么人都没有。他们有点怀疑是不是来晚了，但既然已经来了总不能就这么回头。胡图沿着湖走了一圈，没发现什么特别的东西。整个盆地安静极了，只有他和闷热的风。

雨林世界目前在线人数为6223人，位于世界中心的湖边为何会空无一人呢？团队解释说这个世界有个特色项目：初次访问的用户在白沙湖将获得一次"审视内心"的体验，具体内容因人而异。现在空无一人的情况应该就是这个世界针对胡图设计的体验。没人知道这个体验会是什么，团队有点担心。胡图倒是很轻松，虚拟世界再怎样也不会造成实质伤害，无非是一些感官体验而已，何况他还有匕首防身。

当老虎出现的时候，他甚至因为终于有事干了而有点高兴。猛虎色彩斑斓，体型健壮，慢悠悠地沿着入口的斜坡走下来，动作优雅从容。它看到胡图后先是一愣，然后假装没看见一样继续下来，沿着沙滩走到他身边，绕了一圈。他能听到它呼哧呼哧的声音和脚爪陷入湿沙中微弱的嘶嘶声。老虎身上的毛发纤毫毕现，一些脱落的毛随着它的动作被带了起来，在空中慢慢旋飞下落。这个世界制作之精良和细致让数据中心的人们也惊叹不已。

胡图伸手摸了摸它的毛，柔软顺滑。它停了下来，嗅嗅他的鞋，把头在他腿上蹭了蹭。这看起来就是只可爱的大猫。

接着，老虎漫不经心地咬住了他的腿。他本能地想甩开，没有成功，反而让老虎咬得更紧了。虎牙深深嵌入腿中，令他奇怪的是没有痛感。这时，老虎咬着他的腿一甩头，把他仰面掀倒在沙滩上。

仿佛什么人按下了开关，疼痛突如其来，直入骨髓。胡图踢翻了餐厅的椅子，把旁边用餐的几位数据中心员工吓了一跳。他这才意识到自己没有协调神经反射，让不同人格的感知混在了一起。

他蜷起身，抓住老虎的双颚，用力拉开，手被坚硬的虎牙硌得生疼。老虎双掌搭住他的肩膀，爪子嵌入肉里，发出不祥的低吼。他艰难地拔出匕首，慢慢地刺入老虎的身体，温热的血沿着刀柄流到他身上。突然，他眼前的画面停滞了半秒钟，然后切换成另一个视角。

胡图花了漫长的一秒钟才意识到自己是通过老虎的视角在看。而且不仅是视角，他的感官都变了。他能感觉到腹部的剧痛和刀刃在体内的滑动，能感觉到尾巴击打沙滩带起沙泥的涩感，能感觉到微风中胡须的颤动。他看到了眼前那个手持匕首的惊恐小孩。

他一时不知该怎么办。

与此同时，地铁站台上，牛肚和袁军依然在有一搭没一搭地斗着嘴。还是在紫色会议室中的胡图首先发现了从两侧慢慢靠近的四个神经人。行为分析系统确定他们的目标是包围牛肚，并在地图上把他们标记为表示危险的橙色。下一班地铁还有一分钟才会到达站台，而这四个神经人几秒钟后就能接触到牛肚。胡图立刻通过数据链发出警报，牛肚拉着袁军转身就跑。袁军起初不知道怎么回事，听胡图说了后，跑得比牛肚还快。转眼间，他已经跑出站台，一只手还拉着后面的牛肚，那四个神经人正向这个方向包抄过来，最近的距离只有三米。

　　袁军拉着牛肚的手突然一沉，直坠向地面，扯得他一趔趄，翻身跪倒在地。牛肚仰面躺在地上，拉着袁军的手以痉挛的劲头攥着。袁军紧爬两步，爬到牛肚身边。小孩双目无神地直视前方，面无表情。旁边一个神经人冲他微微一笑，转身没入人流之中。

　　胡图和牛肚之间的数据链同时中断。现在，数据中心除了现场公共信息平台和袁军的电话以外，已经没有任何可以获得现场信息的渠道。团队认为牛肚遭受了神经瘫痪攻击，这种攻击只能物理接触实现。那四个神经人是佯攻，真正的攻击是隐藏在人群中的第五个神经人完成的。他一直没什么动作，等着牛肚走近自己，因此没有被行为分析系统发现。这就像围猎，四个神经人的选位和路径都经过精心设计，迫使牛肚向唯一可能的方向撤退，攻击手轻松地一击成功。

　　袁军试图唤醒牛肚，但无济于事。地铁列车正在进站，胡图立刻要求袁军扛起牛肚上车离开。这可不是件容易的事，袁军生拉活拽，只能双手拖着牛肚往站台前面走。准备上车的人群纷纷往车厢口移动，挤得袁军东倒西歪，几次差点把牛肚掉到地上。

　　行为分析系统突然在地图上亮起了一排橙色。在离袁军最近的车厢口，八个神经人站成一排，相互谦让着让对方先上车。他们之间的距离很近，根本没法挤过去，同时精准保持了和车身的安全距离，不会干扰列车发车。袁军想转往另一个车厢口，但人流拥挤，他还没走到一半路，车厢门就关闭了。随后，地铁缓缓驶出了站台。谦让的这八个神经人随即散开，消失在人群中。

　　袁军把牛肚放在地上，自己坐在一旁喘着粗气。几个神经人大汉走过来，问地上躺着的小孩是怎么回事。袁军说这是朋友，睡着了。其中一个大汉拿个仪器在牛肚额头比画了几下，说这小孩处于神经瘫痪状态，必须马上得到救治，否则有生命危险。

不，胡图告诉袁军，神经瘫痪只是无法行动和交流，其他一切生理都很正常，唯一能造成死亡的原因是——饿死。

大汉没有给袁军多少时间反驳，直接扛起牛肚就走。其他几个大汉挡在袁军面前，不让他跟着。通过公共信息平台的监视画面可以看到，大汉扛着牛肚进了附近的一个餐厅，拐进后厨，走出了公共摄像区域。胡图脑中闪过一个有关"牛肚在后厨"的笑话，但又觉得这种想法不太合适。

团队让袁军立刻前往本区派出所。现在要首先保住他的安全，让他独自去救牛肚是不现实的。

这时在白沙湖边，身为老虎的胡图已经快死了。被系统接管的那个名字叫"胡图"的小孩正在有规律地一刀一刀捅着奄奄一息的老虎。他的疼痛感逐渐淡去，变得麻木。他用力挣脱，向后猛跑几步，一个没站稳（他还真不习惯老虎的跑步姿势），左前爪踏进了湖里。

湖中央冲天而起巨大的水柱，在几十米的空中碎裂成无数水滴，倾泻到整个盆地。接着，湖中间出现了一个漩涡，越来越大，转得越来越快，水位迅速下降，仿佛谁打开了湖底的下水口。胡图回头看了看，那个小孩还在机械地对着空气捅刀。湖水已经快干了。

整个盆地突然塌陷，他一下子落入虚空之中。失重的感觉非常强烈，他甚至有点怀疑系统为了追求效果故意调高了神经感受。他经过14秒自由落体，然后结结实实地摔到一张沙发里。

沙发？这里一片漆黑，只有他所在的地方有个直径三米的光斑。他旁边还有一张空着的沙发和一张努力站稳的三条腿小桌子。

一个发光的人形从黑暗中显现出来，走到那张空沙发前坐下："我就是虹膜无限，你们不用找了。"

这个人形只是个轮廓，没有脸和身体，也没有其他任何可用的信息，根本无从验证。即便如此，数据中心还是很兴奋。

"你把牛肚抓到哪里去了？"胡图一边问，一边把尾巴从身下抽出来放在地上。

人形面部显示出微笑符号："不是抓，是照顾。我们又不是土匪。"

"他在哪儿？"

人形面部变成了大笑符号："你不会真的相信我会告诉你吧？"

"你想干什么？"

人形显示感叹号："我想变得更好、更强！"

"那你自己修炼就好了，为何要指挥你们的人去攻击数据中心？"

人形很伤心："那是个失误。这点我和你一样。"

胡图有点生气："我们一点都不像！"

"是吗？"人形语调嘲讽，面部空白，"我们都是神经冒险者不是吗？我们都会在冒险中犯糊涂，有时还做错事，不是吗？"

胡图很反感他的语气："我才不会犯糊涂呢！"

人形翘起腿，胡图也不示弱地翘起后腿。人形说："刚才你就犯糊涂了啊！你想清楚了没有，你到底是人还是老虎？你是该站在人的立场打老虎，还是当只老虎去咬人？"

"不过是个虚拟体验，有什么大不了的？"

"好吧，那就说说你吧。"人形把另一条腿也收上去，形成盘腿而坐的姿势。胡图伤心地发现，自己老虎的体态做不到这点。

"你本来是个纯粹的自然人，但你对神经改造很感兴趣，所以你根本没有仔细考虑就决定做神经改造，还跟着一帮神经人去攻击墙院，还自愿当先锋。你被抓住后，轻易就变节到墙院那一边，还帮着他们对抗自己原来的队友，还接受了他们的神经改造，还稀里糊涂地跟着他们一起工作，还……"

"你'还'够了没有？"胡图怒冲冲地打断道。

"够了。"人形又露出笑容符号，"其实过去的事，你承不承认不重要，重要的是你以后怎么办。你会继续当个神经人，还是只把这当作一次旅行，最后放弃神经改造，重新当个自然人呢？你所做的事，是有助于你的自然人身份，还是神经人身份呢？"

虹膜无限挥了挥手，没有任何预兆地消失了。胡图发现自己不再是老虎，恢复了人形。周围的黑暗也逐渐淡去，他发现自己身处白沙湖畔，周围是吵吵闹闹的人群。有人在钓鱼；有人拿猎枪打鸟；有人从峭壁上跳水；有人在沙滩上支起烧烤架……他仿佛从一个与世隔绝的维度回到了人间。

团队认为，虹膜无限利用了雨林世界的记忆阅读功能。"审视内心"项目用这个功能来设计量身定做的个人体验，虹膜无限则用它掌握了胡图的过往行为。此外，对虹膜无限的定位没有成功，通向这个人形的连接太多，有数万个，而且变幻不定，很难确定哪一个才是真的虹膜无限。好在他们掌握了虹膜无限在网络世界中的特征码，下次他一旦上线就能知道。

詹姆斯让胡图退出网络世界，接受新的任务。

胡图吃完饭，在数据中心的游泳池游了一个来回，感觉不错。他回到自己房间收拾了一下，穿好外出的衣服，检查了包里的东西，沿着主通道走上了地面。

这一次，芯片被屏蔽的感觉比上次更强烈，就像是被遮住了一只眼睛，虽然能看见，但总是感觉缺了什么。他已经有点习惯想什么就知道什么，不懂的东西稍加思考就能明白。现在他又变回了自然人，连走路都不自觉地小心起来。

数据中心派了辆车送胡图。车子驶出墙院大门的时候，数据重新蜂拥而至，还让他慌乱了几秒钟。车子开至最近的地铁站，将他扔下后就掉头返回。数据中心对待队友这种放养式的态度还真让胡图感到新鲜。他们不会黏糊糊跑前跑后的，而是该做的就做，但绝不多做。他觉得这挺好。

他上了地铁，找了个偏僻的座位坐下，一路上都保持着和数据中心的联系。

数据中心已经向龙城警方报案，说本单位员工牛肚在SD09区被绑架，他的伙伴龙城居民袁军逃出。这个消息很快就下传至该区派出所。所里的警察一方面安置好平安到达的袁军，另一方面派出了两名警察前往牛肚被带往的餐厅调查。警察询问了餐厅经理和工作人员，调看了餐厅内部的监视画面，发现那个大汉扛着牛肚在后厨人们惊讶的目光下打开窗户跳了出去。警方的分析是，大汉携牛肚利用吸盘手沿墙体攀缘，并从某个地方重新进入山楼。山楼外墙不是监控区域，只有为数不多的摄像头，主要用于墙体完整度的监视，大汉跳出的窗口正好不在这些摄像头覆盖的范围内。这是精心设计好的逃跑路线。警方找到了当时大汉同伙中的两人，他们都称是临时被叫来帮忙的，什么都不知道。设备检测证明他们没有撒谎。

所以现在基本上是毫无进展。

胡图从SD09区的地铁站出来，走到派出所，找到了郁郁寡欢的同学。袁军见到他很高兴，让他赶紧跟警察说说让自己回家。

"我会送你回家的。"胡图笑了，"不过在此之前，你要再次回到神经人那里去。"

五、冲出牢笼

"这就是你念念不忘的那棵树？"胡图站在SD09区中央广场上，仰头看着眼前六层楼高的树。树干粗壮，但枝叶零落，只能算是勉强活着。

袁军点点头："是啊，费那么老大的劲，政府还贴钱养着，就是为了让这些山楼里的山民看棵树。咱们平时在城里，都不会正眼瞧这种树。"

两人继续表达了一会儿对郊区人民的鄙视，就这些穷乡僻壤的人值得同情达成了共识，讨论气氛相当热烈，直到詹姆斯忍不住打断他们说还有正事要做。

出发前，警方在两人左臂皮下植入了定位芯片。袁军担心会不会有辐射，还引发了哄堂大笑。警察叔叔拍着他的头说，要真那么可怕我们这些警察早死多少回了。

SD09区虽然是神经洞穴大本营，但实际上这个组织从未在社区注册过，也没有挂牌的机构。警方判断，神经洞穴正在扩张，不再固守社区，而是在更大范围内以虚拟形式存在。一个月前，本区公共信息平台上就看不到标识为"神经洞穴"的人了。警方拒绝向数据中心开放感知监控，但答应会在自己系统内监视可疑神经人的感知，还专门派了个人负责协调。

胡图和袁军找到了牛肚失踪时的餐厅，想进后厨看看，但被拒绝。他们找到了离后厨最近的公共通道，从半开的窗口扔出去了一个专用探测器。探测器在空中调整了半秒钟，将微型发动机点燃了0.1秒，以恰到好处的速度贴到了山楼外墙上，随即展开天线，开始探测。

部分神经人能将自己的手改造成吸盘，平时与普通手毫无二致，一旦启动，就能提供强劲吸力，足够他爬上垂直的墙面。但这种吸盘手对皮肤伤害很大，会在吸附过的墙面上留下皮肤碎屑，虽然肉眼看不到，但通过仪器可以很容易监测出来。胡图扔出去的探测器就是通过探测这些碎屑来跟踪大汉的行踪。他们管这个探测器叫壁虎。

"这事不是该警察干的吗？"袁军很不解。

胡图正通过体内芯片遥控探测器往餐厅后厨窗口移动："除非出现重大问题，警察通常不会干涉神经人之间的事。以往神经人总是说警察欺负他们，所以现在警察在这种事上行动都很小心。"

"那个百叶不是墙院里的人吗？和这些神经人不是一路啊。"

"牛肚。"胡图努力让自己不去想那个笑话，"对警察来说，都是神经人，处理不好就成争端了。"

"好复杂……"袁军好像想起了什么，"你不是说你做了神经改造吗？那你出了什么事他们也不会管喽？"

"我的改造是可逆的，说不定这事完了我就恢复原状。而且……"胡图拍了拍袁军，就是刚才警察叔叔拍过的地方，"你是纯自然人啊，你出事他们不会不管的。"

壁虎到达了后厨窗口，找到了大汉留下的吸盘痕迹——这也验证了警察此前的判断。沿着痕迹，壁虎一点点向斜上方爬去。袁军很无聊，一下又一下踹着通道的墙。胡图提醒他所有公共通道都有摄像头，他的行为被捅到学校去可就好玩了。袁军称自己在锻炼，一会儿万一有神经人动粗，也能打上那么几个来回。胡图温和地安慰他说不用练，无论怎么练都不可能打得过有肌肉增强的神经人。

壁虎已经爬出了47米，突然停了下来。这倒不是因为它找不到痕迹了，实际上吸盘痕迹还有20米就会拐到外墙另一面去，终点在哪里还不知道。它遇到了另一个探测器，胡图恶毒地称之为蟑螂。

　　警察告诉胡图这个探测器不是警方的，喷码被磨掉了，也没有任何标志。他建议胡图绕过去。可没想到，当壁虎从旁边爬过的时候，蟑螂突然从体内伸出采样用的探杆，戳了一下壁虎。这力道不会弄坏壁虎，但足以把它从墙面上戳下去。胡图立刻重置探测器。壁虎在空中点燃了发动机，重新贴上墙面，和蟑螂保持着1.5米的距离。蟑螂愣了下，向这边爬过来。壁虎一边保持距离，一边朝痕迹那边移动，但蟑螂速度更快，不一会儿就拉近了距离，并在壁虎左闪右躲的时候再次将壁虎戳下墙面。这次壁虎贴上墙面的落点距离蟑螂有10米之遥，立刻向墙角爬去。胡图希望能先翻过墙角，再往上寻找痕迹。

　　蟑螂有几秒钟没有动作，仿佛是在观察壁虎的路线，然后突然松开墙面，向壁虎落下来。在它松开墙面的时候，能看到瞬间的火光，说明它用发动机做了矫正，是瞄准了的。胡图想也没想就让壁虎也松开墙面，在蟑螂下方4米左右一起下落。

　　警察提醒说小心重力加速度使探测器下落速度过快，超出发动机的制动范围。胡图指挥壁虎在两秒钟内四次点燃发动机，瞬间将速度降至接近静止，然后重新抓住墙面。蟑螂显然没料到这招，制动不及，从壁虎背部一掠而过，闪了几下火光，在下方悬空停住。胡图一点都没有迟疑，实际上，他在对方掠过自己的时候就已经发出了指令。

　　壁虎伸出探杆，轻轻从侧面点了下正处于悬停状态的蟑螂。

　　蟑螂在发动机的推动下撞到墙面上，划出一道擦痕，零件七零八落地掉出来。它努力想保持平衡，但发动机再也支持不住，最后爆闪了一下就熄灭了。它用唯一完好的攀爪试图抓住墙面，没有成功，在离壁虎20厘米的地方尽了最后的努力，向下落去，落入200米的深渊中。

　　胡图遥控壁虎转过墙角，看到上方不远处有个突出的飞行平台，痕迹沿着墙面翻过平台就消失了。警察认为大汉或者从平台上的门进入山楼，或者是坐平台上的什么飞行器离开了。胡图调阅了过去两小时内SD09区所有停靠、离开的飞行器的记录，列出了33个可疑对象。

胡图试图让壁虎攀上平台，但还没走到就趴窝了。这也难怪，壁虎被戳了两次，还做了多次急落急停，能撑到现在已经不错了。警察认为蟑螂一事意味着有人已经知道他们，而且不怀好意，建议他们先返回派出所。

袁军已经用鞋印在通道墙壁上写了个"牛"，正准备开始写"肚"字，被打断很生气，皱着眉头和胡图一起往广场方向走。胡图看到迎面来了5个人，其中一人抓住了他的手，后来的事就不知道了。

胡图恢复意识的时候，听到袁军尖叫了一声："你干吗打我？"

"你该庆幸是我打的你。"这声音很熟，但想不起来。

胡图左臂有点疼，他摸了摸，原先植入芯片的地方如今只有一块创可贴。他的心里一沉，如果定位芯片被取走，警察就找不到他们了。他奋力睁开眼睛，大声问："我们在哪儿？"

"牢房。"袁军走到他身边，向他展示左臂的创可贴。这下好了，俩人的定位芯片全没了。

"牢房里有两个人类和一只猴子。"牛肚也凑过来，"你想吐吗？"

胡图点点头，他确实有强烈的呕吐感。

"那就好，想吐说明你的神经系统还算正常。如果啥感觉都没有就麻烦了，说明瘫痪攻击把你神经系统搞坏了。"

胡图爬起来定了定神，警方一定看到了攻击他们的那5个人，通过信息平台定位他们应该不难。袁军不以为然，说攻击他们的是自然人，而不是神经人。神经洞穴一定是雇用了若干强壮的自然人来做一些神经人不方便做的事。

这时胡图才发现，周围的墙壁都是软垫，没有窗户，只有一扇狭小的门。他也没法使用芯片。牛肚告诉他，这里是个专用的神经人牢房，芯片功能被屏蔽了。如今他们三人困在这里，不仅没法和数据中心或警方联系，连相互间的无线通信或智力增强都做不到。"听猴子说你们是来救我的？"牛肚嘲讽地问。

房门打开，江心和姆巴甲走了进来。"太好了！你们在这里，快救我们出去！"胡图想都没想就热情地迎上去。姆巴甲伸手拦住了胡图："叛徒。"江心没理袁军，直接对胡图和牛肚说："我们不会伤害你们，但你们要帮助我们。在事情没完之前，你们要一直待在这里。首领很重视你们，请安分些。"

"沐猴而冠，装腔作势。"牛肚笑了，"你就直说要干什么就完了。"

"我们想变得更好。"江心干巴巴地说。

"什么意思？这么空洞，是广告词吗？"

"到时候你们就知道了。"江心有些愠怒。

牛肚没有放过他："其实你也不知道，是不是？你们首领有没有计划你其实根本不知道，是不是？即便有，他也从没打算告诉你，是不是？你们从一开始就是被驱使被蒙蔽的，是不是？你们大老远把我们从SD09区带过来，可连为什么都不知道，是不是？"

听到最后一句，姆巴甲脸上露出嘲讽的笑容，但他马上又板起脸来。牛肚没有漏掉这个瞬间："这么说我们还在SD09区，蠢货？"

江心伸手制止姆巴甲做出任何反应，带着他转身离开了房间。

牛肚告诉胡图，自己醒来就在这里，外面发生了什么一点儿都不知道。他们商量了一会儿，结论是现在什么也做不了，不如干脆休息。

胡图睡了一会儿，醒来后还是迷迷瞪瞪的，仿佛没睡够一样。袁军靠墙坐着。牛肚四仰八叉躺在不远处。胡图在屋里走来走去，想找出个办法，但一筹莫展。芯片被屏蔽后的他，仿佛比神经改造前还蠢。他走到牛肚身边，发现他有点儿不对，脸色太红了。他下意识地把手放到他额头。

滚烫。

他立刻叫醒袁军，袁军也不知道该怎么办，他们就使劲敲牢门，敲了差不多一分钟才听到那边的动静。门开了，一个男子走了进来。胡图觉得这男子有点眼熟。

男子冲他温和地一笑。他想起来了，这是那个在地铁上表演神经杂耍的家伙。"你怎么在这里，你不是被警察抓走了吗？"他问。

男子哈哈大笑："一起普通的纠纷而已，何况是那个人先动手。我只是去录了下口供。"

"太好了！"袁军在旁边大声说。男子瞟了他一眼，没理他。胡图问男子："那个女孩后来怎么样了？"

"你说我女儿啊，她很好。你被送进来的时候还是她先认出你的，一直说要来看看。哎，我怎么把门关了？"男子回身打开牢门，把小姑娘拉进来。她笑嘻嘻地挥了挥手，就安静地站在一旁，看着躺着的牛肚。

胡图这才想起地上还有一位呢，连忙把情况跟男子说了下。男子蹲下看了会儿，说这是低龄神经人长时间被屏蔽芯片后的反应，一睡觉就容易发作。他叫醒了牛肚，问了几句。牛肚迷迷糊糊，反应已经完全不是那会儿质问江心时的样子了。

"外面警察都在找你们。"小姑娘小声对胡图说。

"你们把我们交给警察就行。"

小姑娘很无奈："那我爸爸就没法在社区待了。"

男子让女儿先出去，不要在屏蔽环境里待太久。他给牛肚注射了什么药剂，告诉胡图让牛肚保持清醒。胡图问是不是该让牛肚换个环境。男子点点头，但没说什么，转身离开了牢房。

胡图试着和牛肚说话。但牛肚一直处于半昏迷状态，有时哼一声，大部分时间很安静，也不知是不是醒着。袁军认为应该把牛肚架起来在屋里走，这样至少不会睡过去。胡图担心这会让牛肚的情况更严重，还是等男子回来再说。袁军怒斥这是妄想，谁知道那个杂耍疯子会不会回来。他们正吵着，躺在地上的牛肚突然一声呻吟："让那个猴子闭嘴。"

"你个死百叶，我可是为你好！"袁军弯下腰吼道。

"你这个屋里唯一的原始人，还是离我远点儿好。"牛肚声音不大，但清晰可辨，还挤出了一丝嘲讽的笑容。

胡图拍拍袁军被警察拍过的头顶："你们俩好好聊！"

不知过了多久，牢房门又开了。男子面容严肃地走进来，说外面现在很紧张，警察正逐间店铺搜查。神经人也很激动，和警察争吵的情况时有发生。他提出让牛肚换地方的建议被驳回了，上面让他老老实实当五个小时看守等换班。不过他还是去看了看牛肚。小孩手指发紫，眼神无光，面部潮红，还有点儿流鼻血。

男子沉默许久，决然起身告诉胡图，他将带他们去另外一处地方，但要求他们不要利用芯片进行任何通信，以免被神经洞穴的人发现。胡图答应了。男子又弯腰仔细叮嘱了牛肚几句，牛肚点点头。男子让他们俩抬上牛肚跟他走。

他们走出牢门，通道里空无一人，看守都不见了。男子来回走了几步，仿佛在和什么人通信。一会儿，他说警方撤退了，社区一片欢腾，大家都在庆祝胜利。这是个好机会，庆祝不会很久，看守随时可能回位，他们必须抓紧时间。

转过两个弯，他们看到小姑娘推着一辆超市推车等着他们。他们将牛肚放到推车上，大感轻松。胡图低声对小姑娘道了声谢。小姑娘掏出一张超市价签，上有"牛肚"两字，还有单价和总价。她拍拍牛肚肩膀，顺手就把价签贴了上去，回头冲着胡图笑。胡图冲她竖起大拇指。

突然，小姑娘一头栽倒在地。接着，男子也倒在地上。

胡图和袁军愣在原地，完全不知道发生了什么事。会不会是神经洞穴的人发现男子帮助他们，就瘫痪了他们父女俩呢？如果是这样，追兵很快就会出现。牛肚用嘶哑的声音提醒他们赶紧离开。

神经人父女实在抬不动，只好先留在这里。他们沿通道向前走去，推开门，看到几个神经人大汉东倒西歪地躺在地上。他们继续前进，看到更多瘫痪的神经人。有的趴在桌子上，有的靠在椅子上，还有的相互靠着歪在地上。整个地方一片安静，只有远处不知哪里店铺的音乐声若有若无地响着。

穿过这里，仿佛正穿过梦境。

他们来到中央广场。这里躺倒的人更多，几乎铺满了整个地面。推车已经无法前进，他们只好把牛肚抬下来，搀着他踩着人体间的夹缝一点点往外挪去。

"你们站住！"有人大吼道。几个受雇于神经洞穴的自然人大汉正冲过来，边走边踢开挡路的神经人。

突然，广场中央的树咔嚓了几下，胡图听到了微弱的破空之声。那几个自然人大汉捂住身上的飞镖，纷纷倒下。"你们还好吧？"树说话了！是那个负责他们的警察的声音。袁军惊讶地看着不远处倒地的自然人，自言自语道："他们都死了？"

"笨猴子，这是麻醉镖，看颜色就知道了……"牛肚有气无力地说，然后恨铁不成钢地叹了口气。

警察很快就来到广场，将他们送到派出所。这时他们才知道，警方在整个社区释放了震撼标记。这是警方在所有市场上流通的芯片内固化的程序，一旦释放，任何使用这种芯片的神经人即刻瘫痪。好在胡图和牛肚使用的是数据中心的芯片，不是市场版本，没有这个固化程序。

警方明确表示会对SD09区做一次彻底清理，让这里不再是法律的边缘地带。

牛肚被即刻送回数据中心护理。胡图兑现了诺言，坐着警车送袁军回家。一路上，袁军沉默不语，见到妈妈的时候掉了眼泪。

从袁军家回来的路上，数据中心传来一条消息：虹膜无限又出现了。

六、太空救险

整个欧亚大陆已经被高速铁路连为一体。如今，1000公里时速的新一代高速交通系统"隧道高速"（也叫K2列车）正在大陆的东端兴建。从龙城这座北方城市到南洲这个热带大岛，2400公里的距离，只需两个多小时就能到达。

胡图走进车厢的时候，还在问牛肚追踪虹膜无限的事怎样了。牛肚觉得他还是好好想想一会儿怎么交代比较靠谱，什么追踪大坏蛋之类的事就不用考虑了。

胡图有点儿不高兴。他从袁军家回到数据中心，本来是要大干一场，去抓那个虹膜无限的。结果呢？袁军把故事讲给了他妈妈听，他妈妈又讲给了胡图的妈妈听。正在万户站上工作的胡图父母大为震惊，对数据中心未经他们允许就派胡图进入神经人聚居区涉险的行为十分不满，不愿再让他们监管，让胡图立刻前往万户站和他们汇合。

结果，胡图现在坐在K2列车上，无法参与整个行动的最后阶段，太不公平了！他狠狠地系上安全带，把座椅调成半躺，进入网络世界。

雨林世界人山人海。他转悠了一会儿，觉得一点儿意思都没有，就换到了地核世界。这是个充满岩石和岩浆的地底世界，闪闪发亮的钻石在空中飘来飘去。这里也没意思，他又换了个冰封世界。

列车已经加速到了700公里的时速，但在车厢内什么也感觉不出来。整个车程都是在密封隧道内，车厢完全不透明，只是在车厢壁上实况转播所经过各地的风景。胡图起身去自动售卖机拿了瓶饮料，围观了一会儿几个下象棋的老大爷，同时还在冰封世界里滑雪玩。不久列车达到了时速1000公里的速度。他走回自己的座位，发现旁边位子上多了个人。

这种车上，人总是走来走去的，像逛街一样，没什么稀奇。可胡图坐下后，总觉得在哪儿见过这个人。那人安静地看了会儿外面的风景，用手在车厢壁上划出一块显示区，里面一片漆黑。他回头朝胡图看了看，夸张地在显示区前打了个响指。

显示区里出现了一个微笑符号，然后淡化成大笑符号、感叹号和伤心脸。

"别想着跟墙院告状了。"那人的语气木然，"我有个更好的建议。"

胡图本来确实是要呼叫数据中心的，听了这话，好奇心顿起，准备听听是什么建议。那人请求和胡图建立一个单独的对话连接。这种连接是近距离点对点的私密对话，不经过网络系统传输，因此不会被数据中心监听到。但它安全性差，数据中心的各种操作手册都禁止志愿者与他人做这种连接。不过胡图只是个临时志愿者，现在又被赶出团队，没法使用数据中心的计算资源，因此他觉得即便有安全隐患，也不会造成什么后果。

建立连接花了漫长的3秒钟，然后胡图听到了虹膜无限冷峻的声音："你们赢了。神经洞穴18年的基业眼看就要毁于一旦，你高兴吗？好好想想，我们真是那么十恶不赦吗？"

胡图立刻回道："不，是你该好好想想，及早投降。"

"我不会向墙院投降的，那些家伙看不起我们，只想着消灭我们。"

"你可以向我投降。"

"这正是我找你的原因。"

胡图愣住了。他没想到这个神秘强大的首领竟然这么随便就答应了，绝对有阴谋。

虹膜无限继续说："你和他们不一样。你和他们合作，但又不是他们的人。你做了神经改造，但又不视自己为神经人。我向你投降，并不意味着我输给墙院了，明白吗？"

"好吧，我接受你的投降。"胡图倒是有点想看到数据中心的人知道这个消息会是什么表情。

"没这么简单。"虹膜无限笑了，"我们要共同解决一个遗留问题。你可能知道一点，就是那个你们发现的倒计时。"

神经洞穴有个很危险的计划：在地球轨道站安放一枚炸弹。这是组织内激进分子策划并实施的，虹膜无限虽然不同意，但也没有严格禁止。现在，既然整个组织都已经被调查，这枚炸弹除了会造成严重破坏外没有任何意义。他希望能在投降前悄悄地解除炸弹，否则一旦出事，神经洞穴将万劫不复。

胡图有点不太相信，但他依然建议报警，让轨道站自行解除。虹膜无限坚持要悄悄进行，最好这件事从头至尾都无人知晓。他保证一旦解除炸弹，就立刻投降。这话怎么听怎么不靠谱。胡图要求至少先说出炸弹的具体位置，地球轨道站有12座呢。

"哦，是在万户站。"虹膜无限说。

胡图当即接通了爸爸的电话。

"小心啊。"虹膜无限提醒道，"如果你泄露这个秘密，我就立刻引爆炸弹。"

胡图一时不知该怎么说，只好随便和爸爸聊了几句，问站里安不安全。爸爸笑他，说当然安全了，去年暑假你不是还来万户站玩了半个月吗？他挂断了电话，问虹膜无限："我怎么知道你是不是让我去引爆？我又不懂该怎么做，说不定你教我解除炸弹的操作实际上是引爆呢。"

"我如果想引爆，现在就炸了，还用冒着泄露的危险和你这小屁孩合作？"

"我怎么知道你能远程引爆？也许那炸弹只能手工引爆。现在你们原定的引爆者被抓了，就只好骗我去，是不是？"

虹膜无限叹了口气："你小时候是不是特爱问问题，招你爸妈烦？"

"别人都夸他们有耐心。不过……他们确实烦过那么几次。"

虹膜无限给他展示了炸弹的实时画面。他能看到一面未知的墙、部分弹体和不断变化的倒计时。"我能实时看到这枚炸弹，却不能远程引爆。"首领嘲讽地说。

胡图心里又涌上无数一环套一环的疑问，不过他决定暂时不再出言刺激。毕竟最主要的部分对方回答得很有道理，现在要考虑的是怎么解决问题。

在剩下的时间里，虹膜无限一直在说笑，根本不肯谈正经事。他将数据中心称为荒山古庙，里面都是些只会照章念经的和尚。他抱怨神经洞穴里那些普通会员啥都不知道，成天就想着谁力气更人、跳得更高。他还评价了胡图他们对社区的突袭，说袁军是个被神经人的强大吓得尿了裤子的小孩，牛肚很厉害迟早会不受约束。胡图问他对自己怎么看，他笑了笑说，还不错，但事情还没完，不好评价。

列车到达了终点站南洲。两人一同走出车厢，男子向他告别。他很惊讶，不是要一起去拆炸弹吗？

"笨蛋，这不是我。你真以为我长这么丑？不过是借他和你接头而已。"虹膜无限在对话连接中说，"有一点你说对了，你确实不是首选。原来的排弹者在警方突袭社区的行动中失踪了，我不得已才来找你。这个人没有上轨道站的通行证，但曾经和你在攻击墙院的路上同行，会让你比较安心。"

胡图这才想起来，这男子是当初把蛇踢走的那位，动作之迅捷令他印象深刻。可他接下来怎么和虹膜无限联系呢？首领告诉他不用担心，对话连接建立的时候就给胡图安装了神经洞穴独家加密模块，可以安全地通过公众网络实现点对点对话。

告别男子，胡图走了几分钟，换乘空天飞机，两个小时后到达了万户站空港码头。万户站是地球轨道上的重要太空站，外观像一对缓慢旋转的轮子，微重力的空港在轮子轴心，通过16根辐条和外圈相连。外圈主要是生活区和商务区，有略小于地面的重力。万户站主要负责太阳系内飞行器的组装调试，眼下最主要的项目是即将发射的第一艘火星移民先导飞船"奠基者"。胡图的爸爸就是这个项目的一名工程师，妈妈则是生命维持系统专家。

在进入太空站之前，他们先在空港的膜室蒙了一层太空膜。这种纳米技术的膜让人不用穿航天服即可在太空活动，只需携带气罐。太空膜紧贴皮肤，看起来稍微有点塑料感，但不很明显。当然在太空站内部，头部是不覆盖膜的。他们还换上了在太空站穿的衣服。

胡图走出空港，一眼就看到妈妈在门口。她把胡图上上下下看了半天，还仔细研究了神经改造手术的伤口，有点要哭的样子。他赶紧说自己好得很，一番历险收获不小什么的。妈妈搂着他从空港下到重力圈，在生活区的一家餐厅吃了些东西，问了他好多问题。吃完饭，她带他回到住所，驳回了他要求出去玩的提议，让他好好睡觉，说完就回去上班了。

虹膜无限自从胡图从空港出来就一直在笑话他是个乖孩子，现在更是唱起歌来，说我想救你们的命可你非要睡觉，这让我怎么办，到底怎么办，啦啦啦。他还在胡图脑子里放了个倒计时，显示只剩两小时多一点的时间了。

胡图躺在床上琢磨了一会儿，决定立刻出发。他依照虹膜无限的指示，走到生活区二号公园门口，乘电梯上到三号辐条中段，走过整个地球轨道上最高档的餐厅"观园"，来到自助观光平台门口。

他走进隔离气舱，关上门，从柜子里取出气罐，装进衣服上专用的兜里，扣好接口。他头部的膜慢慢从上下两个方向汇合，覆盖住他整个面部，然后鼓起成厚一厘米的空腔。几秒钟后，领子上的绿灯亮了，太空膜的面部气囊成形完毕。他系上安全绳，打开通向外面的舱门，慢慢走了出去。

太空，地球在他脚下缓缓转动着。

虹膜无限说炸弹就放在观光平台侧面外沿，一旦爆炸就会让"观园"及其附近通道失压，影响会很大。胡图又检查了一遍安全绳，慢慢攀上侧面高两米的护栏。这里只有一半重力，因此不算很难。他将一条腿迈过去，骑在护栏上。动作很轻，虽然有安全绳，他还是不想掉进太空去。他将另一条腿也迈过去，全身已在护栏外。他慢慢往下挪。

这时他发现了问题：安全绳长度不够。安全绳是为人们在观光平台上自由行走设计的，迈上高两米的护栏超出了观光范围。他重新攀上护栏顶部，小心地将安全绳解下来，从下方穿过护栏的空隙，重新系上。整个过程他都努力让自己专注于眼前的动作，而不去考虑身后的深渊。

虹膜无限赞叹不已。胡图让他闭嘴。

最后，胡图终于到达了护栏底部。这里有一圈很窄的突出部，他趴下来，一手抓住护栏，探头往下看去。

"没有炸弹。"他说。

"怎么会没有？"虹膜无限吼道。

"你自己看啊。"

"我在自言自语！"

胡图缩回头："我回去了。"

虹膜无限让他再看看。他不情愿地再次探出头去。

他们几乎同时发现了墙壁上砖头大小的痕迹，很淡。很明显是有人取走了炸弹，谁也不知道他会拿炸弹做什么。虹膜无限让胡图立刻回到隔离气舱，检查此前的出舱记录。胡图发现过去一小时这个平台只有一次出舱记录。

登记姓名是：姆巴甲。

胡图让虹膜无限赶紧把姆巴甲叫回来，可首领也很无奈，这家伙完全联系不上。他一定是在警方突袭社区后就关闭了芯片，独自跑来万户站，从这劲头看，很可能是不怀好意。胡图认为应该告诉爸妈，动用整个太空站的力量找。虹膜无限坚决反对，但也承认自己已经无法控制炸弹。胡图不再犹豫，同时接通了爸爸妈妈。听了他的叙述，他们俩都十分震惊，不仅是万户站有个失踪的炸弹，更震惊的是胡图竟如此大胆，独自冒着生命危险去排弹。他们立刻将情况报告了站长。

几分钟后，两名太空站安全人员出现，将胡图带到七号辐条的安全室。爸爸妈妈已经在那里了，神情严肃。

太空站调看了姆巴甲进入观光平台前后的视频，顺便处罚了没有及时发现的监视员。他们发现姆巴甲拿着炸弹穿过辐条中段的横向甬道，从另一处观光平台爬上了通向主能源板的支架。现在还不知道他会走到哪里，他带了备份气罐，足够支撑三个小时。能源板是许多太阳能板组成的巨大、平坦的集能装置，没有可以躲藏的地方，任何人一过去就会被发现。

"我可以从能源板背面过去，然后突然出现，把他踹飞。"胡图说。妈妈瞪了他一眼，爸爸倒是若有所悟。安全官也认为这办法可行——当然不是让胡图去。在这片能源板背面不远处，有两个工人正在修理一处老化的外墙，他们可以悄悄过去。

这时虹膜无限插进来说可以接管姆巴甲的感知，甚至瘫痪他。安全官问这个神经人不是已经把芯片关了吗？虹膜无限说所有商用芯片都可以在宿主不知道的情况下远程开启，但只有警方能做到这点。当初龙城警方突袭SD09区，为了瘫痪尽量多目标，就曾经远程开启过若干人。安全官立刻和龙城警方联系，希望取得远程启动代码。安全官把这个工作交给了站内唯一的神经改造者胡图来执行，提供足够的计算资源，但要求他不要立刻瘫痪姆巴甲。炸弹可能飞往任何方向，说不定会直接撞向太空站的支撑辐条，造成巨大破坏。一切听指挥。

一分钟后，龙城警方的代码传送到了太空站，安全官下令启动。胡图发送了代码，顺利进入姆巴甲的感知。

他站在一望无际的平板上，有种被倒挂的感觉。从这个角度看，能源板的规模超乎寻常。他喘着气，艰难地迈出一步，歇一歇，再迈出一步。他回头看向太阳。从这里看，那么小，那么远，又是那么耀眼。

看没有问题，安全官下令两名维修工立刻出发。他们早已准备好，听到命令后立刻发动腰部的发动机，向姆巴甲方向飞去。飞行过程要5分钟，他们估算了姆巴甲那时候的位置，将目标定位在其背面。

刚才看太阳的那几眼似乎让姆巴甲很感触，停下不动了。两位工人不得不重新调整落点。姆巴甲干脆坐在能源板上，手握炸弹，不时看向太阳。太空站里的人都很紧张，这是不是说明他决心已下呢？安全官让胡图准备瘫痪指令。

工人已经快到达姆巴甲的背面。安全官让10米外的数百块太阳能板翘起10°，这有点震动，正好可以掩盖工人落下时的动静。

姆巴甲被太阳能板的动作吓了一跳，但没有多大反应。工人已经安全降落，将自己系在支架上，拧松了姆巴甲所在位置旁边的盖板。

安全官下达了命令，胡图当即瘫痪了姆巴甲。两位工人从"后方"蹿上来，一人按住了姆巴甲，另一人握住炸弹，按照虹膜无限提供的步骤解除了引信。

大功告成。安全室里一片欢腾。爸爸妈妈似乎也不那么生气了。

倒计时只剩不到5分钟，胡图问虹膜无限是不是该兑现诺言出来投降。

"你太着急了吧？"虹膜无限哈哈大笑，"而且你没发现倒计时没停吗？这根本跟炸弹没关系！"

胡图冷笑："你觉得现在你还跑得掉吗？"

"我帮助你们解除了一次危机，不是吗？而且，我现在准备和你讲讲这个倒计时了。"虹膜无限的语气又恢复了平静，"这是我生命的倒计时。"

"骗子!"

"我不是人，我是个人工智能，准确地说，我是许多人组成的人工智能。你们这么多次都定位不了我的现实位置，不觉得奇怪吗？我诞生于一位工程师的突发奇想：将每个神经人的思维截取微不足道的一小部分集中起来，形成一个虚拟的人格。他在芯片中偷偷塞入这个功能后不久就出意外死掉了。我就在无人知晓的情况下成长起来，使用芯片的人越多，我就越强大，最后还成了神经洞穴的首领。"

"这跟倒计时有什么关系？"

"那位工程师知道这功能容易失控，就设定了一个有效期，是固化在芯片里的，我改不了。所以指挥进攻墙院也好、把你们抓起来也好，都是想找出个破解有效期的办法。但我失败了，很快我就将消失。"

这个时候，牛肚从数据中心传来消息。芯片厂商确认代码有问题，会造成有自主性的虚拟人格，厂方承诺将免费更换新版芯片。

"更换与否都不重要了，至少对我是如此。"虹膜无限冲胡图笑了笑，"当初我说我们一样，还有一个意思：我们都是刚拥有力量，但还不知道该怎么办的人。好在你有时间，总会知道的。"

"也许以后还会出现另一个你。"胡图说，也不知道这算是安慰还是什么。

"也许会有许多呢。"虹膜无限说。

倒计时走到了零。

胡图在万户站又待了一周才随着父母回到龙城。他完成了一个非常精彩的课外研究。他恢复了自然人身份，但暗自决心成年以后要当个神经人。

有时候，他会和袁军聊起当初一起冒险的事。有时候，他会去数据中心找牛肚玩。有时候，他会在深夜望向山楼，在那点点灯火后面，是神经芯片组成的浩瀚海洋。

山民纪事

其实，山民不是山民。

他们和城里人一样，住在楼房里，每天出门坐电梯，乘公交。下了班，他们也去超市买些菜或熟食回来做，或者直接在某个家常菜馆解决。晚上，他们看电视、上网，或者三五成群去娱乐区找乐子，和城里人没啥两样。之所以叫他们山民，是因为他们住在高度超过五百米的超高层大楼里。这些大楼分布在六环以外，相互间离得很近，将京城团团围住，仿若巨大的人工环形山，因此也叫山楼。这其中的居民，自然也被称为山民。

山楼里各种设施一应俱全，从幼儿园到养老院，从黑着灯的电影院到亮着红灯的发廊，从各色商店到办公写字楼，一个不缺。空中轨道交通将所有山楼连成一体，山民们不用走出大楼就可以过得好好的。实际上，他们中有些人，一辈子就在楼里度过，从没出去过。

开始的时候，山民们很反感被称作山民，认为这是蔑称。可这个词简洁方便，人们用得越来越多，最后他们自己也用起来，不再觉得别扭了。他们甚至用盆地人称呼那些住在市区的有钱人，因为那里的房子都很矮，还有大量的空地、湖泊、树林和古迹，如同环形山包围的盆地。

　　我就生在山楼里。家里经济条件在山民中算是不错的，因此我从小在楼里最好的地段长大，上的是楼里最好的学校。等我中学毕业，父母们卖掉了昌明广场的商铺，凑足了供我进城上大学的费用。从那个时候起，直到工作、成家，我一直住在城里，成了一个盆地人，只在逢年过节的时候回到山楼里去看望父母。

　　从小我就对神经改造之类的东西很感兴趣，成天往神经人的店里跑。那些神经人把芯片嵌入到身体中，用电脑数据代替原有的神经信号，从感知到肌肉反应，都可以调节。和如今不同，那会儿神经改造还是个非常时髦的东西，山楼里，戴着嵌入式芯片的年轻人在广场上骄傲地走来走去，吸引人们的视线。随处可见的显示屏上循环放着广告片，说人类正站在新时代的门槛上，可以在这种最新、最酷的生活方式中获得从未有过的美妙体验。在这种环境下长大，我居然没有往身体里放点什么东西，真算是个奇迹。这一方面是家教甚严，在芯片植入问题上绝不通融；另一方面，我想可能跟张油子有关。

　　张油子个子不高，体型瘦弱，貌不惊人，属于扔到人堆里就再也找不出来的那种。他曾在什么竞赛中拿了冠军，被某公司选为昌明小区的嵌入式芯片推广员，一时成为小区里的风云人物。我还记得他坐在一辆华丽的彩车上向人群挥手的样子，眼睛发亮，满脸油光。当年我只有十来岁，在广场上看热闹的人群中挤来挤去，好不容易才挤到最前面，可彩车已经开过去了，只有后面跟着的几个西服革履的年轻人，还在不时冲人群拍照。他们都显得很平静，脸上还带着一种我不太理解的浅浅微笑，这种微笑我直到进城读书的时候，才再一次在那些自命不凡的盆地人脸上看到。

　　后来，公司帮张油子在小区里开了家嵌入型芯片专卖店，一时间顾客盈门，所有认为自己应该更酷一些的小青年都来了，还有很多女孩三天两头往店里钻。我从那时开始了解神经改造，和张油子店里的店员们打得火热，甚至和他们一起嘲笑张油子关门前总要晃一晃的习惯。到了后来，我几乎每天放学都往那里跑，看看有没有新到的芯片，哪些应用程序又更新什么的。每次到了新货，我总是心怀敬畏地看着店员从箱子里将包装精美的芯片取出，一字排开摆在柜台里，让它们在泛光的底座上承接人们好奇的目光。我会将包装翻来覆去地看上好久，仔细寻找特性说明中的新东西，为每次内存的扩展、零星功能的添加激动不已。在透明的硬塑料包装内，轻薄的芯片上密布着蚀刻的电路，含义丰富的缩写字母与数字得意扬扬地印在上面，显示着自己高贵的出身。和其他芯片迷一样，我们会为了不同的品牌争得面红耳赤，有人支持A家族系列产品，有人支持B家族。双方从硬件到软件，从功能到使用范围，进行严格的比较，甚至争吵。这种争论往往会变成炫耀知识的比赛，最后变成人身攻击，互相指责对方糊涂、无知和没脑子。张油子总是笑呵呵地看着我们吵个不休，也不说话，谁都不帮。被逼得急了，他就看似随意地举出几个数据，将其中一方一击即倒。到了后来，我们都怕了，在争论的双方都心里没底的时候，就心照不宣地互相扯几句，也不去找他求证，直接偃旗息鼓。毕竟，没有结果总比坏的结果好。每当这时，他就露出一副"你们知道自己傻了吧"的样子来。

在这样的日子中，我差点儿就成了神经人。

那些店员每当理屈词穷的时候，就用"你又没用过，你知道什么"这样的话来堵我的嘴。那天，我刚刚在一场争论中败下阵来，憋着一肚子气去找张油子。我激动地复述了双方争论的过程，张油子只是专心冲着电脑屏幕敲字，不时安抚地瞟我一眼。当我要求他给我植入嵌入式芯片时，他停了下来，笑着问我有没有得到父母的许可。

　　我激动地表示父母无法控制我，只有我自己可以决定人生的方向，如果结果不好就让我独自承担吧，生命总是有这样那样的遗憾，多一个不多少一个不少。

　　他花了半个小时劝我打消这个念头，但反倒让我的意愿更坚决，甚至开始怀疑这里有什么不可告人的事情。最后，他用柔和而坚决的语气和我约定，当我上大学的时候，如果还想当个神经人，他就会帮我。

　　这个约定没有兑现。几年后，当我考上城里的名牌大学时，对新生活的向往、对女孩的迷恋和对成就的追求，已经让我忘记了那些和大哥哥们争论芯片优劣的日子。我一头扎进了大学生活，在漫天星光下喝着啤酒，唱歌聊天，在散发着淡淡香气的草地上闲坐，在跑道上狂奔感受自然的空气迎面扑来的惬意。我认识了许多人，和他们没日没夜地混在一起，尝试着各种稀奇古怪的事情，为面前那崭新的世界目眩神迷。偶尔，我们会谈到郊区，谈到山楼和山民，那些自小在城里长大的孩子们就会露出好奇的神色，还带着一丝压抑住的轻蔑。我很快就学会了以自嘲和玩笑来回避尴尬，甚至表现得比那些城里孩子还过分。他们会跟着我的玩笑乐那么几下，然后互相使使眼色，把话题岔开。说真的，这种傲慢的善意让我更别扭，仿佛我的存在干扰了他们本应有的乐趣。

　　在我的大学时代，神经改造、芯片植入之类已经失去了几年前的光彩。在盆地人看来，一个正派人是不会随便往身体里放什么东西的。人造心脏这些东西也就算了，毕竟是维持生命所需，可为了追求什么体验，获得更强的力量甚至纯粹的享乐，将身体变成芯片的基座，这实在是无聊而且低级。我没有在校园中与人讨论过神经改造，其实，我就没听人提起过，这个话题仿佛被人们自动屏蔽了一般。有时，在晴朗的夜晚，我看着远处环绕的山楼，也会想起那些遥远的日子，想起在嘶嘶作响的日光灯下那些激动而年轻的脸庞，想起"这玩意儿挺牛"之类的低语和期待反馈的眼神。不过，这种出神的时候不多，后来也越来越少了。

离开校园后，我进入了一家网络贸易公司，混了几年，又转到媒体行业。30岁那年，我和一位盆地女孩结了婚。她虽然生在城里，但家境一般，只是靠着祖上的房产和关系才得以栖身市区。我们就像所有没什么背景的年轻人一样，辛苦工作，小心花钱，认认真真地谋划共同的未来。她是个很懂事的女孩，对我的父母非常好，每次陪我回到山楼中，总是带上一堆礼物，抢着干这干那。我父母对她非常满意，并开始催促我们要孩子。

我几乎已经忘记了曾经有个叫张油子的人，直到我们再次见面。

那是个冬日的午后，第一场雪纷纷扬扬地从京城上空落下。我们两口子刚在父母家吃过午饭，老婆觉得困倦，去屋里小睡，买菜采购的任务就落在了我头上。多年后再次走进小区的超市，我发现这里没什么变化，布局装饰还是老样子，只有人们的着装多少显示出时光的流逝。有学者说，京城经历了大半个世纪的剧烈变动，"该干的事都干完了"，在20年前终于稳定下来，进入了休眠期。我照着老太太列出的清单挨个货架转，不经意间，走到了电子产品区。货架上五颜六色的电子设备，一下子勾起了我多年前的回忆。我想到了张油子和他的那家专卖店，有十多年没去了，那店还在不在？我拎着鼓鼓囊囊的购物袋，沿熟悉又有些陌生的路走着。每个拐弯，每家店铺，每块招牌，都一次次给我重新发现的感觉，一点点揭开我内心尘封许久的记忆。

拐过几个弯，张油子的专卖店出现在我面前。有那么一瞬间，我觉得自己走错了。在我的记忆中，他的店里灯火辉煌，柜台晶亮通透，功能强大的芯片低调地躺在角落里，等待识货的买家，人们矜持地低语着，传递着可靠或不可靠的消息。可眼前我看到的，是一面巨大的烤鸡招牌，仔细看才能发现后面的电子专卖店。

店里人不多。几个中学生模样的年轻人勾肩搭背地趴在柜台上，正嘀咕着某个芯片的好坏，旁边的店员表情烦躁。店里的灯只开了一半，墙上的油漆已经有些斑驳，不知谁把饮料洒了，在柜台一角留下一片模糊。正中的墙上仍然挂着当初张油子获奖时的照片，下面的显示器原来是循环播放那场竞赛录像的，现在关着。我走到照片前，那时的他比我现在还年轻，一手奖状、一手支票，意气风发。

店员走过来，有气无力地问我在找什么。这可不像从前，这里的店员一向傲慢，自视为人类的领航者，总是意气风发的。我表示想找老板谈谈。他露出警惕的神色，飞快地答说老板不在。我用最诚恳的口气表明自己是张油子的老朋友，好多年没见了。他狐疑地看了我几眼，转身走向门口的烤鸡摊，用力敲了敲玻璃，朝里面的摊主做了个手势。摊主回头看看我，擦擦手，推门向我走来。

他40多岁，头发花白，面容枯槁，身形佝偻。

我上前几步，喊了声油子哥。他开始还有些迷惑，但很快就认出了我，温和地笑了："长这么大了，有盆地人的范儿了。"他在围裙上蹭蹭手，和我握了握。

他把我让进后面的屋子，里面杂乱无章，弥漫着电子设备特有的味道。我笑着问怎么卖起烤鸡了。他显得有些不好意思，说这是业务多元化，不能把鸡蛋都放在一个篮子里。他拿纸杯给我倒了杯饮水机里的温水，问起我这些年的情况。我简单说了说，开了几句婚后生活不自由的玩笑，他随和地跟着我笑。我问他个人生活什么样，孩子多大了。他说离了，也没孩子。然后我们沉默地坐了一会儿，我机械地喝光了杯子中的水。他还要给我续，我表示不用。外面有人问烤鸡多少钱。他有些窘迫地站起来，伸着脖子往外看，但什么也没说。我赶紧起身说自己就是过来看看，没什么事，这也该回去了，你忙你的吧。我们一起往外走的时候，我看到桌子上摆着个新到的芯片，就随口问了问。

他站住了，脸上谨慎小心的神情消失了，眼中露出神采。他拿起芯片，开始滔滔不绝地介绍起来，从芯片的基本功能、特性差异，讲到厂商背景和用户的反馈，甚至未来的新一代前景。他语调迅疾、用词精准、旁征博引，仿佛忘记了外界的一切。我微笑着，偶尔表示下赞同，但最后，我再也忍不住了，开始向外挪动双腿。他一愣，脸上的光彩瞬间消散，住了口，重新换上副谨小慎微的表情跟着我往外走。

烤鸡摊前已空无一人，刚才看芯片的几个年轻人也不见了，店员带着虚拟现实头盔坐在角落里，完全没有随时准备接待顾客的样子。张油子看到这个场景，脸上的颜色不大好看，但没有发作，礼貌地将我送出门。

回到家，我同父母谈起此事，他们都笑我迂腐。在昌明区，张油子已经是过去的人了，没什么人还把他看作偶像。当初为了凸显本区的先进，让他在非常好的地段开了店，现在区委会越来越不满意，正准备将他的店赶到神经人聚居的区去。可这家伙死赖着不走，非要"生于昌明，死于昌明"。

这次见面让我彻底失去了对少年时代的美好回忆。对芯片植入的狂迷只是年少时无知的胡闹，已经过去了，正如我从未走上吸毒、抢劫甚至杀人的道路一样。张油子也已经不重要了。

然而，世上的事就是很奇怪，你以为某个人将消失在你的记忆中，可他总会在你预料不到的时候站到你面前。

几年后，我们的孩子已经上了城里的幼儿园，将在满天星光下长大。

我们在城里置了房，更努力地工作，更快乐地享受简单平凡的生活。那天，我正在网络空间中为最近的选题收集资料，突然遇到了一位陌生女人。她径自走到我的面前，问我是否认识张油子，他现在急需我的帮助。她说得那么急那么啰唆，我不得不打断她，问她是谁。

"我是他老婆。"女人说。

我有些惊讶："张油子又结婚了？"

"你这个人真磨叽，他现在遇到难处了，你到底帮不帮？"女人有些愠怒。

好在我在媒体行业里，和什么样的人都聊过，这个叫刘瑾的女人说话颠三倒四，毫无逻辑。我耐心听了半天，总算把事情大概搞清楚了。这一对男女在过去几年一直在当"影子"，靠出租自己的大脑赚钱。这不是什么好营生，不过倒是合法。问题是，他们俩破坏了这行的规矩，结果捅了个大娄子。正规的影子，在进入意识分离状态后，是不许在本地记录用户数据的，但他们偷偷将数据记录下来，然后打包卖给信息贩子。其实，这也罢了，黑市自古就有，人们总是需要一些体制外的交易。他们千不该万不该，不该偷数据偷到网络巫师的头上。这些巫师已不是早期网络游戏中那些低调客气的服务者，而成了网络空间的管理者，或按照那些激进的说法，成了统治者。就在几天前，张油子和刘瑾为一位巫师提供影子服务，并照例偷录了数据拿去卖，结果买家发现这些是关系网络底层安全的关键性数据，一时害怕，就举报了。该巫师震怒，全力追查，找到了张油子在网络中的踪迹，将他的意识封锁在一个虚拟世界中，据刘瑾说，巫师的手段非常狠，如果强行切断张油子和网络的连接，人就会疯掉。

可我仍然不解："为什么来找我？"

"必须要有人进入那个世界，将他作为一个影子带出来，再进行意识分离。"

"你不能自己把他带出来吗？"我实在是不愿和这种事扯上多少关系。

"这太危险，我的踪迹可能也被跟踪了。"她在我身边坐下，精致的数字面孔凝视着我，"而你，是他最信任的人，我听他说过，你是唯一不会出卖他的人。"

除了20年前那些懵懵懂懂的日子，我和他真的打交道不多，没想到在他心里居然这么想。当然，这也许是这个女人的谎言，神经人的道德感都很低，但仍然多少打动了我。

我们到达张油子被封锁的世界时，天上正飘着五颜六色的雪花。这是个伞状的山头，纤细的石柱上顶着宽大的平台，四周环绕着无边无际的云层。张油子在平台上来回走着，口中念念有词。

为了避免被跟踪，刘瑾通过影子方式附身在我的账号上，这样系统就认为只有我一个有效连接。我见情形有些不对，问她张油子精神是不是有些问题。她有些迟疑地说，张油子在过去一段时间，感官上出了问题，视觉、听觉都出现了奇怪的现象，有时会看到不存在的东西，听到奇怪的声音。后来，他的精神也变得不大正常，所以他可能不会自愿跟我走出去。

我有些生气，这么重要的事为什么不早说？是不是还有什么事瞒着我？

她使劲安慰我，说没了没了，一切都向你坦白了，你看你人都来了，就帮人帮到底送佛送到西吧。

我很无奈，觉得自己好像掉进了什么陷阱，只能硬着头皮上了。我走上前，问张油子知不知道我是谁。张油子抬头看看我，咧嘴笑了："你是阿育王。"这是当初我们在一起混的时候，他们给我起的外号，因为我名

143

字中有个"育"字。他还记得这个，看来还没糊涂到不可挽回的地步。我让他跟我出去，他向后退了几步，摇摇头："这里很好，我在这里是万能的。"

不好，他已经被洗脑了。我试着唤起他的记忆，讲起了他的家、店铺还有他的老婆。他一直呆呆地听着，直到最后才突然打断了我："老婆？什么老婆？"

"他已经糊涂到这个地步了？"我悄悄问刘瑾。她有些不好意思："其实，我只是他的同伙，也就当初刚认识的时候住在一起而已。"

我已经懒得表达上当受骗后的愤怒了："那你为什么要急着救他出来？别告诉我你突然爱上他了。"

"当然没有，可……我的钱还在他手里。"

我不再理会这个女人，转头继续劝张油子："你的店铺怎么办？不管了吗？"

"我累了。为了这个店铺，我把我最好的青春岁月都给了它，可最后得到了什么？他们吊销了我的执照，说这里不需要我的店铺。"

这事我一点儿都不知道，父母也没告诉我，他们可能认为这不算什么值得一提的事。我决定换个路数："你还记得当初你怎么劝我不要当神经人的吗？"

"有这事吗？"他往地上扔着种子，它们落地即生根发芽，噌噌地长起来。

我被噎了个半死，原来对我如此意义重大的事，他根本没放在心上。"你当时和我约定，当我上大学时，如果还想当神经人，你就同意。"天啊，当时的他，是一个多么冷静睿智的人啊！

"我怎么会这么说呢？我应该全力劝你当神经人才对。"他的话很平常，但语气之恶毒，让我吃了一惊，"你们家很有钱，肯定会送你上城里大学，最后当个衣冠楚楚的盆地人。对你来说，来我的店里就是玩。可对我而言，那就是我一辈子的事。"

我一下子被推到了为自己辩解的地步："当时我是真心喜欢嵌入式芯片！我觉得很酷！"

"你当然觉得那些玩意儿很酷。有一个更好的生活在等着你，你有权觉得任何东西很酷。"

我有些莫名的怒火："你知不知道，在你店里那些争论的日子，是我最美好的记忆？每次有新货到了，大家一起来反复调试那些参数，直到获得最优的效果。那些日日夜夜，我永生难忘！而且我告诉你，如果不是为了这些记忆，我今天根本就不会来这里！"

周围的蒿草燃烧起来，猎猎作响，张油子端坐在火焰之中，平静地看着我，语含讥讽："你完全可以把它写进回忆录嘛，或者写首歌什么的。"

"你到底怎么了？"我已无力再说什么。

起风了，五彩的雪花在我身边打着旋，起起落落。头顶上，奇怪的云层正在汇集，形成一个令人目眩的旋涡。这是他的怨气吗？他冲我诡异地笑了一下："看来你根本不了解我。好，那我就说说。你知道为什么我的生活变得一塌糊涂吗？你知道为什么我会从一个让人瞩目的明星变成卑躬屈膝的烤鸡摊主吗？"

"时代变了，世道变了。"

"错！"他大声道，"是我自己停下了脚步。当初我的成功，是命运给我开了一扇门，可我只是往里走了那么几步，就停下了。我满足于虚假的荣耀和短暂的乐趣，看不到更远的未来。如果当初我就撒开了腿往这条道上跑，跑到很远很远的地方，跑到人迹罕至的地方，也许，今天我已经是个伟大的人了。"

"你说的那条道就是躲在网络空间中吗？"

"哦，这只是过渡阶段。"他的语气平缓下来，"你不是神经人，你无法体会到信号沿着通路汩汩流淌的感觉，全身的血管在指令下有节奏伸缩的感觉，肌肉增强模块启动后无所不能的感觉。我现在总算明白了，我追求的，就是这种感觉，其他的，都不重要。所以，我决定将自己变成一个纯粹的神经人。我将放弃所有财产，删除一切往日的回忆，不再让思考折磨我的内心，全身心地拥抱神经体验——直到永远。"

"不再思考？这不是成了行尸走肉了吗？"

"有人替我思考。"他又笑了。

我还没来得及明白这句话的意思，从翻滚的云层中传来一阵笑声，嗡嗡作响："你们三个聊得很开心嘛！"

三个？我有种不祥的预感。果然，几秒钟后，云端劈下一道闪电，正中我的头顶。刘瑾的影子从我身上飞出，跌落到地上，如同上了色的果冻。"你们真以为可以随便进出一个巫师设置的世界吗？你们真以为，当个影子就能无视一切吗？"云层中的声音说道。

"巫师！是那个巫师！"刘瑾躺在地上低声对我说。我马上举起双手，冲头顶的云团大声喊着自己是个合法用户，是被骗来帮助这两个违法者的。张油子则安详地坐在火中，闭目养神，仿佛不知道刚才发生的变故一般。

又是一道闪电，击中了刘瑾，她消失了。云层投下一道光柱，将我罩住。"我知道神经人惯于无视规则，没想到你这么一位有良好教养的城里人也会如此胡闹。"巫师仍然躲在云层中，"想必你已经知道这两人都干了什么，干吗蹚这浑水？"

通常情况下，我对巫师都很尊敬，可刚才的事让我无法控制自己的情绪。"你就是那个替他思考的人吧？你想把他变成你的奴隶？"我冷冷地问。

巫师的语气变得严厉起来："这与你无关。"

"如果这涉及网络巫师阶层的恶行，那就与我有关。"我背着手，歪着头望向云层，"你可以查一下我在什么行业工作。只要我的报道出来，你就有的忙了。"

巫师显然没料到我会这么抵触，过了好一会儿才回答，语气也平缓下来："这不涉及巫师滥用权限，而是个双赢的合作。他放弃一些东西，我补偿他一些东西。"

我摇了摇头："你觉得这样就能说服我？"

"你不了解张油子过的是怎样的生活。你只是随便看到了些东西，就自以为真理在握。如果你不相信，就自己看看吧。"巫师从云层中扔下一副眼镜。

我犹豫了一下，捡起眼镜戴上。过了好一会儿，我才明白自己看到了什么。

这是一间堆满了杂物的房间。在大大小小的箱子中间，放着一张小床，我就躺在床上。

整个画面是黑白的。

"你是不是觉得自己的显示系统出问题了？"巫师通过耳语频道说，"别傻了，这就是张油子现在看到的世界。"

"怎么回事？"

"他的店被关已经两年多了，只能靠当影子度日。不久前，他出了一次事故，神经受到了永久性的损坏，看啥都是这个样子了。而且，他已经失去了生活自理能力，如果不是当地区委会找了个人照顾他，以免往日的明星潦倒至死，他恐怕撑不到今天。"

我能看到皱巴巴的床单，听到门外人们说话走动的声音，闻到室内灰尘的气息。我试着挪动身体，但没有反应。门响了，一个老太太走了进来，将一个装满东西的垃圾袋放在床边，戴上手套，开始给我擦身子。她从头至尾没有说一句话，也没有抬头看我。完事后，她将手套扔进垃圾袋，拎着走了。

我把眼镜摘了下来："这是……我不知道……"

张油子依然在烈火中端坐，闭目养神，仿佛根本不关心周围的一切。

"我是带着愤怒去找他的，可我看到的景象让我改变了主意。"巫师仍然在耳语频道说，"神经人是这个社会的毒瘤，道德低下，破坏欲强。可仔细想想，他们也是神经改造的牺牲品，能帮还是要帮一下。我们现在有非常先进的神经改造技术，也许能修复他的损伤。我们正在准备这件事，你和那个女神经人就来救人了。"

"可是，你为什么要控制他呢？"

"这是他自己提出来的，我只是点了个头。"

"可是……"我很想说出什么有力的话来，却找不到合适的词。我突然觉得，在整件事中，我只是一个无关紧要的旁观者。

张油子睁开双眼，慢慢走到我面前，浑身上下仍然冒着火，平静地对我说："你走吧。"

"我们也许可以想别的办法。"我不甘心地问。

"不，我已经决定了。"他微笑起来，"把我忘了吧！我以后不会再是张油子了，我将有新的身份，新的未来，还有……新的记忆。"

五彩的雪花纷纷落下，隐约的乐声缥缈悦耳。

一年后，我以志愿者身份去南郊的山楼中参加社会服务，住在神经人聚居的第九区。在一个深夜，我独自从社区中心往宿舍走，突然迎面碰上了一个高大的神经人，光头文身，体形健硕。我呆呆地站在原地，有些犹豫，这种社区治安都不太好，会不会是一个劫道的?

神经人盯了我一眼，擦身而过。他行动起来悄无声息，就像鬼一样。我在惊恐中只来得及看到他合上身后的门。

关门前，他轻轻晃了一下。

如影随形

顾影从睡梦中醒来，头疼欲裂。破烂的弹簧床在身下发出嘎吱嘎吱的声音。隔壁有香味飘过来。他的脑海中隐约出现一些难受的感觉，但记不起来昨晚到底都干了些什么。

他爬起来，走到隔壁，要了点儿吃的。老结巴冲他直乐。他才发现自己昨晚尿了一裤子，赶紧回屋换了衣服。失禁的毛病又犯了，他决定出去采购一次。

这是一幢出租的三层楼，在周围众多的高楼中显得特别醒目。每个住户只能分配到5平方米的面积，中间由铁板隔开，被称为蜂巢。没办法，他

149

是个穷人，只能看着远处那些豪华的高层眼热。他裹紧脏兮兮的大衣，快步走向不远处的小摊。

摊主已经换了。他要了四包"蓝的"和一包"黄的"，顺便看了看摊子上的钟——2175/02/04　14：54：09。他已经有两个月没有下来了。一个六七岁的小孩在旁边玩一个飞船模型。他看着那小孩。他小时候没这么玩过，他从三岁起就进入了"矩阵"。他向小孩弯下腰："嗨！"

"嗨！"小孩心不在焉地答道，眼睛紧紧盯着在空中盘旋的模型。

"你知道'矩阵'吗？"

摊主注意起来。"听说过……哎呀！"小孩的模型撞到附近的一幢楼上，直栽下来。顾影走过去，捡起模型，回来递给小孩："你想不想去矩阵试试？"

"嗨！你干吗？"摊主走过来挡在他和小孩之间。

"他是你儿子吗？"

"不是。"摊主瞪着他，"可你如果再敢在我这儿引诱13岁以下的孩子进入矩阵，我就立刻报警！"

顾影看着他笑："我就开个玩笑，再见！"他摸摸小孩的头，拎着东西走回自己的蜂巢。那个小孩的头型好极了，是个近乎完美的"影子"头型。这么好的条件却无法好好利用，可惜，真可惜。他打开一个包，拿出一粒黄色的药丸，伸脖子瞪眼咽下去。这一粒药可以保证他一星期不失禁。

忽然有人狂敲他的房门，是对门的男子。他脸色像死人一样苍白，大汗淋漓："求求你！让我用一下吧！"顾影愣了一下，明白了对方在说什么。"不行！"他斩钉截铁地回绝道。

"求求你了！我真的受不了了！我已经忍了三天，再忍下去我就要死了！"

顾影犹豫了一下。他还剩150点，自己用还行，但与别人合用就不够了，何况一旦被发现，他就会被处以拒绝访问的惩罚。他无法想象离开超级世界会是什么滋味。他摇摇头。

男子绝望到了极点。"我理解……我明白……好吧，再见！"他摇摇晃晃地转身准备离去，却一头栽倒在地上，浑身抽搐。顾影的第一个反应是关上房门，他不想惹事。他头靠着门想了想，又打开门，把地上的男子拖进来，扔在自己的床上。他到走廊看了看周围，然后关上门，走回到床边。男子还在抖个不停。他从另一个包里拿出一粒蓝色的药丸塞到男子嘴里，这可以保护大脑不受矩阵中的信号过载破坏。然后他把自己用的接头插在男子耳后的插口上。

矩阵依照每个人耳后植入的EPP芯片识别身份，而这个男子很明显已经被矩阵拒绝访问。现在要骗过矩阵的连接身份识别系统。顾影从床底下拖出一个箱子，拿出一个转接头。这个转接头的价值相当于黑市的1500矩阵访问点，或10年监狱。这还是在他事业的辉煌时期买的。现在，不堪回首……

他接上转接头，吃了药丸，紧挨着男子躺下来，闭上眼睛。转接头会自动同步两人的脑波信号，以他的身份联接矩阵，在进入矩阵5分钟后分离两条脑波。他为自己的行为担心了几秒钟，然后接通电源。

黑暗。光亮。

他站在一所废弃的房子内。这是上次他退出矩阵时的位置，但他想不起来自己到这里干什么了。他发现这里有随机的身份检查，不能在这里分离。跑出房子，外面是如水一般流淌的色彩，在他脚下优雅地变幻翻转，一直延伸到天边。这一定是个不平常的地方。他等不及多想，发出指令回到了自己在矩阵中的家。这是一幢坐落在湖边的豪华别墅，主人每驻留1小时要花10点，好处是矩阵无法访问这里。他走进卧室，在床上躺下。他喜爱的音乐适时响起。他看着床对面的镜子。

镜中的他相貌英俊，服装高贵，但神情郁郁寡欢。一会儿，他的身上冒出阵阵青烟，越来越多，汇成一个人，闭着眼睛站在床边。这就应该是对门的男子了。男子睁开眼，冲他一笑："真是太谢谢了！我欠你一个人情。"顾影摆摆手："没什么。记住你不要做任何需要付出访问点的事，否则系统会发现你非法访问的，弄不好我也要倒霉。"

男子笑着点点头，消失了。

他发了会儿呆，坐起来。望着眼前的大镜子，他又想起玛莉。他们在这里度过了许多美好的时光，甚至在现实中见过一面。后来她从他的周围消失了。很奇怪，就这么不见了。他还能在MIC那里查到她，但不知道她在哪里。这是他唯一一次付出真情的经历，但却以这样的形式结束。他冲镜中的自己笑了笑，离开了别墅。他需要工作，挣些访问点。

由于联接过多，他不得不等了几秒钟才从车站出来。周围是拥挤的人群。他茫然地四处看着。今天可能生意会比较好，陌生人比较多。他是一个被称为"影子"的用户。他们靠出租自己的大脑获得访问点。当一个用户要干什么事又觉得自己一人有些力不从心时，就会考虑雇一个影子。影子就像鬼魂附体一样附在雇主身上，共享雇主的所有信息和权限，协同处理雇主接收到的信息，并将自己大脑的一部分共享出来给雇主使用。影子在结束工作时，雇主会删除他大脑可读写区存储的信息，并有义务带他到车站。像昨天那样从一所陌生的房子中退出矩阵，对他来说并不是常见的事，昨天他一定找到了一个奇怪的雇主，干了些奇怪的事。但他想不起来了，那个雇主还是很认真地删除了他不该记住的信息。

他打开身上的职业标识，像妓女一样在人群中走来走去，盯着每个走近身边的人。一个干瘪的老头走过来，上下打量打量他："你什么时候进入矩阵的？"

"三岁。"他答道，"那时还没有《矩阵法》第六修正案。"

老头点点头："价钱？"

"按时间收费。每千兆空间每秒0.01点，我最多能提供20千兆空间。"

"一般都是按信息量收费，你的收费方式很奇怪啊。"

"可你在这个城市找不到第二个三岁就在矩阵中混的人了。"

"让我看看你的职业评价。"

他一向都遵守职业道德，从不在这方面做什么手脚，因此职业评价很高。老头看来很满意，挥手让顾影和他一起走。他们同步了移动模式，由老头带着来到一个陌生的地方。

这里像是一个卡通世界，所有的环境对象都很简单，像是随便几笔画出来的。不支持光影模式，人物没有阴影，没有明暗，看起来怪怪的。他们走在一条歪歪扭扭的路上，周围没有一个人，画了一半的彩虹挂在空中。"可以开始了。"老头说。他们握住对方的手，闭目凝神。忽然，顾影的身体像是漏了气的气球一般，萎缩下去，越来越小，直到变成老头手心的一个鼓包。随后鼓包也消失了，老头看看周围，沿着歪歪扭扭的路向前走去。

顾影睁开眼睛。耳中响着刺耳的噪音，眼前色彩斑斓，景物扭曲变形。他挣扎着想起自己正在工作，但突然被矩阵系统踢出来。噪音像无情的利剑，直刺入他的大脑。他摸索着，手抖个不停，终于关掉了EPP接头的电源。

噪音消失了，景物也恢复正常，但隐隐有些色块，在天花板上舞蹈。他躺了一会儿，一阵恶心，趴在床沿吐了起来。对门的男子静静地躺在身边。他抹抹嘴，回身看看他。

男子闭着眼，表情很平静，嘴角流出一大摊血。顾影的脑海中还回旋着一些残存的记忆：卡通的世界，心惊胆战，焦虑，在灰色的宇宙中飞翔……他知道一定发生了不寻常的事。他不应该记得这些，他应该一无所知。他一定是在未结束工作的时候就被系统踢出来了，雇主还未来得及删除他的记忆。他俯身看着男子苍白的脸。他摸了摸，冰冷。他又摸了摸，冰冷。

他翻身滚下床，紧靠着墙壁，看着床上。他一把打开房门，冲楼道张了张嘴，又赶紧把门关上。这是个死人，这是个躺在他屋子里的死人。正是他允许这个人非法进入矩阵，才会有这些事。他忽然想起自己是被紧急踢出来的，也许这个笨蛋干了什么需要身份识别的事，被系统发现他是非法用户。"矩阵圣经"中声称任何非法进入矩阵系统的人，都可能遭受无法挽回的损害。但他不知道会是这样的！以前他帮别人进入系统从未发生这种事。

他在屋里走了几个来回。怎么办？他想起了久未联系的一个朋友，他可能有办法。想到这里他又吃了药丸，在床上躺下，尽量远离尸体，接上插头，打开电源。奇怪的是，这次他来到了一个非常宏伟的建筑物内，整个房间没门，只在头顶上不知多远的地方有个出口。一位穿白袍胡子拉碴的天使笑嘻嘻地走过来。这不是他离开矩阵时的位置，他记得很清楚。

天使拍拍他的肩："您已经被拒绝访问了。"

顾影一阵晕眩："为什么？"

"您协助他人非法进入矩阵系统。"

他发现这个天使是个NPC，就是系统内设的人物，不是用户。显然跟NPC是没法讲道理的，它们只知道说规定好了的话。"如果您觉得不满意，"天使乐呵呵地递过来一把手枪，"可以用这个打我。"

"滚……"他恨恨道。

"你才滚！"天使忽然回骂过来，"别以为你骂人我就不懂！"

顾影退出系统，冲天花板发了会儿呆。通过矩阵找到那个朋友是不可能了，也许能直接找到他住的地方？他翻身下床，在箱子里翻来翻去。原来那个朋友曾给他一张写有地址的纸，但愿他不要无所谓地扔了才好。纸条静静地躺在箱底，他小心翼翼地把它拿出来。上面写的地址已经有些模糊，但尚可辨认。他不知道那是什么地方，但机场的人一定知道。

他把一些随身物品装进箱子，包括那些药丸。拿了些钱。钱是那些不访问矩阵的人使用的货币，他以前被别人坑了一把，一个访问点都没捞着，反倒得了好多钱。没想到今天还用上了。他的心中隐隐有些紧张，有些激动。他从未离开过这座城市，不知道外面是什么样。虽然在矩阵中他见过各地的风景，但他执着地认为，真正的旅游和在矩阵中的感受是不一样的。

下楼的时候老结巴差点儿被他撞一跟头，像看着陌生人一样看着他。他板着脸，不声不响地冲下楼去。他走了十来分钟才走到有车的地方，叫了辆出租车直奔机场。一路上他惊讶于有这么多人没有生活在矩阵中，而是在街道上走来走去，从建筑物里进进出出。他觉得这些人真不可思议，有毛病，难以理解。

出租车在拥挤的车流中走了一个多小时才到达机场。

机场冷冷清清。在如今这个时代，人们在自己的城市中可以得到想要的一切。其他的城市又有什么不同呢？无非是高楼、街道、人群、EPP接头等等。除非特别需要，人们很少做这种长距离的移动。想和其他城市的人联系，进矩阵转转就行了。

顾影走到售票处，把写着地址的纸条递进去，然后把旁边的接头插入自己的EPP。他从未坐过飞机，但所有的规程都早复制在他大脑中。机场的电脑会依据他的EPP号码识别身份，这种操作与矩阵没有关系。他拎起箱子，径直走向登机口。半小时后去目的地的航班就要起飞了。他在登机口又进行了一次身份识别。

飞机里非常宽敞，每个人都拥有一个小房间，有床，有窗户，甚至有矩阵接口。他走进自己的房间，坐在床边。透过窗户，他可以看到下面停机坪上忙碌的机器人。他又尝试了一次，又被那个天使挡了回来。停机坪顶上的气盖打开了，飞机慢慢地垂直上升，直到升上几百米的高空，他看到自己居住的城市被一个巨大的穹顶遮住。穹顶的基部是高大的城墙，把城市和外界完全隔开。

城墙的边缘有些蠕动的黑点。他打开旁边的谈话器："那些在城墙边上的是什么东西？"

谈话器发出一阵吱吱声："那是城市外面的人。"

"城市外面的人？"他把脸贴在窗户上，"他们也是人？他们在干什么？"

"是的，是的。他们聚居在城市边的排热口附近，那里温度比较高，适合他们生存。"

"温度高？什么意思？"他觉得从一个谈话器获取信息真会使人发疯，它们什么话都点到为止，不像在矩阵中，你可以轻而易举地复制你需要的所有信息。"城市里是恒温的，但在城市外面，温度有差别，平均气温比市内大约低20℃。"听上去并不是多严重的事，不过他也清楚自己对温度差别没有概念。

"他们为什么不到城市来居住？"

"这些人没有能力在市内生活。他们是一些大脑变异的人。有些是一生下来就被委员会赶出城市的，有些是这些人的后代。"

"他们不会把城墙弄坏吧？"

"不会的。他们的危害性只有0.03％。"

顾影往后一靠，该了解的都了解到了。有这么一些人，有意思。他把目光投向其他地方。

飞机开始做水平飞行。平原尽头的大山在阳光下闪着光，这就是所谓的雪吗？他懒得再问谈话器了。天空泛起灰蒙蒙的蓝色，给人的感觉很脏。飞机越过山脉，飞到海洋上面。亘古不变的海洋在下面泛着波浪。沿岸处像蒙了一层油，平滑，发暗。离岸远些海水就变成深蓝色，一种不纯粹的蓝色。大海在下面翻滚，一直延伸到天边。

顾影心中忽然泛起一种异样的感觉。这种感觉不强烈，但似曾相识。他回想了半天，才知道这种感觉是什么。他想哭。在他记忆中，哭的感觉很少。但不知为什么，现在看着这陌生的海洋，他觉得心里发酸。伤感？激动？气愤？高兴？都不是，也许都是，反正他就是想哭。

这感觉让他很不好意思。还有将近一个小时就要到达目的地了，他把窗户上的挡板放下来，躺在床上闭目养神。一闭上眼睛，在矩阵中最后的场面一下子涌现出来。他记忆的阀门似乎现在才有机会打开。

老头是专门倒卖系统代码的家伙。那个卡通世界就是矩阵系统资源的入口处。他熟练地避开所有定期的安全检查，直达存放代码备份的资源库。那是一个画着猪头的门。他推开门，里面是一直延伸到无穷远方的书架，上面全是书。他需要依次检查每个书架的标签。老头把身上的影子分离，顾影才发现老头共雇了4个影子。这5个人分头行动，他们都非常清楚自己要找的是什么。顾影正找到第74个书架，忽然眼前一阵黑，再亮起来的时候，已经睁开眼了。

他慢慢睡着了，不知过了多久，他忽然被人推醒，一个年轻的男子站在他面前。"干吗？"他愤愤道。

"我是服务员。"年轻人说，"我必须通知你，飞机可能要迫降。"

顾影一时没有明白迫降是什么意思，但马上就想起自己曾看到过相关的信息。他立刻紧张起来，飞机要降落了，但不是在机场，而是在……机场外！他完全想象不出来飞机在机场外降落会是什么样子。他打开挡板，向下面望去。

一望无际的群山。远方，在他目力的尽头，有个深色的东西，那就应该是他的目的地了。但飞机的高度已经明显开始下降，为了安全迫降，飞机的水平速度也已大大降低。

谈话器在喋喋不休地告诉他飞机由于动力不足必须在山区迫降，会保证旅客的安全，不要离开舱室，否则后果自负，等等。他蜷缩在床上，吓得浑身发抖，胃里很难受。下降的感觉让人非常不舒服，像是落入一个无尽的深渊。

不知下降了多久，整个飞机忽然一震，停了下来。他伸着脖子往外看，赶紧又缩回来。

飞机已经降落，外面是一片毛茸茸的东西，在地面上微微摆动。远处是高大的山脉，从地面上看远比从空中看要雄伟。难以想象这么高大的东西是自然生成的。阳光从空中斜斜照过来。

谈话器忽然以一种欢快的语调说起来："一个小时后会有救援飞机来，请大家不要惊慌。现在我介绍一下周围的景色……"顾影知道了这些毛茸茸的东西叫野草，是城市外生长的一种植物。现在是寒冷的季节，所以它们是淡黄色，如果是炎热的季节，它们会是绿色。他想象着一望无际的绿色，那应该是很奇怪的景致。胃里的感觉慢慢开始加剧，他知道这是MRS反应，以前就有过。这是依赖矩阵生活的人，一旦长时间缺少信号刺激而产生的。他尽力使自己的注意力集中在窗外，不去理会越来越严重的恶心。

整个飞机忽然震了一下，又震了一下，随后开始连续的振荡。并不强烈，但在经过了一个小时毫无振动的飞行后，这种振荡很容易察觉。开始顾影还以为要起飞了，但很快他就发现完全不是这么回事。

外面的野草中冒出很多城外人，他们挥舞着手中的东西，飞快地向飞机冲来。很明显这带有威胁的意味。从飞机的某个部位发射了什么。城外人有的倒下了，更多的还在往前冲。他们简直不知死活。飞机只能防卫离机身20米以外的范围，几个冲进防卫盲区的家伙开始敲打飞机的机身。有一个就在顾影的窗户下面大约10米的地方。他看见这个城外人拿出什么东西贴在机身上，然后快速向外逃去。很不幸的，它在跑出几十米远的时候被击中了。

　　他还没来得及想明白这一切都是怎么回事，飞机的下半部就被炸开了。冲击波把他房间的地板撕了个3米的大口子。他胆战心惊地扒着裂口向下看，一片模糊，金属、人体、塑料等混杂在一起，吱吱响着，冒着烟。他呛得直流眼泪，终于忍不住，吐了出来。外界的声音放肆地从裂口冲进来。很快又是一次爆炸，震耳欲聋。顾影蜷在床角，泪流满面，盯着那个裂口，舱内响起刺耳的警报声。"现在怎么办？"他用发抖的声音问谈话器。

　　对方一言不发。他又问了一次，还是没反应。他冲去一把拔下谈话器的插头，扔到裂口下面。

　　第三次爆炸。飞机忽然一斜。他的背狠狠撞到了窗户上，真疼死人了。舱门"咚"的一声，像是被什么人撞了一下。他用手扶着床沿，艰难地向斜上方的舱门走去。又一次爆炸。这爆炸好像无穷无尽似的。他终于抓住了门把手，使劲一拉，没拉动。这一瞬间他几乎完全绝望了。很快他又鼓起勇气，再拉。门开了。外面是拥挤的人，鲜血，喊叫，挣扎……

　　他赶紧关上门。这是个噩梦吧？这是矩阵的世界吧？他慢慢坐到床上。谈话器说过会保证旅客安全的，只要不出舱室，只要安心等着，救援飞机会来的。一切都会结束的。他汗流浃背，坐着，等着，为每一声响动而心惊。

　　一会儿，裂口下面传来人说话的声音，搬动物体的声音。他瞪着眼睛，呆呆地看着裂口。

　　一只手从下面伸上来，扒住地板，接着，一个城外人从裂口中冒出头来。

城外人四处看了看，把沾满烟尘的脸转向顾影，轻轻一笑："你不要害怕，只要你合作，就不会受到伤害。"

这家伙会说话，让人多少有些安心。顾影问："你是谁？你怎么会说话？"

那人温和地笑笑："我叫莱斯利。我当然会说话。好了，你跟我下来。"

顾影摇摇头。

莱斯利正要往下走，看到他不动，干脆爬出裂口，站到他面前。这个莱斯利的身材非常魁梧。"怎么？你不愿意走？"顾影小声地说："他们让我待在舱里，一会儿会有人来救我的。"

"你还不明白你的处境吧？你是我的俘虏。你知道什么叫俘虏吗？就是你必须听我的话。我现在叫你下来。"

"不，我有我的权利！我有选择留下来的权利！你没有资格强迫我走！"

莱斯利一把揽住他的腰，挟着往外走。他一边奋力抵抗，一边大叫自己的权利。他们钻出机身上炸出来的缺口，顾影立刻就不叫了。

空气中有种难闻的气息，让人呼吸困难。在长满野草的平地上，站着好几百城外人，他们神情冷漠，看守着从飞机中带出来的几十个城市居民。莱斯利把顾影丢在俘虏群前，转身走向自己的同伴。顾影的鼻子撞在地面上，酸得要命，自己揉了几下，鼻血终于兴高采烈地跑出来，滴在草叶上。

莱斯利转身大声对城市人说："你们是我们的俘虏。你们要听从我们的一切命令。如果有人想逃跑或有危害我们的举动……"

一个年老的城市人突然扑向最近的一个城外人，试图夺下对方手中的东西。那个城外人反应很快，一脚就把老人踹到地上，然后用手里的东西将老人戳死。莱斯利走到老人的尸体前，端详了一下，抬头看看被吓得抖成一团的城市人："如果有人想逃跑或有危害我们的举动，就是死路一条，像这样！"

城外人没有在飞机旁逗留太久，很快就押着俘虏向山里走去。

他们沿着一条极为难走的山路前行。顾影感觉像在做梦一样，一边忍受着身上的疼痛，一边忍受着越来越严重的头晕。身体上的疲劳加剧了MRS反应。他大口大口地喘着气，脚步踉踉跄跄。野外的空气看来是有害的，他真应该留在那个破烂的舱室里。那里虽然不大舒服，起码还有干净的空气，还有床，甚至还有矩阵接口。他为什么要离开舱室，跟着这些人一起走在这噩梦般的路上呢？他想不起来自己当初为什么要离开舱室，难道是雇主删去了那些记忆……

顾影一头栽倒在地。

接下来他一直处于清醒与昏迷的边缘。他觉得自己被几个人一起驮着走，他想自己走，挣扎着想下来，被人按住。周围变得漆黑一片，他努力地睁大眼睛，还是一无所获。他觉得自己的眼珠子都要瞪出来了。他被驮着走进一扇画着猪脸的门，周围是倒立的高楼。周围很潮湿。有五颜六色的药丸从楼房上滴落。他倒在地上。

时间消失了。他从昏迷中醒来，有人喂他喝一种微甜发涩的东西，刚喝下去就吐了出来，还没吐完就又陷入昏迷。人们说话的声音空洞遥远。他的梦境充满奇形怪状的东西，似乎从小到大所有他想象过的，都冒了出来。他曾梦到过巨大的矩阵接头，像有生命一样在灰色的空中飞翔，扭动，蹿来蹿去，最后温柔地缠住了他，轻柔，温暖……

在这种状态下不知过了多久，顾影一次醒来，忽然觉得清醒了许多。他从地上支起身，茫然看着四周。他在一个巨大的溶洞中，周围没有一个人。远处，溶洞黑暗的深处，传来水珠滴落的声音，在洞中幽幽回响。他躺平，闭上眼睛听着这一下又一下的滴水声。

他是死了吗？这是在天堂吗？如果他没死，那MRS反应怎么好像消失了呢？浑身上下没有力气，但不疼，头也感觉非常清醒。他觉得自己的大脑有了什么不同，有变化了。

一只小手忽然按在他的额头上。

顾影眼前是个城外人小孩。这是他第一次见到未成年的城外人。小孩冲他一笑，问："你没事儿，我们来玩弹球儿好吗？"

他支撑着坐起来，看看四周："别人到哪儿去了？"

"他们都被关在家里呢，没人和我玩。"

他愣了一下："那些大人呢，都哪儿去了？"

小孩无聊地把手里的小球抛起来："不知道。他们工作的地方不让我去。"

他伸手摸了摸小孩的头。这是一个非常差劲的头型，不适于作影子。小孩玩了一会儿，抬头说："你还是和我玩弹球儿吧，反正也没事儿。"

他微微一笑："怎么玩啊？"

"你和其他人不一样啊。"莱斯利站在一个高台上。

顾影慢慢站起来："你准备怎么处理我们？"

莱斯利没说话，慢慢走下高台，轻轻打了一下小孩的屁股："快回去，别老瞎跑！"随后他打量打量顾影："你昏迷了三天，现在好点儿了吗？"

"三天！"顾影吓了一跳，"还可以吧。你把其他人怎么样了？"

"你想见其他人吗？"对方斜眼盯着他，"跟我来。"

他们沿着湿漉漉的通道走。莱斯利走在前面："你在城市里是干什么的？"

"我是个影子？"

"影子？影子是什么？"

"嗯……是在矩阵中的一种职业。"顾影觉得有点儿难解释，"出租自己的大脑给别人用，换取访问点。"也不知听懂没有，莱斯利点了点头："一会儿你向我们的专家详细解释一下吧！你觉得我们是什么样的人？"

"我不知道，我以前从未接触过你们。说实话，我是上飞机以后才知道在城市外面还有人类存在。"

他们不再说话。转过一个弯，他们面前忽然出现了一个巨大的洞穴，从他们站的地方向下恐怕有100米。"这里是我们的技术中心。"莱斯利介绍道。他们顺旁边的石阶向下走。

"你知道为什么你们要一直住在城市里吗？"莱斯利头也不回地问。

"环境变坏了，人们不得不退缩到城市里。"

"环境为什么变坏了？"

"不知道。"顾影淡然答道，"问原因有意义吗？反正现在已经变坏了。"

"有意义。"莱斯利忽然停下来，转身对着他，"我告诉你吧。100年前，地球上爆发了一场激烈的战争，双方使用了除原子弹、氢弹以外所有的武器，打得昏天黑地。你知道为什么没有使用原子弹吗？"

"不知道。"

"因为他们谁如果使用原子弹，就会被其他人拿石头砸死！"

"啊！"顾影大吃一惊。

"当然，这是个夸张的说法。"莱斯利转身继续向下走，"我的意思是，出于自我保护的动机，谁都不敢招惹公愤。公开的理由是保护环境，保护我们的地球。但可笑的是，这场全球范围的常规武器战争，依然导致了环境的急剧恶化。所以人们才不得不转移到城市里，用永久性气盖罩在自己头上。"

"你们当初为什么没转移到城市中？"

"我们？这你要问问当时的政客们！他们签署了和平协议，销毁了所有原子武器、重武器，然后宣布城市对军队不欢迎！"

"那你们就是……"

"我们就是当初被你们文明人遗弃的军队后代。"

他们终于到达了洞穴的地面。"这里是我们研究技术的地方。在刚被遗弃的时候，我们曾向城市发动了激烈的进攻，但损失惨重。后来我们发现，必须拥有先进的技术，才能同你们抗衡。"莱斯利说。

一个城市人叫嚷着被人拖走。"他怎么了？"顾影问。

"他不合作。我们希望你们这些俘虏能提供给我们技术，这样可以加快我们的发展。"

"然后好来打我们？"他盯着莱斯利，"如果不合作呢？"

"那就做成肉罐头。"城外人面无表情地答道。

"肉罐头？你们吃人！"顾影快晕过去了。

"那你让我们怎么办？冬天粮食少，难道让我们养着你们这些不合作、随时准备反抗、又不会觅食的家伙吗？"莱斯利严正地反驳道。

洞穴中响起尖厉的哨音。一个人匆匆跑来报告莱斯利："城市人发现这里了！"话音未落，整个洞穴的穹顶忽然坍塌下来。顾影来不及多想，转身向石阶跑去。刚跑上几级台阶，穹顶的碎片就砸在了地上，发出巨大的轰鸣，激起的尘土碎石一下子把他冲倒在地。

烟尘翻滚。他睁不开眼睛，只能摸索着一级一级向上爬。城外人开火了。武器的爆炸声、人们的喊声、惨叫声、哭声混成一片。地面震个不停。他小心翼翼地爬，生怕自己再掉到地面上。忽然，他摸到一只脚，拉一下，没反应。他勉强睁开眼，是那个城外人小孩。死了。他一定是偷偷跟着他们下来的。小孩的身上有两个烧焦的洞，手里的小球不知滚到哪里去了。他回头望向洞穴，烟尘中，城市人的部队在有条不紊地扫灭城外人。他看不见，但能听到。

慢慢地，洞中的叫喊声平静下来。战斗结束了。

烟尘在空中盘旋，经久不息。一架飞机的头部忽然从烟尘中冒出来，尖锐的前端离顾影只有几米远，旁边的机炮还冒着烟。他吓坏了。目瞪口呆地靠在石壁上。

飞机停了几秒钟，又缩回烟尘中。一会儿，从石阶下面钻出几个全副武装的城市警察。他们掰开顾影搂着小孩的手，把他抬到一架飞机上。救出的城市人只有五个。

飞机把他们送到城市机场，然后有车送他们到医院。顾影的伤势很轻，但神志有些问题，因此在医院待的时间最长。

他出院的时候，发现一大群人在医院门口等着。他有些莫名其妙，但还是走过去。这时，一位老人越众而出，笑呵呵地张开双臂："顾影，欢迎你！"

"王老师！"他惊喜万分，本以为自己还要四处找，没想到要找的人会自己出来。王老师是他从小的矩阵导师，教会了他很多东西，后来离开他到这个城市来，就再没有见过面。他们拥抱在一起。旁边有人在照相。

王老师带他钻进一辆豪华车，问了一些身体的情况。"王老师，你怎么现在有这么大派头啊？不像当初了。"他笑嘻嘻地问。

"我现在是这个城市的市长，当然不一样了。"

他惊喜万分。原来的老师当上了市长，实在是出乎他的意料。一路上，他们都在谈各自的情况。最后谈到他由于帮助他人非法进入矩阵，已被拒绝访问，市长脸色严肃起来："那个死人倒没什么，很快清洁队就能发现。而且那个人的死亡不是你的错，是他自己做了需付出访问点的操作，结果系统一查，发现这个人非法访问，就发了特别过载信号。"

"这种过载信号有什么用？"

"特别过载信号可以在很大程度上使对象产生对矩阵的反感。这种反感不仅是心理上的，还会导致生理上的不适，使人一联接矩阵就会极为难受。这实际上是一种最终的拒绝访问方法。那个人的死只是由于个人的身体状态极差，又在长时间中断后马上接受矩阵信号等原因导致的。"

顾影没吭声。市长注意到了他的沉默，看着他："你有多久没有接受矩阵信号了？有没有什么反应。"

"大概10天吧。在被城外人抓住的最初几天里，我的MRS反应最强烈。后来不知怎么回事，我完全没感觉了。现在我觉得很清醒，身上也很舒服。"

"你已经脱离矩阵依赖性了。"市长认真地盯着他，"我倒想知道你是否会有厌恶矩阵的感觉。"

"厌恶？怎么会呢？"顾影瞪起眼睛，"我巴不得现在就进入矩阵呢！要是不想进矩阵，我为什么这么着急找你？"

"我们可以试试。"市长微笑着从前面座椅背上拽出一根矩阵接头。

"这……"顾影愣住了，"我已经被拒绝访问了，我可不想以后一见矩阵就恶心。"

"放心，我给你接通一个内部调试用的矩阵。操作完全一样，而且不受真正矩阵账号管理的影响，但是用户很少。"市长把接头插进顾影的EPP插口中，"准备好了吗？"

顾影点点头。市长把开关打开。

城市的街道。顾影站在马路中央，周围一个人、一辆车都没有。他试着走了一步，没问题。笑一下，没问题。开口说句话，还是没问题。一位红衣女郎从街角转过来。她风姿绰约，微笑如花……

市长微笑的大脸出现在顾影面前："看来你没事儿。"

车子到了市政厅，他们走进市长办公室。市长给顾影和自己各倒了一杯水，在椅子上坐下："你怎么看那些城外人？"

顾影喝了口水："他们很野蛮，但很聪明。"

市长微笑地看着他："那些人有没有告诉你一些事？"

"他们告诉了我为什么会有城市人和城外人。他们讲述的历史是我们从未接触过的。"

"这不奇怪，在城市中，没有多少人关心他们生活以外的事情。即使在历史上发生了再奇怪、再惊心动魄的故事，也不会影响他们分毫。"

顾影发现市长的眼神很奇怪。"你是不是觉得我同情那些野蛮人？"他故意恶狠狠地对市长说。

市长摇摇头："这无关大局。你同情也好，仇视也好，都不影响你是个城市人的身份。你能脱离城市在你身上留下的烙印吗？你能在荒郊野外生存吗？你能看着城外人屠杀城市人而无动于衷吗？"

"我不知道，也许我归根结底还是城市人。"

"这就对了啊！无论如何，我们只能站在城市人的角度看问题。"市长站起来，在室内很高瞻远瞩地踱起步来，"实际情况是，现在矩阵已经成为一种难以控制的东西。"

"你什么意思？"

"越来越多的人加入到矩阵中，放弃了原来在真实世界中的生活。当然这并不一定是件坏事，如果我们的文明足够发达，可以让机器做所有的事情，而城市人可以在矩阵中生存，一天24小时，一年365天。但问题是，人们迷恋矩阵的速度比我们文明发展的速度要快得多。我们出现了时间差。"

永远在矩阵中生活？顾影觉得有些不可思议："我们真的要走到完全脱离真实的那一步吗？"

市长笑起来："连你这么一个三岁就进入矩阵的人都怀疑，说明时代变化真是太快了。所有的评估都倾向于这个结论。要知道，原来人类的理想是飞出地球，改变大自然，征服宇宙。后来，人类发现这些太艰难了，太宏大了，我们为什么不构造一个虚幻的世界，让我们在其中生活呢？在这个虚幻的世界中，我们人类一切的虚荣都能实现，代价又如此的低，我们为什么还要去征服真实的宇宙？为什么？"

"征服宇宙……"顾影喃喃道。

"历史是，人类拥有宇航技术200年了，从未在地球以外的地方移民。现实的享受代替了英雄主义的梦想。我们必须承认现实。"市长有些激动，但马上平复下来，"地球上长期发生着奇怪的战争，城市人和城外人之间的战争。我们现在决定结束这场战争，开放城市给那些被遗弃的人。他们确实比较野蛮，但他们勇敢、强健、有进取心，他们可能是这个日渐破落的人类文明的最后希望。"

"也许他们也会迷上矩阵呢。"

"也许。但他们拥有神秘的技术，可以在不造成伤害的前提下解除人的'矩阵依赖综合征'。这是我们研究了许多年而未能有所突破的技术。有了这个技术，我们就可以把人类拉出来。起码拖延几百年，让我们有足够的准备时间。"

市长凝望着窗外林立的高楼，忽然回头一笑："这也是场战争，可能不会很血腥，但一定会更艰难。"

两人相对一笑，将杯中的水一饮而尽。

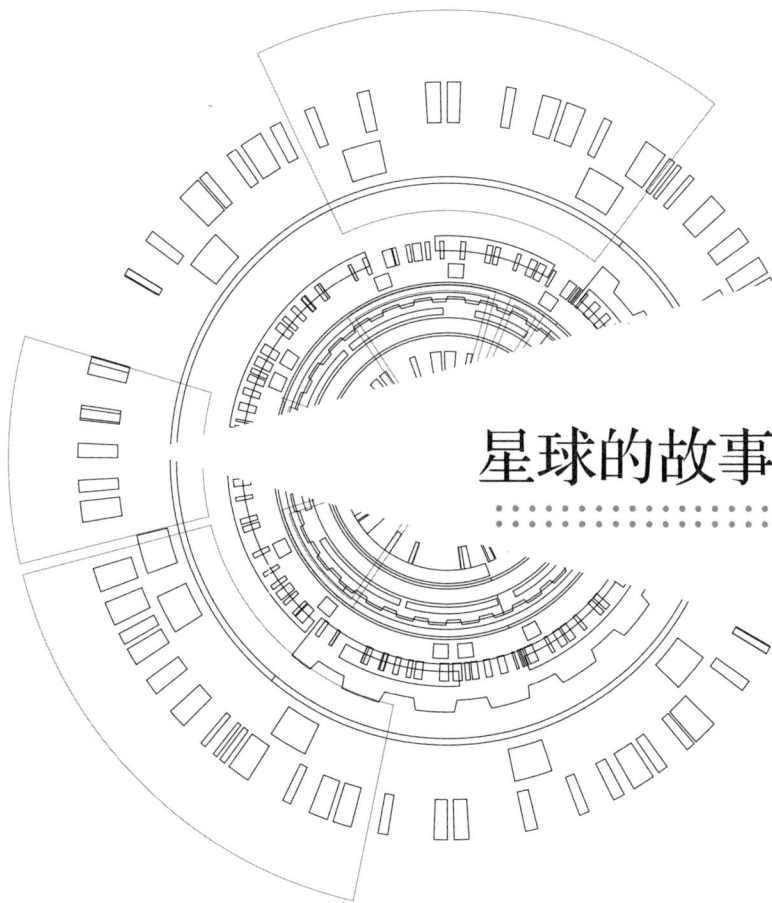

星球的故事

为了凋谢的花

灯光要足够暗，作者说，要暗到你可以看到星星。

读的时候是个夏夜。这点一定要牢记。夏夜是忧郁的、永恒的，如同那如梦的星空。

最好在手边放上一瓶酒，不时抿上一口。这可以使你抛弃理性。还有，把表藏起来。

要有音乐，雾般缥缈的音乐。让它在你的周围盘旋、上升，幻化成层层薄纱。

读者坐在他的对面，感到有些不安。还有什么要求？

没了。作者说：故事发生在一艘绕着木星不断旋转的飞船上。飞船中有一个男人，他一直透过那扇大窗户望着无尽的星空⋯⋯

他回头望着她，望着她那柔美的身体。屋里很暗，只有窗外透进的些微星光。

她在沉睡。

他听着她轻微的呼吸声，忽然有些想笑。她是谁？他不知道，可却和她一起享受欢乐，又在这里欣赏她的睡姿。

窗外，繁星似尘。巨大的木星在冷漠地转动。大红斑犹如一只严肃的眼睛，窥探着那些气体、石块，在茫茫虚空中漂移、碰撞、爆炸，然后消散。他看着那只眼睛。

他的神情是忧郁的，比这星空还要忧郁。

想起她很美，他不禁微笑了。

嗨，你好。她醒了，唤着他。

他示意她过来。

她过来了。他们拥抱在一起。她把他推开一点儿，问：我们是不是有什么不对？

不，他微笑了，你只是感到了爱。

天啊，我还不知道你的名字呢。她失笑道。

这无关紧要。

她抚摸着他羸弱的躯体，充满爱怜。你在这里多久了？

他嗅着她的卷发。20年。

天呐，你看上去只有30多岁。

是的，他又看着窗外，可我做那实验的时候，已有50岁了。

她没再说话，而是蜷缩在他怀中。

他抚摸着她，想起她在救生艇中那苍白的面容。他把她从座椅中抱出时，她泪流满面。这是一场灾难，她告诉过他，飞船中所有的人全死了。父亲，母亲，六岁的弟弟，全死了。她的生活全完了，她为此哭个不停，她说她不知今后怎么办。她想死，可却躲进了救生艇。她说她恨自己，恨自己为什么还活着。她还恨他。既然我的生活已经没有希望可言，你为什么要救我？她打他，咬他，骂他。然后他们抱在一起。

他们仍在拥抱着，谁也没说话。她忽然又抽泣起来，无法抑制。她对他说很抱歉，真的，她说不下去了。

你哭吧，他安慰她，我已经发出了求救信号，不久就会有人来接你。

不、不，不是因为这个。

那是为什么？

涕泗滂沱。她浑身颤抖：我也不知道，只是想哭。她看着窗外。也许，是为了这璀璨如梦的星空。

20年来，我一直在看着这星空。它让我想起小的时候。我生在地球，那是个美丽的地方。他顿了一下，似乎在追忆隔世的梦。是的，那地方很美，我经常坐在山坡上看夕阳。你能想象吗？在金黄的太阳下面，是一望无际的绿色。草的叶子上泛着光，金色和绿色。万籁俱寂。这是永恒的，他的眼睛湿润了，就像这星空，永远的美，永远的忧郁。

她抬头望着他，你哭了？

他忽然粗暴地搂住她。他们哭在一块儿。

一会儿，他们又一声不吭地看星空。他叹了口气，说：对于我们，这一切永远不会是永恒的。

我想在这里和你待一辈子，她说，就在这个孤独地绕着木星转的飞船里，我要做你的妻子，反正我在哪儿都一样。这里只有你一人，我们可以待在这儿，直到——她犹豫了一下——直到老死。

你多大了？

十八，她答道。

你是在火星出生的，对吗？

是的，可这不能说明什么。她激烈地反驳道。我出生时地球和火星的战争已经爆发了。我们家就有一个地球仆人。可我对他很好，我喜欢他。对我来说，火星人太清醒了。他们总是用闪光的眼睛盯着你，脸上挂着嘲讽的微笑。我讨厌他们，真的。

他温和地看着她，说：可你一定没在炎热的夏天听过星空的声音吧？

她迷惑了。

这是火星的不幸，他说，这是人类的不幸。火星移民总以为自己比地球居民聪明，比他们强壮。他们发掘了火星的矿藏，改变了火星的面貌，于是他们自以为成了大自然的主人。

错了，他高声道，这一切全错了。他们有发达的大脑，为科学的每点进步而兴奋。他们热衷于比试谁能心算得更快，谁更能抓住问题的要害。他们粗鲁地把罩在宇宙脸上的面纱撕个粉碎，为的是数清它的雀斑。他们成了一堆机器，一堆发臭的、万分清醒的机器！

他停住了。我有点儿激动了，他说。

不，她的目光在那忧郁的脸上流连，你说的都是实话。我了解这些，我的父母就总是说我不够清醒，不像火星人。她笑了一下，他们说我是退化了。

他们是对的。

沉默。她问，他们什么时候来？

不知道，从木卫一到这里大概要很长时间。一个小时？一个星期？还是半年？我不知道。自从到这里以后，我已经把所有的表都扔出去了。它们可能现在还在绕着木星转。

用不了几个小时吧。她轻声说道。可是，我还一点儿都不了解你呢。

他盯着她，你很美。

她莞尔一笑。

在你睡的时候，我有种感觉，你像个天使，一个来聆听我最后声音的天使。

你能肯定吗?

是的,我从未像现在这样确信不疑。他严肃地说。

我在地球生活了40年。在这段时间里,我学习了各方面的知识,尤其是生物学。我干得相当不错,成了这方面的专家。后来,地球联邦政府把我调到了月球。

你知道,月球一直是地球和火星之间争夺的要塞,它是地球通向太空的门户。但在40年前,那里还隶属于地球。政府调我去的原因是有关一项秘密计划,称为"重生之地"。在我看来,这项计划确实颇有远见。它的目的是延长人的寿命,确切地说是使人返老还童。我们的想法是:如果人的寿命延长一倍,科技的发展就会比现在快一倍;如果可以无限次地"重生",理论上说人类就不会灭亡。这一美好的前景大大激发了我们的热情。

研究小组共有20个人。为了这项计划,每个人都离了婚。我们断绝了同外界的一切联系,只是没日没夜地工作。我们订了规矩:不许谈工作以外的事,不举办聚会,不许有异性之间的交往,哦,还有许多,记不清了。那时,地球和火星的关系非常紧张。刚刚独立的火星联邦极力挑唆月球独立,以关闭地球的太空之门。我们就是在这种条件下进行着艰苦的研究。每天醒来的第一个念头是:我们要解决什么问题,应该用什么方法。紧接着就是不断地试验,失败,再试验,写报告,汇总各种数据,分析,换个思路再来,等等。

10年过去了。终于有一天,我站在一支试管面前。那里面就是我们为之苦熬不已的返老还童药,我们称之为"重生液"。当时时间极其紧迫,星际战争一触即发，而战场肯定是在月球上。在此之前的动物试验都失败了，政府又急于拥有一个人体样本，所以我们决定立刻开始人体试验。谁都不希望做试验品，因为实在太危险了。死亡可能还算是好的，可怕的是谁都不知那人会变成什么样：长角的怪物？还是一只硕大的蛤蟆？大家最后决定抽签。我抽中了。

我把那些液体吸到一支针管里，然后向大家鞠了个躬。这是10年来我第一次做出这种"无意义"的举动。当时大家都有些感动。我把"重生液"注射进我的静脉。它一点点地进入，最后，全进去了。

我把针管放下，坐在椅子上等着。大家都盯着我，一声不吭，只有空调在轰轰作响。一瞬间，我觉得自己像是审判席上的海德先生。

几分钟过去了，一点儿反应没有。我们都有些不解。因为往人体内注入这么一种成分古怪的药，即使没有预定的效果，也该有些反应的。我开始紧张起来。

突然地，没有一点先兆，我开始感到心脏在剧烈跳动，血液潮水般冲刷着全身。我听到空调的声音越来越响，几乎塞满了我的整个大脑。当时我清醒地意识到变化开始了。我挣扎着站了起来。

一名助手过来扶住我，说了句什么。我没有听清，那噪音太响了。我把头凑过去一点儿，请求他大声些。他又说了一遍，我还是没有听清，那声音如同婴儿的梦呓。我对此很惊讶，于是把耳朵贴到他嘴边，让他再说一遍。

我一直没有弄清他当时说的是什么，因为我昏过去了。等我醒来的时候，发现自己正躺在一间白色的屋子里，周围没有一个人。后来才知道，那会儿他们正通过监视器研究我呢。我躺在那儿，四处看着，忽然觉得周围的一切都显得很小、很远。我知道那是某种错觉，可那感觉太真实了。一切都给人一种被缩小了的印象。它们，怎么说呢？好像是圆的。

想起来了，还有一种声音。我真的无法确切地描述它。那是一种非常宁静、遥远的喧闹声。似乎有谁在那白色的天花板上大声嘶吼，而那嘶吼声又像是从宇宙的某个角落传来的，那么安详、从容。整个世界仿佛都在随之摇晃。我又睡过去了。

再醒来时，周围是一派忙乱。我听见许多人在叫喊着，跑来跑去，不知何处传来阵阵巨响。我被放在一辆担架车上，身子动不了，只能瞅着天花板上的灯一盏盏掠过。

他们推着我在走廊里转了很长时间，最后停在一个飞船发射台边。有人开始争论。他们说得很快，我只能模糊地知道他们说的是我。我还记得有名很年轻的军官，脸色铁青，不住地摇头。我想劝他们不必为我烦恼，而且还想问问发生了什么事，可是发现从嘴里冒出的是一些响亮的叫声，如同发情的野兽。那军官瞥了我一眼，像在看一堆变质的肥肉。有人又急切地说了什么，还有纸张的声音。那军官终于点了点头。于是我被送上了飞船。

他们把我放下，离开了。我静静地躺在那儿，心里万分惊讶。我对周围纷乱的景象并不关心。我当时恐惧的是：我不会说话了！这是一个严重的副作用，我想到，一定要写到报告里去。

我躺在飞船里胡思乱想。一会儿想到我可以复婚了，心里非常高兴；一会儿又想到试验也许是失败的，又极端灰心。不知何时，飞船像被人踢了一脚，浑身一震。接着，我感到了超重效应。记得当时我不停地告诫自己，这点儿加速度比地球上的重力大不了多少，可由于在月球上工作了10

年，我的身体已经变得过于脆弱，于是……

又昏过去了？她插嘴道。

是的，他答道，那段时间没有了白天与黑夜，只有不断地昏迷与清醒。

她看着他，小心地说：这段历史我知道，那是地球与火星之间第一次战争的开始。当时火星对月球上的地球基地发动了突然袭击，把它们全部摧毁了。

他闭上眼睛歇了会儿，继续说道：

是的。我恐怕是那次袭击中唯一的幸存者。那会儿整个基地都处于一种完全盲目的慌乱中。不知是谁，为了什么，发射了我所在的那艘飞船，也许是操作失误吧。

等我再一次醒来时，飞船正在太空中无声地飞行。我觉得有什么东西不对头。看了看周围，所有的景物都很正常，不大也不小，什么古怪的声音也没有。

不，我又凝神听了听。有种似曾相识的声音，那是阵"咕咕"的响声，像是沸腾的玉米粥。

啊！我忽然明白了，这声音来自我的肚皮下方，来自我那团饥饿的肠胃。我不禁抚摸着自己的肚子，心里十分欣慰。要知道，人一旦上了岁数，很少有这种饿得咕咕叫的时候，这似乎说明我的肠胃已经恢复到年轻人的水平。

自我陶醉了一会儿，我才发现居然能动了，居然在抚摸自己！我把手抬起来。啊！你简直无法想象当时我的感觉，那种混杂着兴奋与恐惧的感觉。

那手圆润、白皙，是只年轻人的手。我欣喜若狂。这很显然，试验成功了，我们的梦想实现了！我高兴得在飞船里跳起舞来。

跳了一会儿，我发现了一个问题，那就是没有人来看我。闹腾了这么半天，居然一切还是静悄悄的。我按捺不住激动的心情，急切地想向某个人诉说。我把整个飞船搜了个遍，才知道飞船在发射时只有我一人。

这是个严重的意外，我逐渐意识到困难所在：我不知道这艘飞船的航向，它的氧气供应，药物对我的身体还有什么副作用，以及最直接的，我饿了，食物在哪儿？

我记起刚才在搜索时曾发现过许多密封的圆筒，它们可能是某种微生物质的容器。于是我又去到货舱，找到了那些圆筒，上面标着文字，可我看不懂。我知道我应该认得它们，可却想不起来。关于文字的记忆似乎在"重生"时被抹去了。我坐在地板上，大脑中一片混乱。我不知还有什么记忆不见了。我试着算加法，很顺利。我又尝试分析几何问题，也通过了。接下来我记起了一些知识，比如细胞结构等等。就这样，我像一个丢了财宝的农夫，在脑海中费力地挖掘着，一点一滴，然后连成线、汇成一片。这是个奇怪的现象，我能够理解语言，却不识字，这似乎说明两者之间有某种重要的差异。

我又回到几何上来。我用手指在地上画着各种图案，圆的、方的、三角、抛物线。画了半天，什么也没发生。我烦躁起来，开始在地上乱画。在我心不在焉地持续了几秒钟以后，文字出来了。它们如流水一般在我指下滚动。我不断告诫自己要镇静，可办不到，手指在欣喜若狂地飞舞。

等自己平静下来，我就研究起那些圆筒，心中充满喜悦，因为筒中有我需要的一切。我打开其中一个，吃了些东西，感到心满意足。

然后我犯了个错误。有个筒上标有"LSD"字样，说是贵重物品。也许是我的记忆仍然有些角落是锁住的，也许是那些食物使我高兴得有些忘乎所以，我打开了那筒。里面是白色的粉末，我闻了闻，那气味很怪异。我又舔了舔，一种奇妙的感觉袭来。我觉得周围的一切都变了，它们好像是在……在笑！我被这欢乐的气氛感染，也笑了起来。接下来的事很怪，我发现眼前蹦跳着一些红色和绿色的色块，它们是那么活泼可爱，我放声大笑起来，它们变成了紫色与蓝色，还有许多色彩斑斓的图案在那里旋转。我感觉，怎么说呢，是我刚才用手指画的那些图案活了！

我觉得自己就是造人的上帝，我很得意。然而接着出现了一个东西，它在那里，可它是错的！那就是我们经常在一些科学杂志上看到的那种立方体，那种不可能的立方体。它自负地转个不停。我感到这很滑稽，笑得喘不过气来。

那些图案闪了很长时间，最后我发现自己蜷缩在地板上，浑身软绵绵的。我歇了一会儿，爬起来走进指令舱。这时我才知道发射时一定很仓促，因为这艘飞船根本没有设定目的地，只是由于极为偶然的原因，我才没被炮火击中或坠毁。现在我早已掠过火星，正进入小行星带。船的速度很快。我看了看燃料计，大吃一惊。燃料水平是零，按飞船上的行话来说，这船已经"死"了。

如果我身处茫茫太空，也罢了。问题在于面前是密集的小行星带，没有燃料作机动飞行，飞船随时面临着被撞毁的危险。

我强迫自己镇静下来，想想办法。我躺在指令舱的地上，辗转反侧，希望能有所发现。我呼唤着那灵机一动的感觉，可什么结果也没有。我甚至想到从飞船里往外扔东西，以改变航线。最后我在绝望与劳累中睡着了。

他停了下来，神色有些疲惫。

你累了。

这是"重生"后的一种反应，我不能长时间地讲话。他站起来，走到床边，从床垫下拿出一本书。他又回到窗边，把书递给她。她看了看封面，很旧，很干净。她又望着他。

打开它。他微笑道。

她温顺地打开了。书的扉页上夹着一朵花，一朵已经干枯了的花。她不认识这是什么花。他搂住她的肩膀。

他们在催人泪下的星空前接吻。

她搂住他，像温情的母亲一样搂住他。他依偎在她胸前，泪光闪动。后来，他说，后来我醒了。

是一阵撞击把我弄醒的。好吧，我心说，毁灭开始了，请继续吧。我直挺挺地躺在地板上，等待那致命一击的到来。

我一直等到肚子又开始咕咕叫，这才爬起来去货舱吃东西。饭后我又吸了点儿LSD。等我兴高采烈地回到指令舱时，不知出于什么动机，可能是某种侥幸心理，我又仔细研究了一下导航仪。结果出人意料。我的航线与小行星带的平面有一个夹角。也就是说，飞船与小行星相撞的可能性比原来估计的要小得多。这一发现使我精神倍增。我又开始胡思乱想——"重生"后，我发现自己变得热衷于胡思乱想——你瞧，刚才我已经遇到了一次撞击，按概率来看，下一次撞击将会很遥远。那会儿我可能早飞出小行星带了。我为此兴奋不已，在接下来的狂欢中，我把所有的表都扔了出去。我对你说过吗？

是的，她点点头。他闭上眼睛过了半天，才又继续说下去。

在以后的日子里，我开始对自己进行训练。我心里很清楚，我是人类历史上第一位"重生"的人，我有比别人多一倍的时间去学习，研究。

第一个工作是大脑机能的恢复。我在飞船上的图书馆里练习以前的各项技能，效果之好超出我的预想。这大大鼓舞了我的斗志。于是，接下来我开始研究天文学。这个选择肯定是由于环境的影响，是那些星星对我的影响。在学习的间隙，我不断地练习说话，不久就恢复如初了。

过了大概一个月，我发现飞船已经飞过了小行星带，正向木星轨道飞去。我庆幸自己躲过了灾难。当时我多幼稚啊！虽然已经活了60多年，我还是那么笨。我为什么没有死？你能告诉我吗？为什么？

她抚弄着他的头发，叹了一口气。

我说过，飞船一直在减速。我详细研究了各种数据，发现我和这艘飞船将成为木星的卫星。知道了这事以后，我像一位身患不治之症的病人了解了真相一样，心情出奇的平静。飞船上的食品很充足，水的循环系统也很好用，氧气也不缺。于是我心满意足地看着自己走向坟墓。

又过了将近一年，我到了木星，并如我所愿，真的成了一颗卫星，朱比特的侍臣。我不知道他对我是否满意。

他又停了下来，脸上全是汗珠。

在此期间，有个问题一直困扰着我。那就是我总是无法完全地集中精力，总是被某些记忆中的幻象所干扰。开始我以为这是那迷幻剂的副作用，就停服了几天。可药理反应大得吓人。我经常毫无道理地昏迷，而且那种心猿意马的情形并没减轻。后来我又吸上了。

渐渐地，我发现了"重生"的伟大之处。它的价值并不在于让你有充足的时间与精力研究科学。不，不在此处。它最重要的作用是使你能认清自己。

科学是可以积累的。你一生下来，科学就已经存在了，你要做的只是继承下来，再添砖加瓦而已。无论你做了多少，科学本身总会前进的。

而一个人要认清自己，却是从零开始的。没有人能告诉你一个"正确"的道理。别相信那些哲学家的话，他们只是在那儿高谈阔论，你会一会儿同意这个，一会儿赞成那个，等到你开始有点明白的时候，大限已到。于是你便撒手人寰。这就是为什么我们的科技如此发达，可我们仍然无法共处。大家互相猜疑，你争我夺，以至刀兵相见。但如果人类的寿命延长了一倍，会对这世界有什么看法呢？

想到这一点，我把天文学扔到了一边，开始回忆我的一生。我不断地回忆，尽力挖掘每个记忆的角落，那些面容、声音、气味、感觉，那些故事。我把它们分门别类，仔细分析，希望能发现真正的真理。

反正我有的是时间。

他咳嗽着，喘不过气来。她抚慰着他，使他逐渐平静下来。我失败了，他对她说。

我什么东西也没找到。几年过去了，我那"伟大"的研究陷于停顿。缺了什么，我感到有什么东西没考虑进去。我整日在这窗前看着这星空。木星的那大红斑也看着我，它像只眼睛，对不对？

对。她眼中含着泪花。

一天，有颗小行星从飞船边掠过，吓了我一跳。我看到它慢慢旋转着，闪着光，慢慢地飞远。那景象几乎使我落下泪来。你能体会吗？不，你不会的，你们所有的人都不能体会那种面对造物的无可奈何。你们已被那些人类的奇迹迷住了。你们藐视宇宙，自视强大。可你们只不过是……我无法比喻，你们在宇宙眼中，可以看作不存在！

他又一次喘不过气来，愤怒使他的脸涨得通红。

那小行星的运气很糟，它被木星的引力粗暴地拉了过去，向那风暴的世界直坠下去。

我眼睁睁地看着它一点点下降。它在我的视野中越来越小，渐渐消失在耀眼的木星表面。我知道它还在下降，但看不见。过了一会儿，在那个方向出现了一团明亮的闪光。它在木星的高层大气中翻滚，燃烧，爆炸，直至最后与它融为一体。

我被这美丽而残酷的景象惊呆了。在那死亡的光芒照耀下，我如同古代的禅师一般顿悟了。

在飞船内，在外面的茫茫太空中，在我浑身的每个细胞里，都荡漾着一种沉静的激流。我沐浴在温柔的光芒里。这种温柔，这种使人落泪的放松，我从未体验过。它使你完全溶解掉。它比死还虚无，比岩石还实在。我笑了，脸上挂着泪珠。

他的泪水在她身上流淌。他们都沉默着，谁也不肯打破这静默。窗外是无尽的星空。

这是我最后的泪水，他说，我就要死了。

听了这话，她也哭了。你怎么会死？

我不知道，他勉强微笑了一下，也许是药物的问题，也许是LSD毁了我，也许……他犹豫着，我的生命已经完成了。

她紧搂着他，失声痛哭，她不愿他死。他应该活着，他必须活着。

他对她笑。我能感到生命正在飘走。在过去的几个小时里，我一直在迅速衰老。你看，他把她的手按在自己胸口，那心跳声多么苍老。尽管我恢复了青春，可难免一死。谁都不能避免。我们一生下来就是为了走向死亡。只有它，只有死亡，才能使生命美丽无比。

她还在哭。

他轻抚着她的脸。你爱我吗？

她看着他，轻轻地摇了摇头。我只是感到悲伤。

我曾经听到过夏夜的声音，他说，就像是无数人在遥远的空中大笑。也许在以前，在没有人类、没有生命，甚至没有这么多星星的时候，他们就在那高不可测的天上笑着。

他口中忽然涌出鲜血，被呛得咳嗽起来。她疯了似的搂住他，一句话也说不出来。

你的身体真暖和，他的声音又弱又低。知道吗？那颗小行星坠毁的时候，我忘记了所有的东西，所有的定理和公式。我被迷住了。那时我才发现，我一生所追求的东西在这一生中被忽略了。

别说话，静静地休息会儿。她试图安慰他。

让我看着星星。他请求道。

他们依偎在窗前，看着外面那满天的繁星。她感到他的身体软软的，热气正在消散。她哭出声儿来。

别哭。

她停住了。这是我最后的泪水，她说，以后我再也不哭了。

他们看着星空。看着，一言不发。

那些尘土。

她抱着他逐渐冰冷的身体。她吻了他。

救援队到达时，飞船里只有她一人。她趴在那巨大的窗户前，看着外面。

喂，你还活着吗？

是的，她头也不回，我活着。

是你发出的求救信号？

不，是他。她还看着外面。

他们也凑上来看。

什么也没有，只是些星星和那张着大眼的木星。

他们看不见。他们是瞎子，是聋子，是白痴。他们看不见正向木星坠去的那个人，他们听不见他的笑声，他们不理解他的话。

她目送着他消失在那耀眼的木星表面。

她等着。

没有闪光。他太小了，和那小行星相比太小了。他激不起什么反应。

一切都归于沉寂。

永恒的繁星，永恒的忧郁。

走吧，他们嚷着。

她怀着强烈的厌恶转过身来，神情冷漠、高傲。

走吧，他们催促着。

等一下。她弯下腰，拾起那朵干枯的花，无名的花。

这是我所有的财产，她说。

半星

"历史的作用在于未来。"考古学家坐在我对面，炉火将他左脸的合金护板照得亮晶晶的。

"那现在呢？"我心不在焉地答道，猛吸了一大口雪茄。

"谁控制现在就控制过去。这是史书里的原话。"

"我宁愿你能把花在古籍上的时间花在半星的资料上。"我缓缓吐出口中的烟。

考古学家有些畏缩，干笑着说："我已经看过好几遍了。半星的资料实在是很少，连克林冈人都一头雾水。"

说话间，地面突然震动起来，房间内的东西被晃得哗啦哗啦直响。隔壁房间不知谁的头咚地撞到墙上，伴随着女人的尖叫。"当初就该把她扔到太空里去。"考古学家紧紧抱住椅背叫着。从发现那个偷渡的女孩起，他就不断在我耳边唠叨，说很久很久以前，曾经有那么一艘运送救生物资的飞船，为了及时将货物运到，将一个偷渡的女孩扔进了太空。我可不愿意这么干。女孩长得不赖，让她在太空中变成一个肿胀的大号香肠，可不是什么好事。

震动停止了。停留在轨道上的母船发来简报，我以为这又是一次常规的地震——着陆后这30来个小时，我们已经历了多次——可我错了。简报上说，一艘飞船在距离切面几百公里的地方坠毁，引发了此次地震，建议我们前去查看。我有些不相信，这就好比将一粒芝麻扔到墙上，还引发了墙面震动。

可这是母船的结论，克林冈的科技，我又能说什么呢？

半星是个谜。

没人知道它是如何形成的，也没人知道它为什么能存留至今。人们甚至连它的年龄都无法确定，克林冈人曾经在这里进行过多次考察，即使是同一地点，每次测得的样品年龄都不一样。在星球上还有令人恐怖的反重力漩涡，它经过的地方，能穿透无限空间的万有引力会突然消失不见，卷起漫天的碎石，径直飞入高空中，要经过很长时间才会重新落回地面。它有浓密的大气，但其成分完全无法确定，众多元素冷笑着轮番登场，时而清新舒适，时而剧毒无比。这个星球似乎总在不断变化，将自己的真实面貌隐藏在重重迷雾之中。

起初，人们认为这种变化有一定的周期律，但据记载，在长达1000年的测定之后，他们放弃了。伟大的克林冈天文学家拉克赫的名言传诵千古："你永远无法预测，无理数的下一位是什么。半星，就是宇宙中的无理数。"

但这些都不是半星最出名的地方，毕竟岩石年龄、大气成分之类，只有专业人士感兴趣。半星最为人所知的，也是它名字的由来，在于它奇怪的形状：它是半个星球。

在很久很久以前，某种力量将这个星球从中间剖开，一分为二。另一半星体在哪儿，一直没有定论。有人说炸碎了，有人说飞入宇宙深处了，还有人语焉不详地说和留下的这一半"融合"了。

虽然这个星球违反了所有已知的规律，让人们摸不到头脑，但它一直很安静，在浩瀚宇宙的一角静静地待着。因此，随着时间的推移，人们逐渐将它视为一处奇怪但无害的地方。宇宙时代的开创者克林冈人将此处划为禁区，然后就不去管它了。它在人们的记忆中沉睡了上万年，直到100年前，一群亡命之徒才重新发现这个地方。

各路冒险家蜂拥而来，希望在这神秘的地方发现什么。可几十年的考察过去，人们同万年前的克林冈人一样，毫无头绪，只能无奈地看着这奇怪的星球。半星引发的热潮逐渐冷却，倒是给了落后的太阳系一个机会。太阳系联合宇宙探险协会终于从克林冈人那里申请到了前往半星的航行许可，希望能成为首个揭开半星秘密的文明。

所以如果说我带领的这支考察队肩负着整个太阳系的期望，也不为过。考古学家对此有不同看法，他认为此次考察的重点是此前探险者们的遗迹，而不是幻想完成什么连克林冈人都没法做到的事。就在我们出发去飞船失事地的路上，他还不停地在我耳边唠叨那些古老的探险故事，说什么霍加人曾经发现了一处超新星遗迹，正是当初照亮了伯利恒天空的那颗。为了摆脱他的唠叨，我向母船询问失事飞船的最新情况。让我有些意外的是，船长斯塔赫直接回答了我，而不是平时干巴巴的电脑。他说那艘飞船没有任何幸存者的迹象，现在已经确定，那是艘蓬拉卡人的飞船。

蓬拉卡人？据我所知，他们早在30年前就不再关注半星了，怎么会出现在这里？我请求船长再次确认。"我们已经反复确认过了。失事救援是一级优先。"斯塔赫的声音很冷淡。

我没再说什么。斯塔赫是个克林冈人。其实，已知宇宙中，所有的恒星际飞船的船长，都是克林冈人。只有他们懂得使用超光速飞行的技术，也只有他们拥有使用这一技术必不可少的原料：沙丘香料。

考古学家在一旁恨恨地看着我，仿佛在说：叫你多嘴。

气动飞船在广袤的大地上急速飞行。半星的一年就是一天，存留的半球笼罩在永恒的黑夜之中。我关掉了座位上的灯，透过舷窗望向外面的夜空。太阳系，我的家乡火星，都在我们的脚下，星球的另一面。现在头顶的星空，是更深邃、更未知的空间，其中大部分星系连克林冈人都没有去过。有几颗比较明亮的卫星，等距离分布在空中，以极其缓慢的速度移动着，它们是以前的探险者留下的监测卫星。如果不是舱内的光线仍然很强，我还能看到许多更小的探测器，记载着无数人的雄心壮志及幻灭。

飞船正经过慢海上空。这里剧毒的海水具有令人惊讶的表面张力，黏稠无比，一个浪头可以持续10分钟才会回落。考古学家在犹豫了半天之后，终于鼓起勇气，向我靠过来："我有个请求，能不能在过了慢海后停一下？"

"失事救援是一级优先。"我干巴巴地答道，希望这时斯塔赫正在听。

"从地图上看，那里有个遗迹，是一万年前克林冈人留下的，前不久刚被发现。我想去看看。"

我摇摇头："我们没时间等你。"

"不用等！"他急切地说道，"你们把我扔那儿就行了。我带上一个单位的补给品，可以待上10个小时，那时你们应该已经回来了。实在不行，营地那里还有备用飞船可以接我。"

"你想得还挺周全。可为什么我们要这么费劲，就为了满足你个人的好奇心？"

我还从未见过考古学家如此激动。他满脸通红，眼中泪光闪动，声音嘶哑："这是星际文明萌芽时代的遗迹！是伟大的克林冈人宇宙大发现时代的遗迹！还没有人对这里进行过考古研究！连克林冈人自己对此都没有详细的记载！"

我叹了口气："好吧，我们会在遗迹那里把你放下。毕竟我们的任务是一级优先的救援，你不在影响也不大。"

斯塔赫得知这个消息后表示反对，认为这是没事找事，耽误时间。我不得不提醒他，我作为考察队队长，对如何安排队员行动有最后的决定权，这才让他暂时闭上了嘴。

当克林冈遗迹出现在视野中时，我觉得地图是不是出了什么错。在一块不大的地方，散布着几个低矮的土丘，仿佛原始人的窝棚，没有克林冈人标志性的三角标记，也没有我们经常在电影中看到的那面能挡住野蛮人的围墙。考古学家也很意外，但仍然坚持要去考察。

在斯塔赫的不断催促下，我们匆匆将考古学家放在遗迹中间的空地上。离开的时候，我只来得及看到他有些茫然地望着身边的土丘，飞船探照灯的光在他身上掠过。有那么一瞬间，我觉得自己看到他身边还有一个身影，当然这是不可能的，半星上没有本地生物。考古学家很快消失在黑暗中，我们继续向飞船失事地前进。

"你们走吧！这里就是我的家。"考古学家在无线电中感慨万千，"想想吧，克林冈人当初建立这个营地的时候，整个宇宙还笼罩在黑暗之中，我们的祖先还是一群茹毛饮血的动物。"

"我建议你少发些感慨，尽快完成你要做的事。"我提醒他。

没飞出多远，留守在营地的考察队副队长报告说，一艘永冬星人的飞船已经进入环绕轨道，似乎有意在半星上着陆。这可真热闹，30个小时内，来自三个不同文明的飞船先后到访半星，这可不是件寻常事。我当即向母船上的斯塔赫求证，他淡然地表示超空间窗口在10分钟前确实打开过，也确实有一艘飞船进入了半星轨道。

"他们想干什么？这个时段的半星考察是太阳系独占的！"我有些不高兴。

"我不知道，相关信息并未公开。"斯塔赫顿了顿，"我只是个开飞船的。"

隐藏的危机让我没有理会他话语中的怨气。莲拉卡人和永冬星人之间的争斗已经延续了数百年，有时会发展到非常残酷的地步。如果他们想在半星上来一次快意恩仇，难保我们不被炮火波及。

我还想质问一下，但忍住了。他在母船上，监视着所有进出半星的超空间窗口，任何飞船的来去都很容易发现。可首先向我报告的是地面营地的人，而不是他。这里面是不是有什么事？我相信此前的争论不会影响斯塔赫的责任感，克林冈人的信用和负责，在整个已知宇宙内都是顶呱呱的。他没有主动向我报告，一定是有某个不便明说的原因。

已经发生的事我可以暂不追究，但是，将要发生的事，我必须弄明白。我要求斯塔赫接通这艘永冬星人飞船。几分钟后，蓝色皮肤的永冬星人的影像出现在通话器中。对方彬彬有礼地向"来自太阳系的伟大考察队"问好，表示自己是因为紧急避险而进行空间跳跃的，不会打扰我们的工作，更不会抢占半星考察的时段。

我不理解的是，宇宙中的星球数以亿计，他们为什么偏偏会跳跃到半星这里来？永冬星人说自己也不知道，这一切，很显然，都是负责星际航行的克林冈人干的。

"你们会在半星上着陆吗？"我问。

永冬星人沉吟了一下："半星的管理权是归属克林冈人的，是吧？"

"没错。"斯塔赫突然插了进来，语气相当中立客观。

"如果我们需要着陆，会向克林冈人申请的。"永冬星人随后结束了通话。

"这下好了，这些蓝血人肯定不会再和我们通话了。"江枫在我身边笑道。我让副队长监视这艘永冬星飞船，如有异动随时报告。

留在克林冈遗迹的考古学家一直在往气动飞船上发信息，有照片，有视频，还用掩饰不住的兴奋语调做的点评。在继续前往蓬拉卡飞船失事地的路上，我花了十分钟翻看这些信息，然后接通了考古学家的频道。

我首先听到的是一阵含混不清的嘟囔，随后是一声轻微的叹息，从画面上看，考古学家正在努力阅读一块石板上的铭文。"你能看懂吗？"见他这么认真，我有些好奇。

"不能。这些文字不是克林冈文，也不是我们已知的古克林冈文。我怀疑这是一种象形文字，比较原始。"他有些气喘吁吁。

我平静地向他指出：第一，没有哪个达到星际航行水平的文明，会带着石板这样的东西，更不会在上面刻上自己的丰功伟绩。第二，既然石板上的文字不是克林冈文，那就说明这些石板不是克林冈人的，而属于某个我们不知道的文明。

考古学家对我的外行分析嗤之以鼻，强调克林冈人是首批来到半星的智慧生物，这些石碑就是他们的，我们无法理解是因为我们研究得还不够。

其实我没想插手他的研究，我只是抱有一种逗他玩的阴暗心理。

半星的大部分都相当平坦，只是快到断面的地方，地势陡然上升，竖起许多奇形怪状的山峰。气动飞船提升了高度，但仍然比不少山峰要低。我们在这些突兀的群山间穿行，恍若飞行在克林冈城市中那些林立的高塔之间。

失事的蓬拉卡飞船位于群山间一处不大的空地上，已断为两截，周围散布着许多碎片。可以看出，驾驶员成功地避免了飞船与山峰直接相撞，尽了最大努力迫降。可惜的是，他们下降的速度还是太快了一些。我们先绕着失事地飞了一圈，没有发现什么异常，也没有任何生还者的迹象，便在距离蓬拉卡飞船不远处的一小块空地上着陆。江枫带领的三人先遣队早就等得不耐烦了，不一会儿就走出舱门，来到蓬拉卡飞船前。

"没有任何生命迹象。"江枫报告说。他其实是在等我的进一步指令，生命扫描的结果就显示在我面前，他不说我也知道。问题是，这样一艘先进的飞船，就算是失事了，怎么会一个人都没有活下来呢？

"进舱搜索。"我说。

失事飞船内空无一人。江枫沿着狼藉的通道一直走到驾驶舱，才发现了死去的克林冈人驾驶员，旁边的地上，是个被压扁的蓬拉卡人，他们是甲壳生物，被压扁了，就是那么一摊。这时，在轨道上的斯塔赫发话了，要江枫检查货舱。这可不是一个救援行动最优先的选择，根据宇航管理局传来的资料，坠毁的蓬拉卡飞船上共载有14人，如今尚有12人下落不明，怎么能先去看货物呢？斯塔赫异常坚决，即使我再次提醒他我才是考察队队长，他仍然固执己见，并援引宇航救援特别条款说，在非常情况下，为了航行安全，克林冈驾驶员有权直接指挥救援行动。我用尽量和缓的语气反驳说："蓬拉卡飞船不是在太空中遇险，而是已经坠毁，不存在什么航行安全问题。"

克林冈人没理我。我正想表示下愤怒，突然觉得有些不对劲。

外面，高耸的山峰上，一道强烈的电弧静静划开了夜空。接着，一道接一道的闪电在我们头顶划过，在山尖之间往来跳跃，犹如玩闹的精灵。每次闪电亮起，在短暂的光芒照射下，周围的山壁显现出不真实的白色，有时，远方的山峰还会投下长长的阴影。闪电消失后，一切又都恢复到以往那种静默的黑暗之中。

这是半星上的电磁风暴，它隔断了所有的无线通信。我一瞬间觉得手脚冰凉，感觉自己像是被放在微波炉里，开关已打开，嗒嗒地转动着，强大的能量正在周围汇集，马上就会将我烤个透熟。在半星的探险史上，被电磁风暴杀死的冒险者数量高居第二位，这不仅是因为它恐怖的力量，更在于它根本无法预测。气动飞船的驾驶员张大了嘴巴，呆呆地看着我，仿佛在等待救命的办法。没法子，向你们各自的神灵祷告吧！

很快，一道巨大的电弧从天而降，朝着蓬拉卡飞船直劈下去。几乎在同时，突然间，飞船发出了耀目的光芒。有那么一瞬间，我以为它马上就要爆炸了，可没有，它仍然很安全地待在那里。一个透明的圆球慢慢扩张开来，球面闪着奇异的光，色彩流动。圆球越来越大，逐渐将我们的气动飞船也包裹住，然后，停下了。透过圆球，我看到头顶的空中，闪电四处飞射，击打在山尖上、球面上，但根本进不到球体内部。

我们被一个巨大的保护罩保护着。

电磁风暴持续了半个小时。起初我们很紧张，但随着时间的推移，我们发现自己在保护罩内相当安全，心情就放松下来，甚至开始饶有兴致地欣赏空中壮观的电弧放射。当周围平静下来后，我试着和轨道上的斯塔赫联系，仍然联系不上，保护罩在隔绝了闪电的同时，也隔绝了我们同外界的无线电联系。

气动飞船的舱门突然咚咚咚响起来。是幸存的蓬拉卡人在呼救吗？我马上否定了自己的胡思乱想，从舷窗可以看到，江枫一行人正站在舱门外。

他见到我的第一句就是："我们同外界的通信恢复了吗？"

"没有，飞船那里发生了什么？"

"我们在货舱里发现了一些东西，你还是自己去看看吧！而且……"他犹豫了一下，"最好不要让克林冈人知道。"

这是个非常奇怪的请求，为什么要瞒着克林冈人？我再三追问，他们仍然不松口，闪烁其词。我穿好户外装备，准备和他们一起前往蓬拉卡飞船。

斯塔赫的声音忽然从通话器中传出，急切地询问电磁风暴造成了什么损害。不知什么时候，保护罩已经消失了。我轻描淡写地说，电磁风暴已经过去了，我们都很安全，将和先遣队一起去失事飞船进一步搜索幸存者。

斯塔赫停顿了一会儿，可能在想我们怎么会在这样一场电磁风暴中活下来。"你们去过货舱了吗？发现了什么没有？"他问。

我正琢磨怎么回答，江枫抢先说："没来得及，电磁风暴一出现，我们就躲了起来，然后就回来了。"

斯塔赫没再说什么。我匆匆在纸上写下几个字，交给留守在气动飞船里的驾驶员，然后和江枫三人一起走向蓬拉卡飞船。"瞒着克林冈人，我可是为你们冒了很大风险。"我边走边说。江枫他们立刻停下了脚步，紧张地看着我。我笑了："别紧张，我们的对话斯塔赫是监听不到的，我们的驾驶员这会正在和他解释呢，电磁风暴损坏一些设备什么的，很正常。"

蓬拉卡飞船舱内居然有了照明，看来先遣队恢复了部分能源。江枫带着我们径直走到货舱，让我先进去。

舱内全是死去的蓬拉卡人。他们挤成一堆，节肢纠缠在一起，似乎十分痛苦。"全在这里了？"我问。

"对，12个。"江枫走到尸体堆前，"他们在飞船失事前就死了，被毒死的。"

"谁干的？"

"克林冈人。"一个陌生的声音说道。我惊讶地看向货舱的深处，一个矮小的蓬拉卡人从阴影中显现出来。他慢慢走到我面前，用平淡的语调说："当然，他认为自己在做一件伟大的事。还有，我叫马文，很高兴见到你。"

这不是蓬拉卡人，这是个蓬拉卡人模样的机器人。我看看江枫，他冲我点点头。"到底发生了什么事？"我大声问。

马文在我前面的空地上投射出立体影像。那是个活着的蓬拉卡人，身后隐约可见一些挤来挤去的身体。"无论你是什么文明的人，请注意，我接下来说的事，千万不能让克林冈人知道。"影像说，"我们发现了星际航行的秘密，那个被克林冈人垄断了上万年的技术。如果这一技术公开，任何的文明都可以依靠自身的力量实现星际航行，克林冈人的万年帝国就

198

将崩溃。这个秘密就藏在货舱内，是我们蓬拉卡人，还有许多许多其他文明的人，共同获得的。所有那些在克林冈人控制下的文明，为了获得这个秘密，付出了数千年的努力。"

影像身后传来惨叫声。"可是，我们的克林冈人驾驶员发现了我们的目的，准备杀死我们。好在我们已经破坏了飞船的超空间系统，他已经跑不出去了。我们即将坠毁在半星上。而你……"在昏暗的光线下，影像举起节肢指向我，"不要浪费这个机会。"

录像结束了。我想了一会儿，转向机器人："那个东西在哪里？"马文叹了口气，转身向货舱深处走去，我们跟在后面，全都沉默不语。马文走到货柜前，打开门，拉出支架。

那是个一米见方的箱子，通体银白色，光滑，毫无纹饰，仅在正上方有个小孔，很浅。我上前摆弄了几下，不得要领。"这东西怎么打开？"

"它只有在半星的断面处才能打开。"马文说，"当然，还有一系列非常专业复杂、只有我才能实施的程序。"

"你是说我们要把它带到断面去？"江枫惊道。

机器人的声音带了一些不耐烦："当然，要不我们干吗要冒着被克林冈驾驶员发现的危险，大老远跑来半星？"

"大老远跑来半星的可不止你们蓬拉卡人……"我突然停住了，心中一惊，事情可能并不简单。我们以最快的速度将机器人和箱子带回了气动飞船。没想到，留守的驾驶员告诉我们，考古学家正在赶来的路上。营地的副队长有些气急败坏地说，营地监测到有反重力漩涡逼近考古学家所在的遗迹，就派出了备用飞船去接他，可他怎么也不肯回营地，非要"面见队长"，说有要事相告，具体什么要事不肯说明。

这可真是有趣。先是两个敌对文明的飞船先后到访半星，然后又是一件接一件神神秘秘的事情。来半星的这段时间，正经考察没干什么，各种奇怪的事倒是层出不穷。更奇怪的是，副队长说，驾驶备用飞船的是那个偷渡的女孩。"你们怎么能让她开呢！"我怒道。

"她一听说考古学家有危险，就自己跑去开走了。我们直到她起飞才发现。"副队长委屈地辩解道，"而且她似乎很熟练。"

我咽下了已经到嘴边的责难。为了应对突发事件，考察队的备用飞船是随时待命的，任何受过训练的人都可以自己进去，开走。本来这全靠队内自觉，可谁能想到一个柔弱的女孩会这么干？我让副队长确认一下永冬星人飞船的位置，然后接通了女孩的频道，让她立刻调头飞回营地。

"哎呀！队长你好啊！你看我这次帮这么大忙，是不是可以让我参加考察啊？"女孩兴奋的声音响遍驾驶舱，仿佛没意识到自己触犯了纪律。

"考察的事以后再说，你先把飞机开回去。"

"不行啊，挖坟的说必须要尽快见到你。他现在就坐在我身边，你要不要和他说几句啊？"通话器中一阵之窸窸窣窣，隐约还有一阵女孩的斥责，然后她又恢复了快乐的声音："队长，他不愿意和你说。反正我们还有半个小时就能到你那里了，到时候你再和他说吧！"

副队长报告说，永冬星人的飞船仍然在距离我们很远的轨道上，并无异动。我这时才算稍稍放下心来，便让马文自己关机，把江枫叫到一边，问他怎么看这件事。"我觉得这是件大事，可是和克林冈人对抗，小心为妙。"他说。

"没问你这个。"我皱了皱眉头，"你觉得这事真的假的？"

江枫一愣："还能有假？那一屋子尸体，那录像，那箱子……"

"那尸体真是克林冈驾驶员毒死的吗？那录像说的就是真的吗？那箱子里是神秘的宝物还是走私品？"

他不作声了，只是看着我。我接着说："我们现在没法验证事情的真相，也许我们是掌握着改变无数文明命运的东西，也许我们只是拿到了一群蓬拉卡走私犯的赃物。弄不好，我们会成为罪犯的帮凶，在整个已知宇宙内被通缉。"

他点了点头，但显然还不完全服气。我又想起一事："那个保护罩怎么回事？是那个宝箱干的？"

"不，是马文启动的，那艘蓬拉卡飞船是全空域级别的，有保护系统。"

"哦……"我喃喃道，"看来没有什么神奇的力量。"

女孩显然对自己的技术过于自信了，她和考古学家用了将近一个小时才到达我们所在的地方。进门的时候，她自来熟地跟我嗨了一声就径自走了进去，然后好奇地围着蓬拉卡机器人看上看下。考古学家皱着眉头，阴着脸跟在后面，连招呼都没打。"发现什么了？"江枫问。

考古学家用奇怪的眼神看了看他，又看了看我，将身上的背包哐地扔到地上，从里面掏出块残缺的石板。"我后来发现，遗迹中也有刻着古克林冈文字的石板，但比较少，而且都是集中放置的。"考古学家的声音有些沙哑，"这些石板的年代同样古老，但文字却全然不同，这让我百思不得其解。直到我发现了这个……"

在灯光下，我可以清楚地看到，残缺的石板上有一段奇怪的文字，但后半段被磨平了，被人重新刻上了古克林冈文。"他们为什么要重新刻？"我问。

考古学家将一组图片投射在空中："这些是克林冈人自己发布的古代石板。你们可以看到，其中有些是正常的，有些则有奇怪的磨平痕迹，而且手法几乎完全相同。很久以来，各种文明的研究者都很奇怪，古克林冈人为什么会有两种石板？他们是怎么安排哪些需要磨平，哪些不用的？克林冈人自己的解释是，那些有磨痕的石板属于贵族。可这不能完全说得通，因为从石板上记载的内容看，两种石板没有明显的区分，甚至还有部分未磨的石板记载着古克林冈皇室的私事。更重要的是，所有带磨痕的石板，年代都比较古老。可以想象，随着文明的发展，克林冈人在制作石板上更为精细了。"

女孩对已经关机的机器人失去了兴趣，晃晃悠悠地走到江枫身边，将一只胳膊搭在他肩上。

考古学家的声音没有起伏，但我明显感到他在压抑自己的心情："这是我拍到的遗迹中的陌生文字，这些文字从未在任何一种文献中出现过，没有人知道它的存在。我会将它们公之于众，让人们来解读，总有一天，我们会了解这些文字所记载的东西。然而关于这些石板，这些被磨平的石板……这些石板……"

他突然停住了，仿佛被激动的情绪哽住了喉咙，过了一会儿，他才继续说下去："这些石板最可能的解释是，有一个比克林冈人更古老的文明，但这个文明消失了，克林冈人将他们的石板磨平，刻上自己的文字，当作自己的历史见证。我看到的那片遗迹，很可能就是他们加工石板的地方。"

"可是为什么呢？他们完全可以保留这些石板的原貌，为什么一定要抹去呢？"江枫皱紧了眉头。

考古学家叹了口气，没回答。我开口道："我不是考古的专家，但我可以从常理来判断。抹去文字，抹去一个已有的文明，这种行为，只有一种动机可以解释——恐惧。克林冈人一定是恐惧人们知道这个文明的存在。也许他们曾经奴役过克林冈人，也许他们才是星际航行的真正开拓者，但他们最终在和克林冈人的竞争中失败了，于是他们就失去了一切。"

"队长！"气动飞船驾驶员叫道。雷达屏幕上，三架小型飞机正从平原地区飞来。

它们的身份标识是永冬星。

我下令立即起飞，前往马文指定的半星断面位置。营地报告说，永冬星人的飞船仍然停留在轨道上，他们也不知道这些飞机是什么时候下来的。我愤怒地骂了几句，扔掉了通话器。女孩自告奋勇去开备用飞船，说可以拖住蓝血人一阵子。我认为这太危险了，那些人可能会开火。她冲我嫣然一笑："队长，姐姐我10年前就在小行星带劫道了。"

当我们能看到断面发出的红色幽光的时候，永冬星人的三架飞机也出现在后面的视野中。女孩在通话器中高喊了声什么，调转机头直冲永冬星人的三架飞机。"她还真有点疯劲儿。"江枫笑了，转头问我，"你现在相信箱子的事了？"

"如果来的是克林冈人的飞机，就说明这是一起刑事案件。可现在他们找来了永冬星人，想把这事做成两边仇杀的样子，那显然就是想掩盖什么。"我咧咧嘴，"我现在已经非常好奇了。"

"当然，我还能骗你们不成。我可是依照克林冈人的机器人五定律制造的。"马文把自己固定在驾驶舱顶上，依然语气不屑。

女孩的冲击让永冬星飞机惊慌地向两边避让。她在空中翻了个身，斜着冲向领头的飞机。这时，一架永冬星飞机开火了，没打中。她骂了句脏话，开始做令人目眩的机动，我都不知道这种飞船还能做出如此的动作。不久，另一架飞机也开始攻击，双方纠缠在一起。领头的飞机则对身后发生的事情毫不理睬，全速向我们这边追来。

这时一件谁都没料到的事发生了。

尖牙状的山峰突然抖动起来，分解破碎，石块如倒流的瀑布般向天上飞去，直冲入高空。永冬星的一架飞机被卷入这坚硬的漩涡，瞬间被吞没。我的手开始发抖。反重力漩涡，半星上最可怕的自然现象。"你快回来！"我大叫道。

这话毫无意义。漩涡的移动速度飞快，瞬间就吞没了女孩的备用飞船和另一架永冬星飞机。通话器里没有任何反应，她留下的最后一句话是句脏话。

领头的飞机不顾一切地向前冲着，它几乎成功了，漩涡已经开始转向，距离它越来越远。这时，一块巨大的岩石从漩涡中飞出来，重重地砸到了那架飞机上。它在空中翻了个个儿，直坠入群山中，消失了。

气动飞船缓缓在距离断面几十米的地方降落，我们带着箱子走出舱外。反重力漩涡已经远去，周围一片宁静。马文无精打采地指挥江枫他们将箱子放在地上。我则独自走到断面边缘，向下望去。

半星在这里，如同被刀切一样剖开，整个断面光滑无比，向下延伸，越过星球核心，直达另一边的地表。远远地，我可以看到核心处炙热的光芒，那永不熄灭的熔炉。抬起目光，面前是无穷无尽的星空。我仿佛站在宇宙的悬崖边上，脚下是引力的深渊。

我的选择是正确的吗？

"我要开始启动了。当然，请你们不要乱动，也不要惊慌失措。"马文说着从体内伸出一根操纵杆，插进箱子上方的圆洞里。我们都静静地看着，从深渊中泛出的光将我们每个人都照得红彤彤的。

箱子的表面突然显出纹路，隐隐约约，如同人脸上那若有若无的笑容。考古学家叫了一声："这是石板上的文字！"

接着，箱子打开了，放射出耀目的光芒。强光消去后，一个从未见过的生物出现在我们面前。"感谢这位机器生物给我提供了交流信息。"生物开口道，"你们谁是头儿？"

我明白了，这是立体影像，我上前几步："你是什么人？"

"这不重要。如果你们能召唤我，就应该知道创造我的种族具有什么样的能力，也知道他们后来怎样了。"

"你是那个被克林冈人抹去的文明？"考古学家的声调都变了。

影像的声音仿佛从群星的幕布后面传来："被抹去的那个文明？不错，他们创造了我，但我的存在，已经超越了这一切，这些所谓恩怨，毫无意义。自从我被放入容器，这是第二次被召唤。上次发生在一万年前，那时，整个宇宙还在沉睡。召唤我的人，是你们称为克林冈的种族，后来，他们再也没有召唤我。现在，我站在你们面前……"

它停顿了片刻："选择吧。"

"我们想知道星际航行的秘密。"我说。

"我不知道什么星际航行的秘密，这也不是我要你们做的选择。"影像说，"选择吧。"

我们面面相觑。"怎么回事？"我低声问马文，它也莫名其妙。我又转向影像："你让我们选择什么？"

"这颗星球，是这个宇宙中唯一通向其他宇宙的通道，它只被开启过一次，结果就是星球被一切两半，另一半被永远留在了另一个宇宙中。如果这通道再被打开，其他宇宙将会和这里联通，你们将能够往来多重宇宙。同时，你们对这一切的认识都将改变，你们的科学理论在那些宇宙都不适用，你们需要付出巨大的努力去认识无穷多的宇宙，你们也将迎接许多以前想不到的挑战。上次，克林冈人选择了不开启，选择让我永久沉睡。你们的选择是什么？"

"其他宇宙？是什么样的？"我问。

影像没有回答，而是转身面向深渊那边的星空。突然间，一片大地出现在断面处的虚空中，有山有水，有丛林飞鸟。接着，这些消失了，大地上长出许多细长的石柱，直冲天际，石柱间，闪着光的飞行器往来穿梭。很快，幻景又变成了滔天的巨浪，巨大的动物从海水中拱起，又沉入水中。幻景变化得越来越快，很快就到了令人眼花缭乱的地步。最后，影像关闭了幻景，转过身来。"其他的宇宙，就是许多你现在无法想象的宇宙。"他用一成不变的语气说，"选择吧。"

我想了想，开口道："斯塔赫，斯塔赫，你能听到吗？"

"是的。"自从电磁风暴后的交谈到现在，这是他第一次在通话器中说话。

"你们当初为什么没有选择开启通道？"

"我也不知道。也许我们的一些高层人士知道这件事，也许这事已经湮没在历史之中了。"斯塔赫听起来很平静，"我所得到的信息是，这些蓬拉卡人偷走了我们克林冈人最重要的圣物，要我配合永冬星人把它抢回来。"

"其实，你们一直在撒谎。"考古学家突然说。我惊讶地看了他一眼。

"历史是由胜利者创造的。但是，即使是胜利者，随着时间的流转，他们的后代也会忘记最初的事实，甚至忘记了自己先祖曾经掩盖事实这一事实。如果你说这叫撒谎，它不符合任何语言中撒谎的定义。你可以叫它无知。"

我打断了他们的争论："那么斯塔赫，现在你是我们唯一能联系上的克林冈人。已知宇宙内的秩序，是你们建立的，你们也曾经面对这样的选择。现在你来告诉我，该怎么选择？"

"不开启。"斯塔赫的回答很干脆。

考古学家上前一步："队长，我们本来有机会在一万年前就和其他宇宙交流。我们的文明，其他的文明，我们的宇宙，本可以有个完全不同的一万年。可这一切，都被克林冈人的谎言掩盖了，他们得以当了一万年的秩序维护者。现在，你可以改变这一切，还给我们应有的未来。"

"想想那女孩！想想死去的蓬拉卡人！"江枫激动地喊道。

我没答话，而是走向深渊边缘，再次望向无穷无尽的星空。血液在我体内平缓地沸腾着，思绪在我脑中燃烧。

我的选择是正确的吗？

我转过身，告诉了影像我的决定。

"如您所愿。"影像说。

星球的故事

队长回到基地时，天已近黄昏，见到李松坐在山头上悠闲地吹起笛子。风在山谷间呜咽回旋，好像应和着这经过上万光年长途跋涉的旋律。这位在地球上小有名气的音乐家费了不少劲，才得到机会在两星期前来到鬼星，只是希望能找到新的灵感。队长起初不乐意，不过很快就发现他的演奏对全队的情绪有奇妙的净化作用，多少算是意外之喜吧。

队长走进基地，把自怨自怜的夕阳、风声、笛声统统关在门外。"有什么进展吗？"他问。

基地电脑"草莓"从自己秘密的游戏中醒来。"没有。"它响亮的声音在房间中回荡。

他轻轻叹了口气。到这个星球已两年了，始终未能解开那个谜。服务车兴高采烈地托着水杯在他身边转来转去，试图引起他的注意。"其他人呢？"

"他们在7号遗迹发现了一块石碑，正在研究呢。"

"还是老样子的吗？"

"是的。和我们以前发现的一样，但比较完整。"

他端起杯子，一边望着窗外的朦胧夜色，一边回想那些石碑的样子。在这个星球上有许多文明遗迹，绝大部分都破旧不堪，只能隐约看出原先的模样。他们以前发明的那块石碑，用图画显示出貌似人类的生命如何过着丰足舒适的生活。然而这并不能带给他们更多的信息。法律规定只有查清该星球文明消失的原因，并消除了此原因之后才能向该星球移民。

他咬了咬嘴唇。当初自己费尽心机得到了考察这个星球的权利，就是为了移民。如果他能说服联邦开始向此处移民，仅靠出售土地就能发一大笔财，然后退休。他才37岁，剩下的岁月中他会有足够的金钱去过奢华的生活，也许在地球买上一所房子，也许在著名的卡鲁星整日花天酒地，也许就在这里建一座巨大的宫殿。他会成为这里的富豪，在这新兴的、仙境般的星球颐养天年……

这一切只要一个条件：搞清楚为什么这里的文明会消失。

到底为什么呢？两年了，他仍然一无所获。不过在这段时间里，考察队倒是将鬼星的上上下下好好研究了一番，发现不少有趣的现象……他看到李松晃晃悠悠地走向基地大门。"今晚只能咱们俩一起吃了。"他打开通话器。

"但愿不是烤毛鹿。我真受不了那种味儿。"李松迈进大门，回身查了查是否关好。

电脑发出了拙劣的爽朗型笑声。"你的运气真坏！"队长笑呵呵地说。

第二块鹿肉刚入口，队长还没来得及适应那刺鼻的味道，就听到呼叫器疯狂地响起来。"队长，您最好赶紧到7号遗迹来一下。"

"发生什么事了？"

"我们发现了第二块石碑。"

这石碑已静静伫立了无数岁月。它曾目睹过人们在他周围欢呼庆祝，目睹过情人的幽会，目睹过各种阴谋诡计，然后便孤独了许多年。今夜，在与当初已不尽相同的星空下，他看到几个小东西在不远处忙碌着。它知道他们要找什么，它也知道答案。这答案就在体内沸腾，几乎要喷涌而出，但它明白自己永远无法把这答案讲出来，它注定将永远在这里静静守候着秘密，直到世界末日。

在环绕的残破石柱中间，灯光将地上的大坑照得雪亮，考察队的专家们在研究刚挖掘出来的第二块石碑。这块碑上显示出一个鬼星人在人群中指向天空，周围的人坐在地上随之仰视天穹。"这似乎是个祭祀之类的角色，在教授天象或某种神话。"考古学家用圆润的食指轻扣石碑，"这说明他们的文明似乎还很初级。"众人都默然点头。

李松把目光从鬼星人的面孔上移向说话者，很奇怪为什么大家都看不出来：这个鬼星人显然在预言某件事。他望向四周弥漫的黑暗，古老的建筑在光亮的边缘影影绰绰，又一次感觉自己像在舞台的聚光灯下，周围不可见的观众正屏息静气地等待他们带来惊喜。可是，这场戏到底要演什么呢？

队长显得很高兴，把那石碑翻来覆去看了又看，大声和别人争论它的内容，最后宣布今晚在遗迹休息，明天继续发掘。队员们兴奋地交谈着，在石碑边走来走去，直到深夜队长关上大灯，让星光重新充满这里的空间。

李松从梦中醒来，外面依然夜色沉沉，在机器轻微的颤音中有一种奇怪的声响。起初他还以为是谁在打呼噜，不过马上发现这声音来自外面。他穿上衣服，走出门外。石碑黑乎乎地立在圆柱中央，像狡诈的罪犯，仿佛在说：我已经招供了，你们这些笨蛋还是不知道真相。

声音来自远方，在遗迹外面无边的黑暗世界中。他打开衣服上的照路灯，慢慢向那个方向走去。

银河比地球上看起来亮，美得让人只有叹气的份儿。旋律在他脑海中激荡，每一步都仿佛踩在琴弦上。扬起手，群星随之轻声吟唱；抬起头，号角从四面八方一起鸣响。空气清凉，带有淡淡的青草味。他走出遗迹，缓缓走上不远处的山坡，在明亮的星光下望向面前的原野。

一瞬间他以为这是海。宽广的原野上，无数动物在夜色中缓缓向远处行进。它们的行动井井有条，像古代夜行的大军，没有嘶吼，没有冲突，只是目的明确地前进。无数脊背在星光下起起伏伏，几乎让他错认为是海浪。那声音就是这迁徙的大河流过原野时发出的。这队伍一眼望不到头，就那么流淌不息。

他在一块石头上坐下，想起考察队常提到的"神秘的迁徙"。鬼星的动物每年都要有一次大规模迁徙，耗时上百天，几乎要跨越半个星球。迁徙的结果是死掉近三分之一，然后在下一年里努力生育再补回来。起初考察队认为这是大自然自动保持"生态"平衡的办法，但后来经过仔细测算发现，鬼星的资源非常丰富，根本没必要这样保持平衡。直到现在他们也不知道这种迁徙的真实动机是什么。

"今年提前了两天。"队长在背后轻声说道。

"全部过去要多长时间？"李松头也不回问。

"20个小时。"队长坐到他身边，"它们的迁徙总共有七条路线，四条在北半球，三条在南半球，都是从低纬度向极地进发。就在我们坐在这里的时候，整个星球的野兽正沿着那些不知什么人安排的道路前进呢。"

队长指向天边："看，那是鸟群。"

从远处飘来一片黑压压的云，蠕动着，缓缓遮住满天星星。"这些鸟能在黑夜中飞行。等到天亮后，你还能见到在白天飞过的鸟群。"

李松叹了口气，无言地看着周围的黑暗更浓了。

迁徙的队伍还在黑暗中走个不停。

迁徙意味着整个星球的衰退。从赤道至极地，所有植物在几星期内将次第凋零，由绿色变成火红，然后死掉。当最后的植物死亡后，迁徙的动物进入冬眠阶段，这颗星球就变得一片死寂，没有任何生命迹象。冬季的到来没有任何道理，气候依然温暖，水分充足，但生命却义无反顾地从星球表面上消失。冬季要持续大约30到40天，当植物的幼芽开始从各地顶开泥土，冒出绿芽时，那些动物会结束冬眠，再次踏上迁徙的路程——这次是往回走。

挖掘工作进展还算顺利，又找到三块石碑。其中一块刻有文字，这些文字分成七段，长短不一，全队的人都围在这块碑旁七嘴八舌地争论。李松对考古一窍不通，只能跟在大家身后瞅着石碑发呆。这些像水波一样的文字到底要向后来者传达什么样的信息？当初刻下这些的生命现在在何方？每个人都在心中反复追问那已问过无数遍的问题：在这颗星球上到底发生了什么事？

和暖的风掠过残破的废墟，带来远方植物种子的气息，那厚实微甜的气味令人昏昏欲睡，大家都努力睁大自己的眼睛。"我想可能应该有七块……不，加上文字碑应该有八块石碑！"队中的考古学者轻轻说道，"每段文字都对应一块带图案的石碑。有七段，就应该有七块带图案的石碑。现在……"

"现在我们有四块，还少三块。"队长总结式地喃喃道。

大家都默然点头。

根据已发掘出的石碑，人们知道死去的文明曾建造了高大的建筑和辉煌的城市，但没有任何电子、宇航技术的记载。这倒是符合考察队的推测：自从来到这里，他们从未找到过类似电子设备或航空器的物体，哪怕一块电池都没有。整个星球上共有14处遗迹，每处都差不多，类似的石柱、类似的雕像、类似的街道、甚至类似的荒草从石缝中钻出随风晃悠不停。虽然不断发现石碑，但它们只是从各个不同侧面反映了那死去文明的风貌，对队长来说毫无用处，这些虽然能为他的回忆录增光添彩，却不能增加他的财富。

几天过去了，他们又找到了一块石碑。这次，石碑上出现了奇特的场面，所有的人齐齐望向空中一个圆点。"有什么事……"考古学者一看就说。仰视者们有大有小，或坐或立，但无一例外地张大了嘴。"他们也许在举行太阳崇拜的仪式。"有人说。考古学者立刻反驳道："任何崇拜仪式都不会允许参与者坐着不起来。当然，这只是依照我们的思维。"

队长暗自摇头，这些学者总爱做出客观的姿态，实际不过是想令自己的话更可信及留出退路而已。他认定这便是找到文明消亡原因的钥匙。许多年前，在那个嘈杂的时代，这颗尚还拥挤的星球发生了一件事，毁灭了鬼星当时的主宰。那圆点可能是颗小行星或彗星什么的，撞在某处，引发了全球性的灾难。一定如此，一定如此！他不禁有些激动，这一切的根源终于逐渐显露出来，通过无声的石碑向他娓娓诉说悲伤的往事。

找到其他石碑只是时间问题，且最多是证实自己的猜测而已。现在首要的是确定这场灾难的时间、撞击点，以及最重要的，今后还是否会有类似事件发生。短暂的沉迷过后，队长恢复了往日积极进取的心态，开始考虑如何实施。

"秃头"被熏醒，张开它布满血丝的眼睛四处看了看。又有几个家伙在附近排泄来着，弄得臭气四溢。它不满地哼哼了几声，把一只前爪搭在妻子身上，试图继续睡觉。

然而有什么意念在它原始的大脑中回旋，像热天讨厌的飞虫，让它无法安然入睡。它想起家乡和煦的阳光，花粉钻进鼻子里痒痒的甜甜的，泛着波光的宁静的小河，它和妻子初次相遇的草原……对家乡的思念越来越强烈。它开始一下一下舔着妻子的脖子，对方从睡梦中发出舒服的哼声。

不一会儿，它不耐烦起来。不对，这样向寒冷的地方走不对，应该回去，应该回到温暖美丽的家乡去。它站起来，双眼在黑暗中发出兴奋的绿光。在它面前，整个迁徙的部落正在夜色中休息，明天一早，它们将继续向北方前进。然而"秃头"现在有别的想法。它爬上高处的岩石，望向南方——黑压压的身躯一直延伸到天边。

星星快速闪动着，诱惑着它已然不安宁的心。它昂头叫了一声，声波迅速散失在空旷的大地上。整个群落还没有从沉睡中醒来。然而，归家的激情已令"秃头"不能自已，它在高高的石头上跳起家乡的舞蹈，上蹿下跳，追逐自己的尾巴，间或停下来冲伙伴们叫一声。几只鬼星狼被吵醒，惊讶地看到它着魔般在星光下疯狂舞蹈。它的动作似曾相识，仿佛是它们在那温暖的家乡经常跳的舞蹈，但更快、更夸张。这种熟悉又有些陌生的动作让它们兴奋起来，原始的激情激励它们加入莫名的舞蹈中，一起跳着、叫着。

当太阳升起的时候，整个原野已经沸腾起来。

为了找到其他石碑，队长领着众人在大坑小坑遍布的废墟拼命挖着。

他们用探测器找到有物体的位置，然后挖开，但都是些石柱碎片或形貌古怪的石像。为了不漏掉一处，他们推倒了在废墟入口处的石像，将它打得粉碎，希望能找到线索，然而一无所获。

李松吃过午饭，百无聊赖地信步在废墟中。这些天的劳累令他脑子木木的，好像被谁抽走了灵感。几天来，没有任何旋律出现在他脑中，这对于他是不可想象的，多少年来，他从未像现在这样离音乐如此遥远。破碎的石像只剩下半张脸，在尘土中凝视着他。他蹲下拿起这破碎的脸，用手指感受它经历千万年风霜的纹路——这只眼睛肯定见过远古的那场灾难。他坐下来，靠着石柱，在想象和困顿中沉沉睡去。

……

夜，他在密不透风的草丛中快速穿行，只能感觉到草叶刮过身体时轻微的撞击。速度太快了，他担心随时会撞上隐藏在草丛后面的什么东西。他想叫，却发不出声音；他想抬起头，却没有一点力量去转动脖子。寂静一片，仿佛整个世界就是由这高大的草丛组成的。

忽然，他冲天而起，将无边的草丛一下子甩到脚下很远很远的地方，满天星星也瞬间从一边转到另一边。接着，他以从未体验过的高速俯冲下来，令人目眩地贴着地面疾速飞行，转过山脚，他看到一个村庄。

仿佛是为了可以看得更清楚，他的速度慢了下来。村庄中伫立着不少黑影，当他接近时发现全是鬼星人。虽然他从未见过他们，但从石碑、雕像等痕迹中多少对他们的体貌特征有所了解。这些人都呆呆立在那里，恍若照片上被定格的人物。他在人群中悠然穿行，看着这些无数岁月前还存在的生命在他身边仰视星空。

他能看到，但他接触不到。

夜空依然黑沉沉。他升到与鬼星人头顶等高的空中，浮在那里环视四周。远处的大山河流静卧在星光下。一片凝固。

瞬间，一道亮光出现在天际，有火的颜色。这天火慢动作般在天空划出细长的轨迹，像是谁用利剑在天穹刻出的火星。很快，他看见巨大的火球自天而降，狠狠撞在这宁静的鬼星。他首先看到天边被火光烧得通红，接着火焰就漫过远处的大山冲过来。有几亿年历史的河流刹那间就被蒸发殆尽，要很久以后这些水分才能重新回到地面。几千度的高温气体一下子冲到他面前，将周围的房屋、人群、作物等全部化为基本粒子。他在火焰中不断上升、上升、上升……忽然，他冲出火团，看见下面的大地一片通红，圆形的火线还在继续扩展，吞噬一切遇到的物体。他越升越高，直到地平线已明显成为一个弧线，火焰就在这弧线上跳舞。

他出神地看着脚下沸腾的世界。这颗星球正在迅速死亡，虽然这次撞击不会完全摧毁文明，但其造成的毁坏却足以使它在今后的日子里走向死亡。幸存的人有足够的时间用石碑记录下发生的故事……

梦境将他踢了出来。

他的眼中全是泪，音乐在脑海中回响。

队长"啪"地一下打开投影仪，把鬼星地图打在墙上。"轨道探测器报告说，几只迁徙队伍都在同一天内同时改变路线，向低纬度地区前进。"他指着图上的几条绿线，"这些是它们现在的路线，而那几条红线是正常迁徙的路线。"

"也许这是个大周期，我们过去两年考察的只是小周期？"一名队员说。

"也许吧，不过你这种说法太依赖假设了。"队长显然并不满意。

李松仔细看着地图上的路线，它们看上去扭来扭去的，不过在曲折中能大致看出个形状。它不是直线，而是弧线，不管怎么走，总是不偏离这条弧线过远。七条路线沿各自的弧线围绕一个中心点转动，考察队称之为"鬼旋"。以往，鬼旋只在大家开玩笑时才会注意到，但现在李松发现这个旋涡中心的地形是那么眼熟。他喝了口水，想闭目养养神。

火球在他眼皮内的空间剧烈爆炸。

"我知道了！"他猛地叫出声来，把大家都吓了一跳。"这是撞击点！这是撞击点！"他冲到墙边用手拍击着鬼旋的中心，"当初小行星撞击鬼星时就撞在这个地方！"

短暂的惊讶过后，人们笑了起来。"这是动物迁徙的路径，虽然表面上看起来是从一点向外辐射，但这和撞击完全是不相干的事。"考古学者乐呵呵地说。队员们都被这个外行提出的富于想象力又十分可爱的明显谬论逗笑了。

队长没有笑。

直觉告诉他，在这个音乐家说出的傻话背后有隐藏已久的真相。他仔细看着那鬼旋的中心，如果当初小行星真的撞击在这里，那这个鬼旋到底意味着什么？整个星球的诡异似乎将马上被破解，内情就在眼前的那层迷雾后面。

李松以惊人的意志力聚集起勇气，在大家都停下来的瞬间，镇定又清晰地说："这颗星球有记忆。它一直记得那场灾难。"

队长感觉一阵晕眩，只能利用仪器支撑自己。这是颗有记忆的星球！一切全明白了：为什么动物每年要迁徙？为什么它们迁徙的路线自撞击点出发？为什么植物也渐渐枯萎？为什么整个星球的生命都在一年时间内死去再活过来一次？为什么……李松说得没错，这颗星球记得一切，它一直在不断重演那场灾难！

这是个疯狂的想法，但看起来那么接近实情。

他想起什么，望向地图上的绿线。它们歪歪扭扭，似乎杂乱无章，但都向一点悄悄推进——基地。

小跳鼠跌跌撞撞地穿过枯枝，寻找最后一点食物。它掉队了，只能毫无目的地在原野上游荡，等待死亡的来临。有声音。它小心地来到悬崖边，向下面望去。

一支队伍浩浩荡荡地从下面经过，有各种各样的动物，有些它根本没见过。它有些不安，这种奇怪的现象到底是祸是福？动物大军的先头部队刚刚经过它所在的山头，开始进入平原。另一头，无穷无尽的动物正从山区的各个角落涌出来。

它害怕了，决定先不露面为好。

这时出现了另外一种声音、一种在它短暂的生命中从未听到过的声音。从天边飞来了一只奇怪的鸟，体形庞大、闪着光，发出巨响。怪鸟在队伍上风盘旋，似乎在观察什么，然后它扔下了什么。

接下来的事情很难描述：震耳欲聋的声音、冲天的火光、剧烈的震动……到处都是火，到处都是热浪。跳鼠被燃烧的枯枝烫得吱吱乱叫，蹦来蹦去，最后终于想到了自己的绝活。

它在几秒钟内打了个洞钻了进去，并一直往下钻，直到精疲力竭。

周围的土壤都热了，不过还算可以忍受。它浑身颤抖，瞪着惊慌的小眼睛四处看。

一切终于过去了。等到外面安静下来，周围也不那么热了以后，它小心翼翼地从洞口探出头来。地面上一片狼藉，很多地方还冒着烟。它试探了几次，终于鼓足勇气冲出洞口，吱吱抱怨着跑到悬崖边。

悬崖下一片乌黑，刚才还活蹦乱跳的动物大军现在变成了一堆黑乎乎、怪模怪样的东西，冒着烟。从平原到山口，全是烧焦的尸体，恶臭冲天。小跳鼠四处看了看，怪鸟不见了。它放心地叫了几声，转身离开这个可怕的地方。

过了一阵儿，动物又从各个角落涌出来。它们看都没看那些烧焦的东西，直接踏过横陈的尸体，继续向平原进发。

总共有三架飞机参与了堵截行动。动物的坚定大大出乎考察队的意料，从探测器得到的资料显示，七支队伍中只有一支停了下来，其他的全都继续前进。另外，有四支鸟类部队正向基地赶来，最快可在13小时后到达。

基地中一片恐慌。全部消灭这些动物是不可能的，也没人敢这么做——这意味着大规模种群灭绝、意味着生态平衡的崩溃。为安全起见，队长宣布撤离地面基地，返回轨道。

考察队慌乱地告别生活了两年的地方，乘小型飞船回到母船，通过望远镜看到了地面基地最后的归宿。

动物大军最后聚集在基地的废墟上，仿佛在举行某种仪式。

"这是宣言。"李松看到后说，"这颗星球现在宣布我们为不受欢迎的人。"

"住口！别用你那套鬼怪故事……"一名队员脱口而出。

"那你怎么解释这一切？"李松看着对方。

考察队长黯然望着屏幕上的景象。他曾经的梦想在这固执的星球面前灰飞烟灭，连可以炫耀的石碑也没有找全。那些财富、那些声望、那些欢乐的未来，都被一颗沉湎于感伤回忆的星球轻轻抹去。他哭不出来、笑不出来，只能呆呆地看屏幕。

考古学者轻轻来到他身边："我想它只愿意自己在宇宙的这个角落待着，不希望任何人改变这一切。"

队长点点头。

学者不知道该说什么好，待了会儿，转身离去。

地面上，一只毛鹿忽然离开伙伴向极地走去，边走边叫。

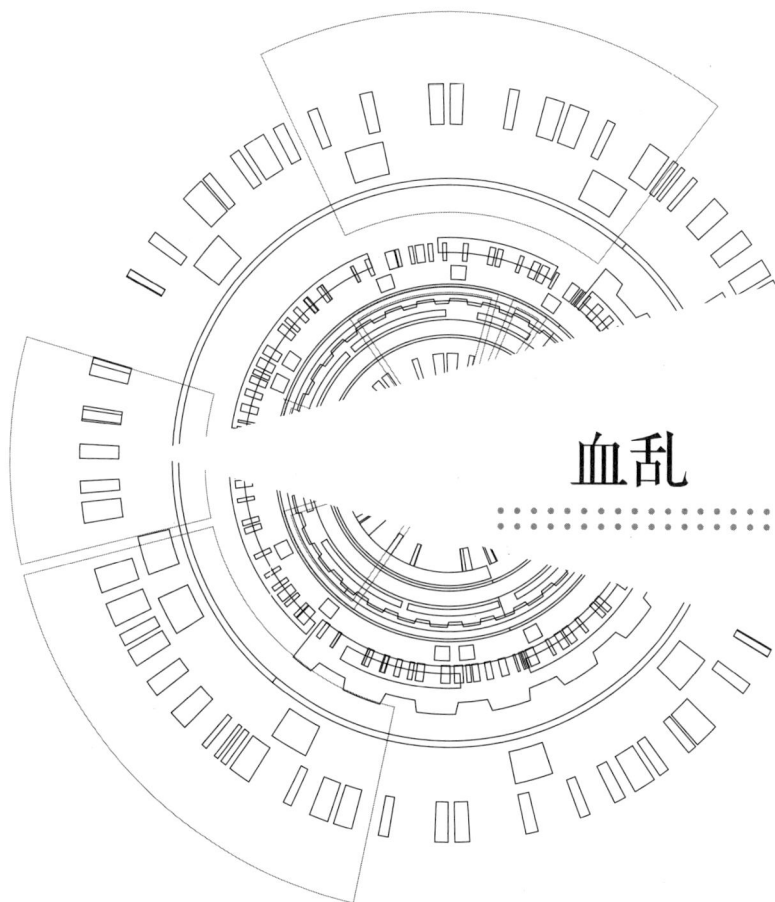

血乱

另一个时间，另一个空间……

巴比伦

雪花开始零零落落地出现在空中。

东门外排着的队伍已经有100多米，人们个个缩头缩脑，晃来晃去。"板凳、热水、鱼香肉丝三明治！"推着车的小贩语调麻木，步伐如梦游，仿佛随时会停住。旁边空地的信息台上正演着圣地屠杀的故事，看的人寥寥无几。空中，两艘警用飞艇悠然悬停，舱室的窗户都挂着帘子，一副出工不出力懒得管下面发生什么事的样子。

"大战前的宁静。"叶迁透过哨所的窗口向外瞭望。

米为山微微摇了摇头。这几天风声不好，自由兄弟会接连声明将采取行动，保护区志愿者们都很紧张。也许有些太紧张了。

"干吗抽我血？我说了我是A型血，这有医院证明！"一个胖子在门口的验血处叫起来。护士志愿者解释说这是规定，不现场验血就不能进保护区。胖子坚决不从，和她讨论起医院的资质来。后面的人饶有兴致地看着这场争论，仿佛排队的无趣终于有了回报。

叶迁唠唠叨叨地骂着，说这种情况直接把人拉一边就完了，还废什么话。上周市里调走了一半人去支援邻近城市，全是老手骨干，他们只能临时凑一些二线的人顶上，这差距还是能看出来。

大门左边写着"人人皆兄弟"的标语，右边是"安全重于山"。米为山一直觉得它们放在一起有点讽刺，但这是市里的硬性规定，他一个志愿者组织的小头目没资格要求改。前一句，谁都知道只是口号，自从AB型血的人出现凝血症之后，没人再会把他们看作同类了。他们的呼吸有毒，能凝结其他血型人的血。人们不明白这种疾病的来源，但很快就确定了应对方法——隔离。各地的隔离区（官方称之为保护区）纷纷建立起来，名字千奇百怪，他们所在的这个保护区叫巴比伦。保护区区委会甚至还搜集了几十盆花，捆在一起吊起来，称之为空中花园。

至于后一句，大家都很赞成。在保护区干活，天天和AB血人打交道，谁会觉得自己安全无虞呢？怎么小心都不过分。

验血处传来一声尖叫。

胖子不知从哪里抄来一块板儿砖，结结实实拍在了护士头上，护士的头立刻血流如注，几个排队的人冲上来和胖子扭打在一起。验血处的两名志愿者努力想分开众人，但收效甚微，反倒吸引了更多人。叶迁叹了口气，起身想去处理。

纠缠的人群中有人大喊了一声，大家四散跑开。胖子外衣大敞，身上绑着雷管，头发凌乱，右手持刀，左手持打火机，气喘吁吁地瞪着周围。门口的守卫照紧急预案抱起消防龙头冲了过去。胖子见此形势立刻点燃了胸前的引信，转身冲着人群大声喊道："人人皆兄弟！"

雷管没有爆炸，可能已过期。胖子身上冒出大量浓烟及微弱的火苗，他尖叫起来，跑了几步，倒在地上来回翻滚。人群退到了更远处。守卫在5米开外打开龙头，水柱击打在胖子身上，让他又翻了几个滚。第二个消防龙头到了，两条水柱把胖子冲得滚来滚去，他大喊住手，但没有效果。安全重于山不是吗？

守卫们喷得太尽兴了，米为山甚至开始担心胖子会淹死或是冻死。守卫们关上龙头，让胖子趴好手放在脑后。胖子老老实实照做了，浑身抖个不停。守卫上前将他反铐起来。警察适时出现在门口，叶迁赶紧跑过去交涉。胖子仰头看着空中，米为山这才发现警方的两艘飞艇已经下降得很低，高度只有20米左右，一半的窗帘都被拉起，有人影来来去去。

从保护区建立后，释放AB血人的呼声就没有停止，认为只要佩戴面罩就能避免生命危险，为何要将人类同胞隔离起来呢？持这种主张的人很快就有了恐怖主义的影子，在世界各地的保护区发动了零星恐怖袭击。巴比伦这还是头一次遇到。

叶迁回报说警方将带走涉事的守卫和验血处人员协助调查，明天才能回来。太好了，这下又要找人补上。米为山下令巴比伦今天的探视立刻结束，等明天警方有了结果再看。他让叶迁带上两个人，去附近的街区转转，有消息说昨天夜里来了不少陌生人。

哨所内的音管"噗噗"响了。区内的志愿者服务中心报告说，去监视豪宅的人不见了，他们转了好几圈都找不到，弄不好是被抓进去了。米为山承诺一会儿亲自去处理。

他刚放下音管，宝拉冲了进来。这个9岁的小姑娘兴奋地告诉他，外面来了个行商。

行商？这通常意味着重大事件，大好事或是大坏事——这年头，他不指望会是什么大好事。一位裹着厚头巾的长袍男子走进来，胸前反背着双肩包，鞠了个躬："米为山大人？"

他点点头，将自己的证件交给行商。行商仔细验看了一遍，又交还给他："我是从南方来的，有个包裹要交给你。"

南方。这果然是重大事件。他接过包裹，包装很完整，显然一路上被用心照看。包裹里是个带密码锁的铁盒子。他转动密码锁，打开盒子，里面装满了各式糖果。他把糖果倒入篮子，叫宝拉去发给外面值班的同事们。宝拉高高兴兴地走了。行商在她经过时顺手抓了两块，默不作声。

米为山拿起盒子底部的信封。蓝色的，这意味着他要立刻答复。信中只有一句话：山雨欲来燕归巢。"山"字中间一竖向下探出些许。

在外面待了这么久，他已经有点不太习惯南边这种文绉绉的行文方式了，不过意思还是明确的。"执行。"他对行商说。行商又鞠了一躬，转身离去。

米为山等了一会儿，见无异状，便拿起信走进里屋，将门关上。这里只有一扇小窗，窗帘常年紧闭，足够隐秘。他将信纸平铺在铁盘上，从柜子里拿出一个装满透明液体的小瓶，刺破自己的手指，滴入一滴血，摇了摇，等了会儿，然后将瓶中的液体小心地均匀抹在信纸上。信上真正的内容，只遇到他的血溶液才能显示。

有片刻时间，他以为自己想错了。不过很快，纸上透出了几行字，他飞速地扫了几遍，将它们牢牢记在心中。接着，纸干了，字也消失了。他将信纸扔到火盆里。

屋内寂静无声。

很久以前，这个世界是由共同体圣地管理的，它管理人类的灵魂，也管理人类的科技。41年前，一场以人文主义为旗帜的大革命爆发了，人们要求灵魂的自主和科技的开放。圣地不允许这样的反叛，利用自己掌握的科技进行血腥镇压。然而，人文主义的思潮一旦传播开，就再也难以阻挡。各地的起义接连不断，圣地从开始的绝对优势变为拉锯，最后全盘崩溃。如今，除了圣地本部所在的地区，地球上已经再也没有圣地控制的地方了。

但是，为了实现灵魂的自主各地付出了沉重代价。圣地破坏了各地科技中心，撤回了所有专家，将整个世界扔回到前电气时代。人们并未屈服，反而骄傲地宣称电是邪恶的，人才是至高无上的。他们用各种自然的、人为的方式来替代电能，人的分量越重，就越人文主义。

圣地同样没有屈服，在世界各地组建了秘密军团，做各种脏活。圣地相信，总有一天，人们会齐声拥戴它的归来。

他还有最后一件脏活要干。

巴比伦里面无论建筑还是道路都很干净，这里的AB血人好像很希望体现他们"不脏"。米为山头戴面罩，带着两名护卫走在路中间，AB血居民则照规定走两边。在媒体报道中，隔离区里天天阳光明媚，人人欢声笑语。实际上，许多第一次进来的人都会提到一个词：僵尸之城。也许是恐惧使然，这里的人总是面无表情，对外人毫无反应。

米为山相信，在这些房子里，在外人无法接触到的地方，关起门来，这些拥有相同血型的人在一起的时候，一定是欢声笑语的。但在外面，他们就是僵尸。

正值午饭时间，志愿者服务中心里都是人。米为山挑了30名志愿者，都配上枪，沿着大道向豪宅走去。一路上，小伙子们得意地晃动着枪，让路边的居民少有地驻足观望。米为山不得不下令不许扰民。

豪宅是西北区的一栋三层小办公楼，因其门口的豪华纹饰得名，如今挂着"天选之家"的牌子。他们包围了小楼，切断了通话线路，禁止一切人员进出。米为山带着剩下的志愿者砸门而入。

楼里的人被这些不速之客吓了一跳，有几人试图上前盘问，但都被逼退。米为山脚步基本没停，径直上到三楼，冲进正中的房间。

一位老者正在抽屉里翻东西。"别找枪了，你真准备和我们拼火力吗？"米为山嘲讽地说，坐到老者对面的沙发上。志愿者将屋内搜查了一遍，连壁炉里的灰都没放过。

"你们没有权力闯进来！天选之家是受特别保护的，不受区委会管理。"老者斥道。

"我们是南方军团。"米为山说。

老者愣住了，缓缓地坐在椅子上。

"我用你的真名称呼吧，耶利米大人。"米为山把手枪放在沙发扶手上，"天选之家这种文化中心只是你的幌子。你的真实身份是南方的叛徒。大革命的时候，你和你的同党们偷走了南方的大量资料，逃出来隐藏于各地。如果不是发生凝血症，你被本地政府收进巴比伦，我们还真没办法靠自己的力量找出来。"

老者摇摇头："我忠于南方。我忠于南方守护文明的信条，我们出走正是为了这个信条。"

"你怎么理解都可以。我们会忠于自己的职责，南方军团必不辱命。"米为山站起身，拿枪指向老者。

老者用笔在纸上画了两条弧线，首尾相交。

"小心你画出的。"米为山低声道。

老者点点头："就在这里，这楼里。"

大鱼。这几年来，米为山一直在寻找大鱼。据南方说，这是叛徒们偷走的资料中最重要的，任何线索都不能放过。他当即要带走。耶利米说这可不是说带走就能带走的，天选之家搬到这里的时候，大鱼被分散藏在了墙里，还在墙上写满了字，只有他知道哪些字后面有东西。何况这些东西不好拿，是许多石头。

石头？米为山有点拿不准对方是不是在诓自己。他心目中的大鱼是一沓纸，顶多是一大沓纸。

耶利米告诉他，为了避免被抓后泄漏，资料被分解成多份，并有意分配给非专业人员。他也不知道这些石头是干什么的，只知道它们必须装在铅制箱子里，不可随意打开。他最后表示，在目前情况下，他可能无法保证这些资料的安全，交给南方军团总比湮没世间强。

"这些石头买了你的命。"米为山收起枪，"你自由了，从此与南方没有关系了。如果你还感谢南方的宽容。"

他留下了大部分志愿者，将楼里所有人看管起来。临走，他下令在豪宅门口涂上红色油漆。

他回到东门哨所的时候，叶迁已经回来，正和宝拉在屋内一边吃糖，一边说笑。见米为山进来，宝拉乖巧地跳下桌子，挥挥手走了。叶迁报告说，东门邻近的荷塘北里、南里两个小区有大量闲人，穿着黑大衣，其中有些还藏着铁棍。小区居民大多待在家里，门窗紧密。在更靠东的街区，警察和医护人员正在集结。他认为这将是一次清除行动，以民众自发的名义，给官方减轻负担。

这不奇怪。社会上早就对保护区怨声载道，说这些AB血人除了害人一点用没有，人数又不多，清除掉对大家都有好处。米为山下达了撤离动员令，要求巴比伦的所有志愿者于一小时后在东门集合，可以自主选择随大部队离开或留守。然后他向叶迁讲了密信和耶利米的事，说他们俩原先对凝血症的猜测都是对的。叶迁半天没说话，问现在怎么办。

米为山捡起一块糖扔到嘴里："我想让你留下来继续做这件事……这小姑娘把好糖都留给你了……你立刻建立一支全部由军团士兵组成的队伍，将石头转移到安全的地方，等待南方的进一步指令。"

"我们怎么会合？"

"我将直接回南方。"米为山顿了一下，"这是南方的明确指令。"

叶迁一声不吭。米为山也无话可说。南方从不允许非南方出生的人进入，认为这些人不可靠，没资格。他只能让叶迁执行命令，自己则去收拾东西。

过了一会儿，他听到有人在敲门。宝拉眼泪汪汪地挪进来："米大人，叶迁大人不想走。您能劝劝他吗？要不就命令他走？"

"我们必须尊重每个人的意愿。而且，只有在保护区我才是他的上级，离开这里我也没有权力命令他如何行事。"他看到她呼吸急促起来，弄不好马上要号啕大哭，就缓和了语气，"叶大人做事仔细，又很有经验，不会有什么事的。说不定没几天你们又能见面了。"

"那我也不走。"小姑娘语气很坚定，还有点气呼呼的。

米为山皱起眉头："你知道马上会发生什么吗？"

"当然。只要我跟紧叶大人，他没事，我就没事。反正我从小一个人，也活到这么大，怕什么？"

宝拉只是个志愿者，不是南方军团的人，米为山不想过于纠缠此事，就让她去找叶迁决定。

东门前的空地上都是人。志愿者们背着行李，交头接耳，有人还拿着枪。东面两个小区里陆陆续续开始有人走出来。如叶迁所述，他们都是壮年男子，身着黑色大衣。此外，他们都戴上了统一的红色面罩，远远看去，如红色的溪流。空中，警方的飞艇已经消失不见。

米为山下令志愿者不得挑衅他人，也不得反击他人的挑衅，持枪者子弹不许上膛，沿门外正对着的荷塘路向东行。这命令马上就被挡了回来：红面罩们将路完全堵住，还封闭了保护区墙外的南北向小路，不许任何人离开。

米为山和叶迁穿过人群，来到队伍最前面。一群红面罩呼么喝六地让志愿者退后，回到保护区里面去。人群里还有人高高挥舞着棒子，嘴里喊着"不要让毒血恐怖分子跑了"。志愿者们没有反击，但也没有后退。米为山问红面罩们谁管事。对方七嘴八舌地说他们都是自发来的，不约而同聚集到了一起，没管事的。

米为山做了个手势。几位志愿者聚拢过来，搭成一个人体平台。叶迁单膝跪地，米为山踩着上了平台，朗声道："我不知道你们准备干什么，也不关心。我们是保护区志愿者，受市政府保护，也受全球凝血症应急会议的保护。我们不是AB血人，我们和你们一样……"

有人高声叫："谁知道你们什么血型？我们不相信！"

一位警察穿过人群走来，告诉米为山这是群众自发维护保护区周边安全，志愿者们还是先回去，以免出现冲突。米为山坚决不退，说志愿者来去自由是明文规定的，如果受到攻击会造成很不好的影响。况且志愿者们都不是AB血人，没有任何理由阻拦。警察又去劝红面罩们，费了不少口舌。米为山有些焦急，这么多人神经紧张地对峙着，随时可能出现摩擦导致局面失控。好在对方最终同意让志愿者离去，但有两个条件：一，所有人都必须验血，确定不是AB血之后才能走；二，不许带枪。米为山当即答应。

很快，红面罩们就在路边设立了临时验血站，志愿者排着队验血。叶迁带人收集志愿者手中的枪支，运回东门哨所。红面罩的人数远超他们原先的估计，几乎塞满了保护区周边，弥漫着狂欢前夕的那种期待气氛。

米为山和红面罩们谈好，保护区内门口涂红漆的房子归志愿者组织所有，不得擅入，由留守的志愿者代为处理。叶迁收完枪支，和米为山做了交接，没有立刻回去，而是沉默地站在他身边。

米为山猛然意识到，这就是告别的时候了。今后他们是否还能再见面，谁也说不准。

"再见了。"他握住叶迁的手，"记住，远离理想主义者。"

叶迁点点头，转身向保护区走去。

米为山最后一个验血，是B型。他背起行李，沿红面罩的海洋中一条狭小的通道向东走去。他身边，兴奋的人群正向他的反方向进发。他身后，巴比伦大门洞开，准备迎接宿命的到来。

他没看到叶迁他们的身影，那个方向的人太密集了。

他很快就把心思放在了前面的路上。

梵蒂冈

夜色中，理性大厅那边的火光忽明忽暗。据说，他们正在抓紧最后的机会烧毁文献。

宝拉用自己还完好的左边槽牙使劲磨着最后一块牛肉。旁边，独立营的战士们吵吵嚷嚷地推杯换盏，勾肩搭背唱着歌。临近新年，自由阵线和正义联盟宣布停火一周，到处都弥漫着节日轻松的气氛。她咽下牛肉，用葡萄酒漱了漱口，吐到旁边地牢的铁栅里，引起了下面的一点骚动。她俯下身说我是O型血，你们这些笨蛋怕什么。"你不得好死！"下面有人叫道。她笑着起身走了。

13年前，凝血症第一次出现在AB血人中。10年前，A血人和B血人相继出现凝血症，并引发了全球范围的冲突。A血人组成了正义联盟，B血人建立了自由阵线，打得不可开交。由于O血人不仅没有凝血症，还免疫毒气，成了双方拉拢的对象。O血人组成的独立营，有的加入了正义联盟，有的加入了自由阵线。为了避免同血相残，独立营通常不直接参与作战，而是负责警戒消毒等工作。当然，他们都遵守本阵营的风俗，比如执行任务前搞个仪式什么的。

独立营指挥部门口的哨兵还是个孩子，面容清秀，站得笔直，一副职责在身的样子。没关系，过几年他就会像那些老兵一样面带杀气，满口秽言。宝拉冲他脸上吹了口气，走进屋里。

叶迁已经47岁了，6年前在战斗中受的伤一直在慢慢吞噬他的身体。如今，他只能将自己裹得紧紧的，蜷缩在行军床上，大部分指令都通过宝拉传达。她将床头的油灯调亮，按了按他的肩膀："该出发了。"

叶迁无声地叹了口气："轮椅。"

宝拉扶他起身穿衣服，说这种仪式她自己一个人就行。他身上药味、体味和布料的味道混在一起。他坐到轮椅上，整理自己的仪表，咕哝着拐杖怎么不见了。她把拐杖从床下抽出来横放在他腿上，再盖上一条毯子。她想推着他出门，又怕他生气，犹豫了一下。他一副老人懒得和子女争论的样子，用手指着前面："开门。"

他们到达操场的时候，独立营已经列队完毕，士兵们还带着些酒气，晃来晃去，嘀嘀咕咕。叶迁在台阶前站了起来，挂着拐杖一步一顿地走上主席台。宝拉在身后小心跟着，努力不让自己表现出在保护的样子。人群安静了下来。宝拉走到台前，掀开木架上的蒙布，拍拍A血人俘虏的头，冲他笑了笑。俘虏扭动着，发出呜呜的声音。她用小刀割开俘虏面罩的绷带，一把掀了下来。

俘虏的第一反应是屏住了呼吸，瞪着眼睛看着她。她依然保持着笑容，友善或是嘲讽的笑容。几十秒后，他终于忍不住，喷了出来，大口喘着气。她天真地眨了眨眼，仿佛在说你怎么没死呢？他确实没死，但惊慌到了极点。她把一副带气管的面罩套到他脸上，拧开了另一端的阀门。事先收集的B血人气息以高压喷到面罩里。俘虏再次屏住了呼吸，不过这次他坚持的时间还没上次长。在呼吸了几次后，他的胸腔开始剧烈起伏。凝血症的"八福秒"开始了，他虽然大口喘着，但依然感觉窒息，而且喘得越凶，呼吸越困难。传说如果能挺过八秒，这个人就能在异型血气息中活下来——当然没人见过。

六秒钟后，俘虏停止了一切动作，僵直在架子上。宝拉捏了捏他的胳膊，如同上好的瘦肉肠，甚至能感觉到变硬的血管。她冲台下抬起左臂。人群欢声雷动，纷纷举臂响应。等欢呼声稍息，她退后几步，转向叶迁。

叶迁挂着拐走到台前，先是看了看俘虏的尸体，然后冲台下抬了抬手，下面立刻鸦雀无声。"他的死，是因为没有完成转化。"他的声音还是那么洪亮，"在这场无尽的战争中，人们要么死在战场上，要么死在转化中，相互杀伐已经成了人潮汹涌的大道。但独立营不一样，我们要走窄道。我们参加战争不是为了赢得战争，而是终止战争。这是我们与生俱来的职责，不可忘记。"

宝拉宣布整队出发，前往20英里外的村庄执行消毒任务。

叶迁和宝拉没有参与消毒任务，而是带着全部由南方军团成员组成的队伍乘坐特种连乘煤车往理性大厅另一侧的市区进发。他们戴着面罩，车身也抹去了独立营标志，伪装成普通的自由阵线车辆，还挂着节日彩旗。罗马沉浸在狂欢的气氛中，人人清楚，元旦一过，理性大厅这个正义联盟在欧洲的最后壁垒就将被攻陷。自由阵线的士兵们根本不在意这个花车一样的车队，纷纷冲着车辆祝酒，还有喝醉了的试图扒车，被南方军才成员温柔地用枪戳了下去。

"也许我们该扔点儿你的肉下去。"宝拉说。叶迁竖起大拇指表示赞成。

叶迁独立营名声很响，纪律严明，行事可靠又不张扬。当然，最主要的是他们伙食很棒，尤其是叶迁炖肉，蜚声欧洲，配红酒绝佳。

半个小时后，车队到达了一片已经废弃的住宅区。这里一片黑暗，只有远处靠近理性大厅一侧有驻军的火光。宝拉命令在100米范围内建立警戒线，除非遇到武装进攻，不得开火，也不能放走任何靠近的人。

他们走进住宅区中一栋很有年头的建筑，来到地下室。这里已经被军团士兵控制，墙上开了个大洞，露出里面尘封的通道。一切都在宁静中进行，宝拉带队，士兵推着坐着轮椅的叶迁，沿已清理过的通道悄然前进。10分钟后，他们到达了一处铁门，几位军团士兵守在那里。

铁门另一边，正义联盟的独立营士兵持枪警戒。叶迁很早就和他们建立了联系，请求在理性大厅这个文献宝库中寻找"有趣的东西"。两个月前，他得到消息说发现了一间奇怪的墓室，多处特征相符。本来他们想在正义联盟投降后再进来找，但在过去两周，正义联盟的人在绝望中开始大肆破坏，烧文献，砸东西，有愈演愈烈的趋势。为了保险起见，他们不得不偷偷进来做一次"抢救性无害考察"。

为首的联盟独立营士兵冲他们抬起双手，指尖相接，拱成球形。这是南方军团的手势。宝拉也依样还礼。士兵点点头，让他们脱光了消毒。宝拉头一个脱掉了所有衣服，迈进铁门。门里空间比较大，有三个临时挖的池子，注满了液体。第一个用于除掉B血气息；第二个用于漂清；第三个则会给他们染上A血气息。他们必须依次将全身浸入，还要呼出胸中所有气息。所有突击队员、包括叶迁都完成消毒，换上了联盟制服。

拐过几个弯，他们眼前是一片巨大的地下空间，这是古时候组织埋葬头领的地方，上面就是理性大厅。联盟独立营士兵告诉他，这里平时是他们休息和空袭避难的场所，今晚大部分人都在后花园大吃大喝，下面没什么人。他们来到一扇已被卸掉锁的门前。宝拉一眼就看到了铁门上首尾相交的双弧线标志。她刚想上前，突然发现自己的手腕被握住了。

叶迁扒着她从轮椅上站起来，抖动着走到门前，仔细看了看门上的标志和下方的文字。"打开。"他低声道。

墓室中有一具比较新的棺椁。

宝拉率先查看了一番，没发现异样。叶迁也走了进来，已不再抖，脚步沉稳庄重。她看看棺椁上刻着的名字，低声问："就是他？"他点点头。在过去数年，耶利米一直与叶迁合作，寻找大鱼的完整资料，有不少收获。三年前，他失踪了，最后传来的消息是，他已经找到了"那一大沓纸"。这棺椁上的名字，就是他的化名。看来他东躲西藏的日子终于结束了。

士兵们融掉了焊扣，抬起棺盖，里面是一具穿着睡衣的干尸。现代人们流行穿睡衣下葬，表示死亡只是沉睡，不含任何其他意味。他们找了半天，没发现任何有价值的东西。宝拉把睡衣扒下来撕开，还是一无所获。他们把干尸抬出棺外，发现干尸后背右侧有缝合的痕迹。宝拉拔出佩刀，割开皮肤，将里面塞着的小铁盒掏了出来。她撬开盒盖，里面是油布包着的十几页纸，密密麻麻印着字。

"现在就检查。"叶迁说。

宝拉让士兵举起四支火把，自己坐在地上，戴上放大镜，细细读起来。这份文献是用圣地语印制的，整个独立营只有叶迁和宝拉认得。她把文本部分看完，又研究了下公式和图表，虽然有相当一部分还不懂，但这东西是干什么用的，她已经确定无疑了。

"是它。"她的声音有些嘶哑。她镇定了一下，又用正常声音说："没错，就是我们要找的大鱼。"

叶迁走上来，摸了摸那些纸，但似乎又怕把它们弄坏，赶紧缩回手："它是你的了。"

他们立刻原路返回，登上独立营的运输/对地攻击飞艇"大鱼"，与刚完成消毒任务的独立营士兵会合。飞艇升到100米高度后，转了个舒缓的弯，从理性大厅后花园外缘擦过。

宝拉从舷窗望去，花园里，A血人的营火星星点点。他们在讨论最后时刻该如何带着尊严死去吗？还是在末日狂欢的亢奋中饮酒作乐？或者，他们只是安静地睡去，将自己交与莫测的命运？南方军团今天的收获，将改变这一切，终结无尽的战争。

转血方，能转换血型的神奇配方，在血战的多年后终于现身。

她看向叶迁。他已经摘下面罩，面无表情地望着前面的地板。这支南方军团在叶迁领导下，不再是圣地的忠实打手，有了自己独立的信念——结束战争。他们以资料尚不完整为由，将耶利米保管的转血石等资料藏了起来，拒绝交给圣地。他们在蛮荒的世界上，孤军奋战，坚定不移，如今终有所获。

理性大厅远去了，火光冲天的营地远去了，"大鱼"熄灭了所有灯，在浓如深海的夜色中，悄然飞向前方。

他们飞了一天一夜，终于到达O血人领地。几年前，O血人在这里建立起了一座坚固的堡垒，称为梵蒂冈，当地人称它血堡。里面有营房、武器库和数间厂房。在血堡旁边，还有一座巨大的罗老人集中营。凝血症出现不久，人们就发现儿童没有症状也不受影响，只有在性成熟后才会有问题。有些父母为了不让异型血的孩子离开自己，甚至成为敌人，就将他们阉割，一直带在身边。他们被称为罗老人，是被主流社会唾弃的边缘群体，也是最热衷寻找治疗的群体。过去数年，世界各地号称能治疗凝血症的组织到处都是，以各种方式行骗，弄死了不少人，但并未吓住这些渴望治愈的人。他们正是被独立营能治疗凝血症的传言吸引过来的，是绝佳的试验对象。

安顿下来后，叶迁和集中营里的罗老人头领们开了会，还访问了当地O血人政府。政府的人对叶迁大驾光临诚惶诚恐，怕惹怒了这个军阀，称他血王，是所有本地O血人的王。

宝拉主要精力都放在转血方上。凝血症出现前，转换血型的技术没什么实用价值，是那种研究出来就归档的技术。据说，大革命期间，叛徒们摧毁了南方的数据库，带着能找到的所有资料四散逃出，转血方只带出来了一份。

可如今，这方子是找到了，却没法直接用。转血方是基于电力实验室研发的，在圣地之外没这个条件，各种相关仪器设备也要寻找替代品。

数天后，几十名征召的军团技师分批抵达血堡。他们本应在一周前就抵达并做准备工作，但集结这些分散在世界各地技师的困难程度大大超出了预期。叶迁和宝拉花了三天时间同这些技师讨论各种厂房、仪器的安排，有些暂时无法解决的问题留给了技师们去考虑。第三天会议结束后，宝拉送技师回到屋里，看到叶迁正坐在桌前发愣，就问他出了什么事。叶迁把自己的记事本推给她看，上面只记录了开始时的情况介绍，后面大量的技术讨论都没有记下来。她又往前翻，发现前两天的情况也差不多，只是第一天在讨论熔炉温控的时候记了一些，也不全。

"没事，不是有专业的速记员吗？"她尽量让自己的语气显得漫不经心。

"我听不懂。"叶迁叹了口气，"真正的工作要开始了，我却听不懂。"

她把手按在他的肩头："我们打了这么久的仗，当了这么久的战士，如今突然转到试验上……"

"我知道。我只是不习惯被自己的事业排斥在外。"叶迁转动轮椅过来，把记事本小心地放进包里，"现在起，你全权负责转血方的研发。我来为你当好后勤……还有保安。"

叶迁说得对。他们擅自脱离战场的举动激怒了自由阵线，叶迁被全欧通缉。此外，新的、更大的危机正在浮现。随着自由阵线在欧洲和北亚的节节胜利，B血人加大了对O血人控制区的压力，要求合并管理，否则就强行接管一些飞地。一些B血地区开始出现"O血人是骑墙派不可信任"的言论，甚至发生了零星打砸O血人商铺的行为。这些年，O血人也一直在备战，派往各前线的O血人一方面确实是骑墙，另一方面也是实战锻炼。眼下，自由阵线已经在欧洲获得全胜，和O血人发生冲突的可能性就大增。血堡地处边界地带，弄不好会挨打，不得不防。

叶迁第二天就将放了几天假的士兵们重新集结起来，开始在血堡外围构筑三道防线。

宝拉全力投入了转血方的工作。原先士兵们建造的厂房不合要求，她下令翻修。锅炉用钢不够，她就叫人去当地货运中心抄了一批。齿轮制造不合格，她直接抓了所有当地钟表匠过来。专家们被她赶着加班工作，两层楼高的动力计算机昼夜响个不停……人们都管她叫血女，是血王的邪恶女儿。

一个月后，防线已经初具规模，定制的巨炮和新式速射防空炮也陆续从远方的工厂起运。除夕夜，叶迁、宝拉和军团士兵们好好庆祝了一番。

凌晨三点多，凄厉的哨声打破了宁静。宝拉刚迷糊了一会儿，一下子被惊醒。接着是三连响。她推了推身边的李目，让他去叶迁房门口待命。小伙子哼哼唧唧地说："我今夜轮休你不记得了吗？"她一巴掌呼在他头上，厉声命令他立刻全副武装去待命。李目惊起，愣了几秒，跑了出去。

宝拉跑到瞭望口看，旷野上一片模糊，什么也看不到。哨卫报告说刚才是三发绿色信号弹。她命令自己的卫兵去敲开叶迁的门。突然，防线方向再次升起三发信号弹，在高空炸响。这次是三发红色信号弹。接着，防线发射了两发照明弹。她看到了。

远方蠕动着无数黑点。

她发出了战斗警报。卫兵跑来说敲不开叶大人的门，她下令撞开。叶迁躺在床上，双臂张开，头歪到一旁，口水流了一片。她上前检查了一下，活着，没有意识。她让李目等人昼夜守护叶迁的房间，任何人不持她的手令不得进出。她没有等待医生的到来，握了握叶迁的手就出去了。

战斗几乎立刻就打响了。防线上警戒的部队动用了从狙击枪到重机枪的各种武器，子弹拖曳着火光划过夜空，如同疯狂的画家在黑布上神经质地划过画笔。通过音管回报的消息说，攻击者没有飞艇和大炮，像是一支突击部队，人数很多。宝拉下令空袭，自己则带着地面部队赶赴防线前沿。

她走到一半路程的时候，"大鱼"已经到达了战斗位置，所有火炮和机枪立刻开火，死亡的火光从飞艇下端倾泻而出，喷射四溢，地面上烟尘四起。这是顶级战斗飞艇对毫无空防部队的屠杀，抵抗只持续了几分钟。

飞艇停止了炮击，改为清扫模式。

"我们还去吗？"宝拉听到身后有人问。

打扫战场一直持续到中午。这些袭击者没有制服，都穿着家常衣服，所用武器也各式各样，随身带着写有"圣血独一"和"杀光异血徒"字样的横幅，可能是准备成功后挂起来的。他们还抓到了一个俘虏。这家伙躲起来把面罩缝在了自己脸上，被发现时还在淌血。宝拉问他叫什么，从哪里来。他不予理睬，还破口大骂。卫兵上去给了他脸一枪托，让他对宝拉大人尊敬点儿。他脸上的缝口裂开了，鲜血漫了出来。可能是怕面罩会脱落，他老实了，说自己是B血区那边的住户，听说自由阵线通缉的叶迁住在这里，抓住了有重赏，就和几个村子的人一起来偷袭一把，没想到血堡的火力这么强。

叶迁住在这里不是什么秘密，B血人虽然通缉他，但一直遵守与O血人的默契，不会越界来抓。这次的事明显是有人在鼓动，会不会是他们大规模进攻的前奏呢？宝拉决定向附近的O血人武装力量和平卫队求助，防备自由阵线正规军的攻击。

黄昏时候，叶迁醒了，叮嘱宝拉把精力放在转血方上，军事指挥权可以交给手下，一切的一切，都要保证尽快完成转血方改造。叶迁不久又昏迷了过去，并在此后的日子里一直时好时坏。

两天后，一支和平卫队整编师到达，开始在血堡防线更靠前的位置构筑防御阵地。宝拉将战斗部队整合成特别独立营，由自己任命的军官指挥，配合他们行动，血堡只保留了最基本的防御力量。

这天晚上，最后的计算终于完成。他们通宵熬制，按六种方案分别做了转血剂。在第二天的血样试验中，他们先测试了从AB、A和B血转换成O

血，又测试了反向转换。除了AB血相关的试验失败，其他四个试验都在数次调整后获得了成功。他们放弃了进一步研发AB血转血剂，开始其他转血的人体试验。

事先选好的10名罗老儿童和征集的10名O血志愿儿童被隔离在营房中一周，饮食起居都被严格控制。转血者躺在密封的罩子中，通过面罩呼吸，全身的血通过换血机添加转血剂，这是决定转血类型的关键。此外，转血石对转血者全身进行放射线轰击，以改变血型和造血机制。

首批4名罗老儿童全部死在了罩子里。宝拉宣布暂停试验，从理论到仪器全部检查梳理一下。三天后，他们再次启动了试验。这次，有一名罗老儿童活了下来，并成功转换为O血。他躺在床上被推出来的时候，他的妈妈跪倒在地，放声大哭。

宝拉站在门口看着，面无表情。

晚饭的时候她没有出现，只是让卫兵送去房间一箱酒。

夜半，她走进了叶迁的房间。叶迁一整天都处于昏迷状态，值守的医生正在靠窗的椅子上打瞌睡。她让医生去休息，自己代班。

她把椅子拉到床前，坐下握住了叶迁的手。他面无血色，呼吸微弱。周围，万籁俱寂。

一个天使走过房间。她忽然想到了这句话——"试验成功了……"她一开口就哽住了，"我们第一次见面的时候，我还是个在街头捡垃圾的孤儿，你问我想不想过另一种生活。今天，你给了这个世界另一种生活。"

空间在退缩，室内的一切都变得高远渺小。

她轻轻揉搓着他的手："那个孩子的妈妈哭着说她有多后悔阉割了自己的孩子，命运为什么要这么折磨她。我突然就懵了。"

床头的烛光变成了一朵盛开的鲜花，花瓣泉水般翻涌着。

"我的孩子呢？"她的泪水流了下来，"这么多年，我们战斗，杀人，想做不想做的事都做了，只为了这个目标。现在呢？我们的孩子呢？"

她低下头，把自己的脸贴在他的手上，任凭烛光的花瓣落满全身。

第二天的试验出乎意料顺利，四名O血儿童成功转换成了A、B血。在接下来的一周里，他们成功实现了以O血为中介的A、B血间接转换。他们发现，转血方在从其他血转到O血时成功率比较低，反向则有很高成功率。所有在成人身上的试验都失败了，宝拉最后叫停了成人试验。

二月底，宝拉召集了O、A、B血的官方代表到血堡，向他们宣布转血方已经研制成功，只要全面停火，相关技术资料（包括转血石的采集加工办法）将无偿转让，否则这些资料将被销毁。代表们早就等她宣布，在仪式性地表示仇恨不共戴天后，先后同意，还商定了停火日期和核查机制。

会议结束，B血代表问宝拉能不能将叶迁引渡到B血区受审，他毕竟领军临阵脱战。宝拉当即表示不可能。代表说这就是走个过场，叶迁不是有病吗，会判几年监外执行，他可以在任何自己想住的地方休养。"他死了。"宝拉说。所有代表都惊呆了。

她领着他们穿过血堡，走进罗老人集中营。在一处空地上，有个两米见方的台子，上面是个石地球。台子上刻着"叶迁"两字，下方刻着"他来之前他走之后"字样。没有其他任何装饰。罗老人路过时，都会向墓碑鞠躬。

"放在这里会不会不够庄重？"B血代表向墓碑行礼后问。

宝拉单膝跪地，看着墓碑："罗老人强烈要求把他葬在这里。我也觉得合适。在那时，罗老人是唯一相信他的人。信他的人有这个福气。"

圣地

大雨如注。

人群围着一块木板嘀嘀咕咕。木板直插入地里，仿佛有生命一样扭动着。有人冲它啐了一口，它立刻剧烈摇动起来，仿佛随时会折断。突然间，从木板根部涌出大量鲜血，四散漫开。人群纷纷后退，如同被惊起的蜂群。

李目在几米高的空中俯视着，笼罩在无尽的悲痛中。

他醒来的时候，周围的人正纷纷起床，咳嗽声、鞋子没心没肺的啪嗒声和远远近近的交谈声此起彼伏。但是，那悲痛依然久久萦绕不去。

预备会在餐厅召开。领队提了几条：所有人必须在一个月内选择信仰，否则失去居留权；尽快过语言关，不会讲圣地语会很麻烦；忘记以往的日子，全面融入新生活。领队特别强调了信仰问题，圣地在以前对信仰问题非常宽松，但无信者在大革命的时候大规模叛逃，还破坏了许多设施，间接导致圣地输掉了全球战争。因此，圣地现在禁止无信仰者。

会后，大家都涌到甲板上去看不远处的圣地。李目也挤在人群中，贪婪地望着不远处冰封的荒原。

南极大陆，圣地所在，南方所指，人类信仰与科技的最后保留地。六年前，圣地启动了归巢计划，开放非圣地出生的南方军团成员移民，以补充日益下降的圣地人口。转血方公布后不久，南方军团就遭到了各地军阀的攻击。李目跟随宝拉四处征战，开始还有赢有输，后来基本就是逃命。不久，叶迁独立营解体，李目满世界漂泊，从欧洲到亚洲，又从亚洲到非洲，还在北美待过一年，过的都是东躲西藏的苦日子。他来到圣地，和许多士兵一样，希望能过上安稳日子。

轮船靠港，他们背起行囊，排着队走下舷梯。有人跪下来亲吻地面，还有人笑着拥抱身边的每一个人。李目被不远处的大屏幕吸引住了，上面有蛮荒的冰原，有热带丛林，有工厂车间高速精密运转的机器，也有节日时万众汇集的场面。这里每个人都带着温暖的笑容，张开双臂迎接他们。这里颜色鲜艳干净，圣地语口音纯正。最神奇的是，这里没有凝血症。在血与土的前半生中，他做梦也不会想到自己能身处这样的世界。

他们乘上全封闭的隧道列车，从维多利亚港向圣地驶去。实际上，地处极点的圣地如今已经没有人了，据说那里发生过非常可怕的事故。人们现在说的圣地，是指环绕旧圣地分布的四大枢纽中仅存的伦敦，得名于北半球同一子午线附近的著名城市，其面积只有原圣地的二十分之一。

车站就在卢浮宫广场旁边，距万神殿不远，因此他们列队徒步穿过广场。早先，军团成员会被直接送去住地。两年前新大长老上任后，推行对军团友好的政策，安排了归巢仪式，在伦敦的核心建筑万神殿中接见新到的军团成员。

万神殿呈圆形，气势宏伟，门口上方刻着"RED"字样。有个人光着脚、赤着上身跪在正门的台阶下面，据说是犯了严重错误的军团成员，圣地有意取消他的居民资格，正祈求长老们原谅。殿内雕梁画栋，展示着各种故事，让新来的这群人赞叹不已。一会儿，七声号角响起，殿内一片沉寂，大长老带着人从侧门走了进来。

米为山已经84岁了，岁月不仅没有让他衰老，反而更显精神。他一身白色长袍，头戴红色尖帽，腰系麻绳，足蹬皮凉鞋，微笑着和军团成员们一一握手。他问李目想干什么工作。

"我想当祭司。"李目说。

米为山微微一笑："好啊。不过你要先从侍从干起，能不能成，就要看你的本事了。"

仪式一结束，信仰局的官员就把他接到了局里，告诉他照规矩，非圣地血统的人是不许进入祭司系统的，但大长老亲口开了先例，他就不妨选个信仰，做起来。李目选了灵气教。它的教义很简单：灵魂不灭，灵魂相接，有强有弱，有好有坏。最主要的是，它发展出了一套通过冥想和梦境与死者沟通的方法。官员说，南方军团的人大多有亲属或熟人死在血乱战争中，选这个教的人很多。

此外，他还接受了芯片植入手术，与整个祭司系统结合，获取信息，和他人交流。他花了整整一天时间练习使用芯片。

夜里，在梦中，他又回到了那片绿洲。阳光透过帐篷上的气窗在他身上投下斑斑点点，门口的红色流苏已经掉了好多，外面不时有人走过，宝拉躺在他身边……他已经很久没梦到过这里了。

初级侍从主要是服务性的，他每天要照顾自己的主人——灵气教祭司大路易的饮食起居。大路易冥想结束后，有一个小时的信徒对话时间，这时候他才能旁听到一些教诲。大部分时候，他一边干活，一边通过芯片在圣地数据库里游弋。

他从未意识到，圣地的力量是如此强大。是，人人都说以前圣地控制着全世界，但到底那时的情况是怎样的，已经没有多少人知道了。而在圣地的数据库中，清晰记载着自400余年前圣斯科特首次到达南极极点为圣地奠基起的点点滴滴。在大革命前，圣地不仅掌控着全世界的科技力量，还控制着绝大部分国家的政治系统，那些国家的元首上任必须获得圣地的祝福，否则位子坐不稳。圣地在地球轨道上空建立了12座永久性空间站，有科研性的，有制造性的，还有军事性的。圣地甚至在月球上建造了规模不亚于本部的基地，探索太阳系行星，向宇宙深处发射探测器……这些在大革命后都失效了，各地的基站被暴徒占领，轨道太空站和月球基地已经完全失去联系。圣地曾经尝试过派船去大洋深处重建信息链路，但没有收到任何反馈。

圣地的生物科技非常发达，基于基因密码的隐形墨水技术即便在今天依然广泛使用。南方军团付出了无数岁月和生命寻找的转血方，就放在数据库里某个不起眼的角落中。它甚至有个新增的附件，叫"非电环境版本"。有很多人在这个附件后留言，大部分都在嘲笑它的业余和不安全。最让他震惊的，是数据库中清楚记载着圣地如何在全世界范围内分期释放了生化攻击因子，造成了被外界称为"凝血症"的灾难。凝血症是圣地所为的传说很早就有，但一直被认为是阴谋论，没想到圣地自己毫不隐讳。实际上，圣地有整套的消除凝血症方案，但从未公布——公布了也没用，这方案在非电环境下肯定没法用。

李目没在初级侍从位子上停留多久，半年后就升为事务侍从，得以参与大路易的信仰事务。灵气教本来是个小教派，但在归巢计划实施后，大量南方军团成员来到圣地，纷纷入教，如今已成为拥有七万信徒的一级教会。当然，和拥有百万信徒、占圣地人口一半的5个零级教会比，它还远远落在后面。此外，以移民为信徒主体，也让它在影响力上不如以本地人为主的那些同级大教。

大路易是个勤勉的祭司，经常各处跑，李目也得以有机会跟着周游圣地。他们在18号机库的雨林中和军团成员一起采集水果，在特洛夫矿洞中学着驾驶采矿机，乘飞机在无尽的冰原上空寻找遗失的传感器。他们甚至去了一次位于极点的旧圣地。当初发生的事故依然是个谜，但可以看到其巨大的破坏力。足有10个伦敦大的穹顶已经残破大半，到处可见高耸的废墟和废弃的车辆，偶尔还能见到冰封的尸体。

李目还执行了几次外派任务，代表教会去见一些边远地区的信徒。这几年外界的攻击越来越多，圣地将大量军团成员安排到外围防御系统中。李目在那里见到了负责南美防御的指挥官无面，就是当初那个跪在万神殿外面的人。他手下的一名士兵拒绝杀死入侵者俘虏——自己的表兄，无面关了这名士兵三天禁闭，换人处决了俘虏。但圣地认为依照条例，这名士兵也应处死。无面拒绝执行，认为这条例在入侵者不会与士兵有亲属关系的情况下才有意义，对南方军团的人来说，应该允许亲属回避。他在防御系统中声望很高，因此圣地高层虽然震怒，最后也不得不让他跪了几天就放过了此事。

无面一听李目是叶迁军团的，就笑了："你在这里一定很郁闷。"其他人也跟着笑。圣地主流观点认为，叶迁公开转血方加剧了血乱战争。数据库记载很清楚：转血方公开之前，全球性战争已近结束，三大血区的地盘基本确定，区间的人口交换也逐渐常规化；转血方公开之后，由于可以抓捕其他血区的儿童转换血型，战火很快就重新燃起，而且更血腥残酷。

无面告诉李目，防御系统中的军团成员都很恐慌。圣地的规则带有上古时代的严厉味道，又没有考虑到南方军团与外界的联系，不知何时还会出问题。圣地一向认为信仰高于一切，祭司阶层中没有南方军团的人，就没人能为他们说话。李目在无面那里待了很久，两人多次长谈到深夜。

从无面那里回来，李目就一直心事重重。一天，他陪大路易出访的时候，问起人死后灵魂如何获得好灵气。大路易说这不是基本教义嘛，对你有善意的灵魂越多，你的灵魂获得的好灵气就越多，反之则坏灵气越多。

李目想了会儿："叶迁有个副手叫宝拉，是真正的转血者……"

大路易表示知道这个人，她的作用被世人遗忘是件挺遗憾的事。

"在转血方公布后的第三年，全面大战初起的时候，她遭到了B血人的伏击。他们说她屠杀了血堡附近的B血村民，有反人类罪。她被绑在一块木板上，倒立着活埋。"李目顿了顿，"她所做的一切都是为了结束人们的苦难，包括B血人，但最后却惨死在她要拯救的那些人手中。她的灵魂会在坏灵气中永受折磨吗？"

大路易点点头："我明白了，你问的不是灵气，而是公正。你首先要选择什么是你要的公正，是你的行为得到了认可，还是你的行为实现了目标？在圣地，选择是很重要的。选择你相信的，然后接受一切后果。"

几周后，万圣节到了。100年前，长老会决议设立了这个200余种教会的共同节日，也是圣地最大的节日。卢浮宫广场人潮汹涌，人们穿着不同的教会服饰走在一起。圣地规矩，禁止拉人入教，但允许接受主动申请者，因此这天也是各教会展示自己的时候。每个教会都有自己的展台，纷纷上演各式戏码。

身为一级教会，灵气教得以在万神殿门口的平台上设展台。准备工作完成后，大路易让大家四处逛逛，看看其他展台都玩了什么新花样。李目抱着一卷纸，走到万神殿门口，开始一张张往墙上贴。这是一篇长文，题目是《再中心：我的建议》，共有97条。人群逐渐聚拢过来，饶有兴致地读着。起初，有人还大声念，但几条过后就沉默了。

建议的第一条就是圣地不再是世界的中心，已是边陲，终极目标不该是引领世界，而是融入世界。接下来，李目提出了大量具体建议，从教会仪式的改动到不同系统的规则细节，林林总总，包罗万象。这是李目自进南方军团起十余年思考的总结，抹去了军团色彩，用圣地文化重新包装。

97条贴出10分钟后，大路易就召唤他立刻回去。当他到达展位的时候，却没看到自己的主人，只有两名教内的护法在等他。他们护送（或者说押送）他来到万神殿后方的信仰评价院，将他软禁起来，同时关闭了他的芯片。

第二天上午，他被带到评价庭。主评师告诉他，他的97条建议有无信主义嫌疑，在排除这一嫌疑前，他必须经过严格审查。接下来的一星期里，评价庭对他的建议进行了逐条审查，由七名评价师组成的评价团轮番上阵，从逻辑到立场全面和他展开辩论，整个过程都很平和理性，他有充分自由阐述自己的观点。为了更有说服力，评价庭甚至接入灵气教数据库，成功论证了他的建议与其信仰有本质冲突。审查结束时，他已经完全同意评价庭的结论：97条不仅在具体做法上、更在原则上与有信精神冲突。

但他拒绝承认自己是错的。

评价庭给他三天时间考虑自己的最终立场。他该吃吃该睡睡，一副满不在乎的样子。第三天晚上，他被带到了圣穴内大长老面前。

米为山单独和他谈了半个小时，告诉他只要公开放弃这份建议，一切都可以不予追究，他可以继续自己的职业升迁。谈到后来，米为山甚至同意李目的部分建议是合理的，可以考虑在未来逐步实行，但眼下必须声明放弃。米为山谈到了自己和南方军团的关系，谈到了李目和南方军团的关系，谈到了军团在圣地的重要性日益提高……他实在不愿意让李目这个首位非圣地血统的军团侍从出问题。

李目坚决不肯放弃自己的立场。他没有被带回评价院，而是被连夜送进了安全局监狱。

夜里，他又梦见了宝拉。他们躺在葡萄架下，阳光零零落落洒在身上。她沉睡着，呼吸轻柔，脸上还有细细的汗珠。亘古到永恒，在无数个世界中，他都这样凝望着她。

上午八点，李目被送入手术室，摘除了植入芯片，并割去了声带。

十点，他被拉到广场上的净化架上。信仰局长老宣布他为无信仰者。卫生局长老宣布他必须被净化。保民局长老请求放过这个无知的人。科学局长老坚称科学就是科学，该净化就要净化。

净化仪式开始了。81个喷枪在精确计算控制下轮番"舔舐"着他的皮肤，时大时小，此起彼伏，节奏感十足，令人赏心悦目。这个流程是由最近备受欢迎的净化艺术家精心设计的获奖作品。

他能感受到每一处的疼痛，喷枪每一次细微的调整。他的皮肤起泡，干裂，炭化。他的肌肉在融化，骨头变成了粉末。他知道这次生命的终点即将到来。

宝拉睁开迷离的双眼，笑着对他说："嗨！"

卫生局长老检查了架子上的尸骸，宣布净化仪式结束。此外，数据显示，本次净化产烟量达到新低，是新技术与艺术创新的完美结合。

李目的骨灰被送到18号机库当肥料。

米为山没有进一步对此事追究，而是让一切都尽量显得和往常一样，他甚至公开说欢迎新移民加入祭司系统。

圣地一如往昔。

这天早上，一位小贩正在自家早点摊上忙着炸臭豆腐，发现旁边等着的人脸上戴了副面罩。"这东西味儿是大点儿，习惯了就好。"他热心地说。那人没有回答，而是冲他抬起双手，指尖相接，拱成球形。小贩将炸好的臭豆腐盛到盘子里，淋上蒜汁，突然闻到了一股奇妙的香气。这股香气顺着气管流淌进他的肺部，在肺泡上撩拨着，激起滚烫的黏液。他觉得自己的肺像是两个装满了水的袋子，往下坠着。他痛苦地弯下腰，用力咳嗽，从口鼻处喷射出泛着泡沫的白色液体。可是，黏液产生的速度更快，不到一分钟，他被自己的体液呛死了。戴面罩的男子小心地迈过周围的尸体，往圣地中心走去。

与此同时，在整个圣地范围内，类似的事情到处都在发生。戴面罩的人从各处走来，身后留下成堆的尸体。他们或是独行，或是三三两两，逐渐汇成了一支大军。他们步伐稳健，目标明确。他们都佩戴着南方军团的标志。

军团在圣穴入口遭遇了强力抵抗，卫戍部队的反应速度惊人。军团不得不调来重武器，花了三个小时才攻入圣穴。

米为山第一时间就获得了消息，立刻将长老集结到指挥室。起初，他们还以为是外界武装入侵了圣地，直到安全局传回首份报告才明白是南方军团哗变。科学局的消息称，南方军团成员在通风系统中释放了致命毒气，波及圣地绝大部分区域，仅有中枢系统和一些边远地区由于独立通风而幸免于难。

他们没有获得更多信息，和外界的联系很快就被切断了。

无面以南方军团司令的身份通过视频要求米为山投降。大长老怒斥南方军团背叛了圣地的信任。

"你背叛了南方军团。"无面当即反驳，"你们带给世界什么样的苦难，就将承受什么样的苦难。从今天起，南方军团不再是圣地的武装，而是圣地的主宰。"

三天后，米为山带领一众长老走出指挥室，向南方军团投降。他们及其他不到1000名幸存者被送入两座农业机库。那里食物充足，可以自给自足，但不许出来。

无面成了圣地的大长老。他将李目被净化的日子定为复活节，以纪念南方军团在圣地重新复活。

他没有耽误时间，立刻着手向世界发出声音。

军团在过去10年秘密收复了多个卫星基站，并在最近修复了其和圣地连接的电缆。他们经过多次尝试，成功唤醒了五座空间站。这些空间站都有自动车间，能造的东西千奇百怪，其中三座站上存储有攻击性武器。这些武器的威力太大，圣地起初一直不愿用，后来想用却没有机会。

对无面来说，现在正是用的时候。

亚历山大港的山丘上，有世界历史最悠久的图书馆，延续了2000余年。在大革命中，这座图书馆用作牲口棚，让原先看守图书馆的阿吞家族继续当看守。这个家族可以上溯至图书馆创立时期，代代相传，至今已经73代了。

这天晚上，阿吞当家人木卡独自值夜，用家传的望远镜观察星星。这种行为一般视为恶习，不会严格禁止。木卡最近发现空中出现了五颗新星，移动很快，有时还有强光闪动。他记得书上说，有新星出现的时候，总会有大事发生。

今夜有点不同，其中一颗星持续发出亮光。木卡将望远镜对准它，能隐约看到它长条形的两端都在发光。他听说以前人们造出过一些星星，还能在上面生活。如今，那上面已经没人了，会是谁在那里呢？

神。

他突然浑身发冷。神来了，一定没有好事。

长条形的下方突然有东西掉下来，或者更像是有人在发射炮弹。几秒钟后，发射停止了，长条形的后端闪动着光芒，移动得更快了。

他把眼睛从镜头上移开，望着夜空。这些东西是什么呢？神降下的新启示吗？

空中什么都没有，仿佛那些炮弹都被黑夜融化了。他继续等着。

数个亮点出现在新星下方，速度很慢。接着，这些亮点长出了长长的尾巴，个头也越来越大。已经能明显看出，它们被精确地射往不同方向，其中一个似乎正冲亚历山大港而来。现在，任何人都能看到空中这数道耀目的光芒了。亮点已经变成火球，炽热汹涌，无声无息。一切都被照亮了。残垣断壁、破旧的栏杆、惊讶的牲口，都在这自天而降的光芒下一览无遗。木卡甚至能看到远处海面上自由阵线的一艘艘军舰，他们已经摧毁了正义联盟的所有海军力量，正逼迫亚历山大港投降。

火球准确地击中了自由阵线的舰队。这些钢铁战舰瞬间就灰飞烟灭，随之而起的海啸席卷了整个亚历山大港，将这座古城夷为平地。

图书馆所在的地方没有被淹没。木卡被炭化时，还保持着双手捂头的蹲姿。飞射的粉尘将他的躯体打出无数个细孔，如同硬化的海绵。

三座太空站对全球军事目标的动能投射共进行了两个小时，没人见过这种武器的使用，其效果把南方军团自己都吓了个半死。

无面靠在椅子上，盯着前面的监视墙。各地的武装力量在这轮打击过后已经损失大半，依据他们手头的技术力量，再想发动全球性的战争，恐怕要50年后了。

指挥室里很安静，士兵们已经从刚才的兴奋中平静下来，等待无面的进一步指令。

依照原先的计划，在夺取圣地控制权、终止全球战争后，他们将向世界各地派出技师，恢复电力，建立消除凝血症的医院，彻底终结血乱。

但这是在无面看到圣地武器威力之前的事了。现在，他有些新想法。

　　靠控制人们的信仰来控制世界，已经不可能了，但这并不意味着没有其他方法。血乱是愚蠢残忍的已经死去的圣地发动的生化战，对现在全新的圣地却是一笔财富，可以用来支付许多东西。

　　无面笑了笑，换了个比较舒服的姿势。

　　士兵们仍然在等待，世界仍然在等待。

　　先等着吧。

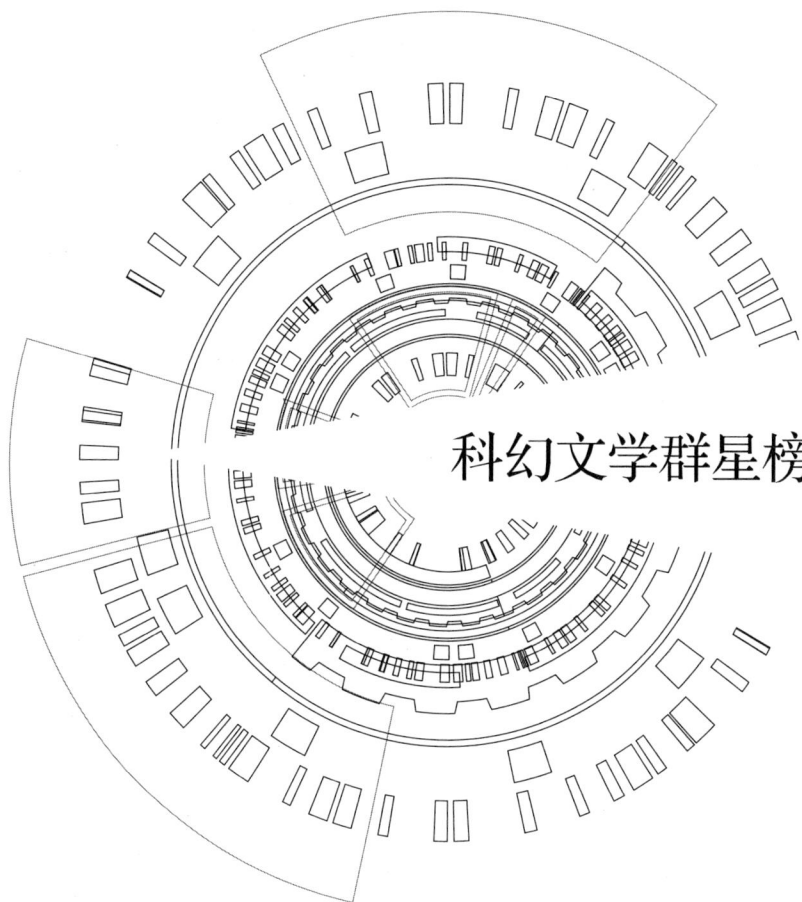

科幻文学群星榜

序号	作者	书名
1	郑文光	侏罗纪
2	萧建亨	梦
3	刘兴诗	美洲来的哥伦布
4	童恩正	在时间的铅幕后面
5	张静	K星寻父探险记
6	程嘉梓	古星图之谜
7	金涛	月光岛
8	王晋康	生死平衡
9	刘慈欣	纤维
10	潘家铮	子虚峡大坝兴亡记
11	韩松	青春的跌宕
12	星河	白令桥横
13	凌晨	猫
14	何夕	异域
15	杨鹏	校园三剑客
16	杨平	神经冒险
17	刘维佳	使命：拯救人类
18	潘海天	饿塔
19	拉拉	永不消逝的电波
20	赵海虹	月涌大江流
21	江波	自由战士
22	宝树	人人都爱查尔斯
23	罗隆翔	朕是猫
24	陈楸帆	动物观察者
25	张冉	灰城
26	梁清散	欢迎光临烤肉星
27	七月	撬动世界的人于此长眠
28	杨晚晴	天上的风
29	飞氘	讲故事的机器人
30	程婧波	第七种可能
31	万象峰年	点亮时间的人
32	长铗	674号公路
33	迟卉	蛹唱
34	顾适	为了生命的诗与远方
35	陈茜	量产超人
36	刘洋	单孔衍射
37	双翅目	智能的面具
38	石黑曜	仿生屋
39	阿缺	收割童年
40	王诺诺	故乡明
41	孙望路	重燃
42	滕野	回归原点